KB131145

죽음

죽음

1

베르나르 베르베르 장편소설
전미연 옮김

DEPUIS L'AU-DELÀ
by BERNARD WERBER

Copyright (C) Editions Albin Michel et Bernard Werber – Paris 2017
Korean Translation Copyright (C) The Open Books Co. 2019
All rights reserved.

이 책은 실로 꿰매어 제본하는 정통적인 사철 방식으로 만들어졌습니다.
사철 방식으로 제본된 책은 오랫동안 보관해도 손상되지 않습니다.

이 이야기 속 등장인물과 상황은 전적으로 허구에 기반하고 있다. 현재 존재하거나 과거에 존재했던 특정 인물 또는 상황과 조금이라도 유사하다면 그것은 순전히 우연일 뿐이다.

(내 전생의 이야기들을 들려주어) 과거의 문을 열어 주고, (그럴 법한 미래를 이야기해 주어) 미래의 문을 열어 주고, (떠돌이 영혼들의 세계를 가르쳐 주어) 비가시 세계의 문을 열어 준 나의 첫 번째 영매 모니크 파랑 바캉을 기억하며.

믿는가 믿지 않는가는 조금도 중요하지 않다. 상상하고, 꿈꾸고, 생각할 거리를 던져 주는 멋진 이야기들에 귀 기울이는 것이 중요할 뿐이다.

그동안 내게 무수한 이야기를 들려주어 그중 몇 가지를 사람들 앞에 풀어놓고 싶게 만든 모니크에게 감사를 전하며……

근본적으로 어느 누구도 진심으로 자기 자신의 죽음을 믿지 않는다. 우리는 누구나 무의식 속에서 자기 자신의 불멸을 확신한다.

— 지크문트 프로이트

나는 나와 생각이 같지 않은 이들을 설득하기 위해 말하는 게 아니다. 이미 나와 생각이 같은 이들에게 혼자가 아님을 깨닫게 해주기 위해 말하는 것이다.

— 에드몽 웰즈,
『상대적이며 절대적인 지식의 백과사전』제12권

제1막

놀라운 발견

1

〈누가 날 죽였지?〉

2

작가 가브리엘 웰즈는 잠이 깨는 순간 몸을 벌떡 일으켜 침대를 내려온다. 드디어 다음 소설의 첫 문장을 꿈에서 만났다. 화자의 사망에 얽힌 수수께끼를 던지며 책의 첫머리를 열어젖힐 단순한 질문.

〈누가…… 날…… 죽였지?〉

일단 이런 역설로 포문을 열고 나면 독창적인 줄거리를 찾게 돼 있다. 이미 죽은 상태인 주인공이 어떻게 말을 할 수 있단 말인가? 죽은 사람이 어떻게 자신이 희생당한 살인 사건을 수사할 수 있단 말인가?

새로운 도전을 앞두고 가슴이 벅차오른 상태에서 가브리엘 웰즈는 아침 식사도 거른 채 집을 나선다. 그는 성큼성큼 걸음을 내딛으며 단골 비스트로인 르 코클레로 향한다. 전날 두고 온 컴퓨터가 거기서 그를 기다리고 있다. 그는 매일 아침 한 필의 군마와 같은 그 전자 기기의 등에 뛰어올라 글쓰기 질주에 나선다.

그는 잰걸음을 놓으며 머릿속으로 부지런히 마지막 문장을 찾는다. 그에게 소설은 문인들의 직업어로 〈인시피트〉라 불리는 첫 문장과, 이것이 닦은 길을 따라가다 보면 만나게 되는 마지막 문장인 〈엑스플리시트〉가 전부라 해도 과언이 아니다.

이 두 가지가 결정되면 플롯을 작동시키는 시계 장치를 구상하는 일만 남는다. 독자들이 그 속으로 빨려 들어가 서서히 자신의 삶을 잊고 주인공의 삶에 몰입하게 만드는 그런 장치.

늘 찾아오는 실패에 대한 강박 관념과 불안감에 시달리며 가브리엘 웰즈는 지극히 고전적인 내러티브 구조 몇 개를 급히 머릿속에 떠올린다.

이루어질 수 없는 위대한 러브 스토리?

서서히 밝혀지는 비밀?

실현 불가능한 목표의 추구?

배신에 뒤따르는 복수?

어찌 됐든 내러티브의 얼개가 첫 문장에서 던진 수수께끼의 틀에서 벗어나면 안 된다. 가브리엘 웰즈는 첫 문장을 체화하기 위해 여러 번 되뇐다.

〈누가…… 날…… 죽였지?〉

발견의 흥분은 금세 사라지고 회의가 똬리를 튼다. 서스펜스의 결이 살짝 달라지게 이런 질문으로 이야기를 시작해 보면 어떨까.

⟨나는 왜 죽었지?⟩

이때까지 그가 찾아낸 가장 독창적인 인시피트는 이런 문장이었다. ⟨실패로 끝난 자살 기도. 그는 자살이라고 믿으면서 자신의 쌍둥이 형제를 죽인다.⟩

이 문장을 만난 순간을 떠올리며 빙그레 미소 짓던 그가 이내 진지한 얼굴로 돌아온다.

⟨누가 날 죽였지?⟩ 아니면 ⟨나는 왜 죽었지?⟩

글쓰기는 필연적으로 선택을 강요받는 일이다. 선택은 곧 포기를 의미하며, 포기는 후회를 동반할 수밖에 없다.

결국 그는 좀 더 역동적인 느낌이 나는 첫 번째 질문을 선택한다.

이제 이야기의 매듭을 어떻게 지을지가 남았다.

가정부가 살인자로 드러나면 어떨까?

보드빌 색채가 너무 강해!

마지막에 가서 주인공이 자신이 죽지 않았다는 사실을 깨달으면?

기시감이 있어!

알고 보니 주인공이 인간이 아니었다?

너무 손쉬운 선택이야.

어느 하나 쏙 마음에 들지 않자 가브리엘 웰즈는 일단 주인공의 특징부터 결정하기로 한다. 생김새와 심리, 약점과 결점, 악덕과 재능을 머릿속으로 상상하면서 그에게 이름과 성을 지어 준다. 이제 책의 페이지가 넘어가면서 서서히 드러나게 될 어떤 것, 베일에 싸인 그만의 특성을 추가해야 한다.

텔레파시 능력자?

몽유병자?

쌍뇌 인간?

아직은 모든 게 불분명하지만 주인공의 모습은 그의 머릿속에서 점차 구체화되기 시작한다. 몸짓과 동작, 옷차림, 특유의 미소, 작은 버릇까지. 상상력은 가브리엘 웰즈에게 무(無)로부터 하나의 인물을 창조할 수 있게 해 준다.

흥분한 그는 빠른 걸음을 더욱더 재촉한다.

이 시간에 거리는 벌써 사람들로 제법 붐빈다. 그는 종종걸음으로 약국 앞을 지나간다. 무수히 점멸하는 초록색 불빛이 손님들에게 최면을 걸어 약을 사라고 충동하는 것 같다. 그는 불쾌한 얼굴로 인도에 가로누워 잠이 든 걸인을 타넘고 지나간다. 막 눈 듯한 개똥을 피하려다가 코를 뒤룽뒤룽 달고 뜀박질하듯 걸어가는 초등학생과 부딪칠 뻔한다. 빨간 방울 술이 달린 귀덮개 모자를 쓴 노파 하나가 목줄을 묶은 푸들 강아지와 함께 반대편에서 걸어온다. 그녀는 마치 인도에서 수상 스키를 타는 사람처럼 개에게 애처롭게 끌려다니고 있다.

초등학교 앞에서 일찍 도착한 부모들이 아이들을 야

단치는 모습이 보인다. 어서 종이 울려 한나절만이라도 아이들한테서 벗어나기를 고대하고 있겠지.

가브리엘 웰즈가 갑자기 꽃 가게 앞에서 걸음을 멈춘다. 이상하네, 꽃향기가 느껴지지 않아.

그는 가던 길을 멈추고 꽃 송이송이에 코를 갖다 댄다. 냄새가 맡아지지 않는다.

그는 몸 주위를 킁킁거리기 시작한다. 코를 겨드랑이에 댔다가 하늘을 향해 치켜들고 흠흠거린다. 지나가는 차들의 배기가스를 맡으려고 코를 벌름거린다. 심호흡을 하고 나서 냄새가 날 만한 것에 다 코를 대보지만 달라지는 건 없다. 후각이 마비된 게 아닐까.

후각을 완전히 상실했을지도 모른다는 두려움에 그는 만사 제쳐 두고 주치의인 프레데리크 랑망 박사부터 찾아가기로 한다. 마침 병원은 길모퉁이를 돌면 바로 나온다.

3

진료 시작 시간은 오전 9시입니다.
벨을 누르고 들어가 편안히 앉아서 기다리세요.

일반의 랑망 박사의 병원 대기실에는 가브리엘 웰즈
혼자뿐이다. 그는 가만히 앉아 있지 못하고 소파 가죽의
냄새를 맡아 보고, 탁자 위 꽃병에 꽂힌 꽃들에 코를 대
보고, 손바닥을 오므려 킁킁거려도 본다. 여전히 아무 냄
새도 맡아지지 않자 불안감이 밀려든다.

그는 일부러 딴생각을 하기 위해 소설 구상에 집중한
다. 주인공과 마지막 반전, 그리고 이야기를 매듭짓는 마
지막 문장을 고민한다.

갑자기 벨이 울리면서 문이 열리더니 꽃무늬 스커트
에 연보라색 실크 블라우스를 받쳐 입은 여자가 안으로
들어온다. 등 뒤로 길게 흘러내린 굽슬굽슬한 흑발, 반듯
한 이마에 초승달 같은 눈썹, 날카로운 콧날과 뾰족한 턱

을 보는 순간 가브리엘 웰즈는 자신의 우상인 1930년대 미국 여배우 헤디 라마를 떠올린다. 놀랍도록 흡사한 외모다.

여자는 자리에 앉자마자 낡은 잡지 한 권을 집어 든다. 그녀는 씁쓸함과 환멸을 토로하는 유명인들의 기사로 도배된 너덜너덜한 잡지를 휙휙 넘긴다.

그녀에게 가벼운 호기심을 느낀 가브리엘 웰즈는 잠시 망설이다 말을 건다.

「병원엔 무슨 일로 오셨어요, 마드무아젤?」

한 왕자의 이혼 기사에 시선을 박고 있던 그녀가 마지못해 불퉁하게 대답한다.

「편두통 때문에요.」

그녀는 여전히 잡지에서 눈을 떼지 않는다.

「나는 후각 소실 때문에 왔어요. 냄새를 지각하는 능력을 상실하는 병 있잖아요.」

「에이, 그게 아닌데요…….」

그는 일면식도 없었던 사람이, 게다가 도착해서부터 지금까지 자신에게 눈길 한 번 주지 않은 사람이 밑도 끝도 없이 확신에 찬 말을 내뱉는다는 사실이 기가 막혔지만 반박하지 않는다.

마침 랑망 박사가 도착해 그녀에게 따라 들어오라고 말한다. 여자한테 잘 보이고 싶은 마음에 가브리엘 웰즈는 자신이 먼저 왔다고 굳이 말하지 않는다.

그는 다시 차기 소설의 마지막 문장을 고민하기 시작한다. 그가 숭배하는 작가들이 썼던 끝맺음 문장이 하나둘씩 머리에 떠오른다.

4
첫 문장과 끝 문장

유명한 첫 문장들:

태초에 하느님이 천지를 창조하시니라.

— 성경

강둑에 언니와 나란히 앉아 있던 앨리스는 아무 할 일이 없다는 게 슬슬 지겨워졌다.

— 루이스 캐럴, 『이상한 나라의 앨리스』

어느 날 아침 어수선한 꿈에서 깨어난 그레고르 잠자는 자신이 침대에서 흉측한 벌레로 변해 있는 것을 발견했다.

— 프란츠 카프카, 「변신」

그것은 카르타고의 메가라, 하밀카르의 정원에서였다.
　　　　　　　— 귀스타브 플로베르, 「살람보」

오래전부터 나는 일찍 잠자리에 들어 왔다.
　　　　　　　— 마르셀 프루스트, 『스완네 집 쪽으로』

오늘, 엄마가 죽었다.
　　　　　　　　　— 알베르 카뮈, 『이방인』

유명한 끝 문장들:

보다시피 인생은 절대 우리가 생각하는 것만큼 좋지
도 나쁘지도 않은 것 같아요.
　　　　　　　　　— 기 드 모파상, 『여자의 일생』

우리가 자라면, 우리 역시 그들과 다름없이 어리석을
지도 모르지.
　　　　　　　　　— 루이 페르고, 『단추 전쟁』

눈을 똑바로 뜨고 죽음 속으로 들어갑시다.
　　　　　　　　— 마르그리트 유르스나르,
　　　　　　　　　『하드리아누스 황제의 회상록』

그렇게 우리는 물길을 거슬러 가는 쪽배들처럼, 끊임없이 과거로 밀려나면서도 앞으로 나아간다.
— 프랜시스 스콧 피츠제럴드, 『위대한 개츠비』

점토에 입김을 불어넣듯 정신만이 인간을 창조할 수 있다.
— 앙투안 드 생텍쥐페리, 『인간의 대지』

해골을 품에서 떼어 내려 하자 그는 먼지로 흩어졌다.
— 빅토르 위고, 『파리의 노트르담』

에드몽 웰즈,
『상대적이며 절대적인 지식의 백과사전』 제12권

5

진료를 끝낸 꽃무늬 스커트 여자가 밖으로 나오더니 무용수처럼 빙그르 몸을 돌려 랑망 박사에게 인사하고 벗어 놨던 외투를 집어 몸에 걸친다.

차례가 된 가브리엘이 몸을 일으키지만 의사는 눈길조차 주지 않고 안으로 들어오라는 말도 없이 다시 진료실 문을 닫는다.

가브리엘이 뜨악한 기분으로 닫힌 문 앞에 가서 의사 친구를 큰 소리로 부른다.

「어이 프레드, 지금 장난하는 거야? 나야, 가브리엘, 가브리엘 웰즈!」

막 대기실 문턱을 넘으려던 여자가 갑자기 멈춰 선다.

「진짜 가브리엘 웰즈예요? 작가 웰즈?」 그녀가 여전히 그에게 등을 보인 채 묻는다.

「그런데, 왜요?」

「그렇다면 얘기가 달라지죠. 도와드릴게요.」

「도와준다고요? 뭘요?」

그녀가 다시 대기실 가운데로 걸어오더니 여전히 그를 똑바로 쳐다보지 않고 말한다.

「우선 당신의 〈병〉부터 설명해야겠군요.」

「의사예요?」

그녀가 딱하다는 듯이 입매를 살짝 비틀어 희미하게 웃는다.

「그렇죠. 일종의 〈영혼의 의사〉니까. 학위가 필요하지 않은 게 장점이죠. 일단, 문제가 당신이 생각하는 후각 소실보다 훨씬 심각해요.」

「암이에요?」

「그보다 더 심각해요.」

「사실대로 얘기해요. 어떤 말이라도 들을 수 있어요.」

「너무 성급하시네요. 몇 가지 단서부터 드릴게요. 오늘 아침 일어났을 때 배가 고프지 않았죠?」

「맞아요.」

「집에서 급히 나온 뒤로 아무하고도 말하지 않았죠?」

「아침에 말이 많은 편이 아니에요.」

「바깥 날씨가 춥다고 느껴지지 않았을 거고요.」

「추위를 타는 편이 아니에요. 스무고개 같은 소리 좀 그만하면 안 되겠어요? 그 신비한 병의 정체가 대체 뭔데요?」 가브리엘의 목소리에 슬슬 조바심이 묻어난다.

그녀가 가브리엘의 손을 쳐다본다.

「〈병*maladie*〉이라는 단어가 〈말 못 하는 고통*mal à dire*〉에서 왔다는 거 알아요?」

「말을 빙빙 돌리지 말아요! 무슨 말이 하고 싶은 거예요?」

「음, 다른 식으로 해보죠. 어떻게 설명한다? 저기……나한테 좋은 소식 하나와 나쁜 소식 하나가 있어요. 어떤 것부터 듣고 싶어요?」

「좋은 소식.」 가브리엘이 짜증스럽게 대답한다.

「아까는 거짓말했어요. 당신은 병에 걸리지 않았어요.」

「그게 어디예요. 나쁜 소식은 뭔데요?」

「나쁜 소식은…… 당신이 죽었다는 사실.」

가브리엘이 미간을 찌푸린다. 그가 놀랍고 불쾌하고 의아한 표정을 차례로 짓다 끝내 너털웃음을 터뜨린다.

여자가 안도의 한숨을 내쉰다.

「그렇게 받아들이니 다행이에요. 당신과 달리 잘 받아들이지 못하는 사람을 많이 봤거든요.」

「당신 말이 믿기지 않아 웃는 거예요.」

그녀가 몇 발짝 움직인다. 좋은 아이디어를 생각해 내려고 애쓰는 눈치다.

「작은 실험을 한번 해보면 어떨까요. 거울 테스트를 해보죠.」

그녀가 가브리엘에게 자신을 따라 진료 대기실 거울

앞에 서라고 손짓을 한다. 가브리엘은 거울 속에 그녀의 모습만 비치는 걸 확인하고 깜짝 놀란다.

「당신 모습이 사라졌네요, 신기하게도…….」 그녀가 무심히 말한다.

가브리엘은 마음을 가라앉히고 태연한 척 미소를 지어 보인다.

「이걸로는 아무것도 증명할 수 없어요. 내가 잠을 자는 중인가 봐요. 꿈이라는 얘기죠. 그래야 당신의 존재도 설명이 되고.」

「꿈이라고요? 몸을 꼬집어 봐요.」

그가 한쪽 팔을 비틀어 꼬집는다.

「느낌이 오지 않아요. 두말할 필요 없이 꿈에서 팔을 꼬집고 있다는 증거죠.」

「자, 그럼 두 번째 테스트, 일명 〈불꽃 테스트〉로 넘어가 볼까요.」

그녀가 라이터를 켜더니 불꽃에 손을 갖다 대라고 한다. 가브리엘은 시키는 대로 하면서 전혀 거북한 느낌이나 통증을 느끼지 못한다. 이상하게 불꽃에 손이 닿아도 연기가 나거나 모양이 변하지 않는다.

손바닥을 아무리 자세히 들여다봐도 조그만 화상의 흔적조차 없다. 그는 이유를 알 수 없는 찜찜한 기분을 과감히 떨쳐 낸다.

「거울에 내 모습이 보이지 않거나 불에 손이 닿아도

화상을 입지 않는 건 꿈에서 흔히 있는 일이에요. 그런 꿈을 일주일에 몇 번씩 꾸기도 해요.」

그녀가 어깨를 으쓱 추어올린다.

「이제 마지막 테스트가 남았네요. 자유 낙하 테스트. 창틀에 올라가서 허공으로 몸을 날려요.」

「에이, 아무리 그래도 어떻게 7층에서······.」

「꿈이라면 어차피 문제가 안 돼요. 잠이 깨기밖에 더 하겠어요.」

그녀가 창문을 열어젖히자 바람이 확 들어와 그녀의 머리카락을 흩어 놓지만 가브리엘은 바람기조차 느끼지 못한다.

「좋아요.」

짐승이 몸을 털 듯 그가 도리질을 한다. 심호흡을 하고 나서 창문으로 다가간다. 내심 상대방이 제지해 주길 바라지만, 웬걸, 여자는 창 쪽으로 더 다가가라고 종용한다.

「공중을 날기 시작하면 주변을 세심히 관찰해요. 단순히 꿈으로 설명할 수 없는 부분들을 확인해요.」

저 아래 바닥이 눈에 들어온다. 자동차들의 지붕과 행인들의 머리가 내려다보인다.

꿈이라는 확신은 있지만 두려움이 느껴지는 건 어쩔 수 없다.

「뛰어내려 보지 않고는 확실히 알 방법이 없어요.」

그녀가 재우쳐 말한다.

내키진 않지만 도전 앞에서 머뭇거린다는 인상을 주기 싫어 그는 창틀에 올라선다. 현기증을 누르고 두 팔을 쫙 벌려 허공으로 몸을 날린다.

가브리엘은 무서운 기세로 떨어지며 층층을 휙휙 지나간다. 눈을 질끈 감았다 떴는데도 몸은 여전히 바닥에 닿지 않고 도로 위에 떠 있다.

불현듯 〈젠장merde〉, 이 한마디가 그의 머릿속을 채운다. 놀라움과 당혹감, 실망감은 중력에서 벗어나 새처럼 하늘을 날 수 있다는 쾌감으로 서서히 바뀌어 간다.

발아래 땅이 빠르게 옆걸음질을 친다. 공기의 마찰 없이 미끄러져 나아가는 느낌. 가브리엘은 공중회전을 한 후 다시 날아올라 병원 창틀에 내린다.

불분명한 감정들이 머릿속에서 뒤엉켜 부딪친다. 그는 멍한 얼굴로 짧은 한숨을 내뱉는다. 하고 싶은 말이 분명히 있는데 머릿속을 점령한 이 거친 표현만 톤을 달리하면서 입 밖으로 반복해 빠져나온다.

임종을 앞둔 사람들이 떠올리는 마지막 말이 〈엄마maman〉라는데, 죽었다는 사실을 깨닫는 순간 그가 뱉은 일성(一聲)은 그것과 첫 글자만 같을 뿐 애틋함이라고는 없는 단어라니.

그는 몇 초 만에 죽음의 일곱 단계를 겪는다. 충격, 부정, 분노, 타협, 슬픔, 체념, 수용. 각각의 단계를 통과할 때마다 욕이 후렴구처럼 따라붙는다.

여자 역시 적잖이 당황한 기색이다.

「괜찮아요?」그녀가 묻는다.

「이런, 내가…… 〈진짜〉 죽은 거야?」

그는 망연자실한다. 그리고 일곱 단계를 순서가 조금 다르게 다시 겪는다. 분노, 부정, 수용, 체념, 슬픔, 타협, 충격.

「말도 안 돼! 난 아직 죽을 나이가 아니에요!」

「긍정적으로 생각해요, 웰즈 씨. 당신은 말이죠…… 일체의 불필요하고 거추장스럽고 유약한 것에서 벗어나 본질적인 것, 즉 당신의 정신만 간직하게 됐다고 생각해 봐요.」

「그러니까 이게, 끝……이라는 거예요? 더 이상 글을 쓸 수 없다는 거네…….」

「마침맞게 깨달았네요.」

그는 얼이 빠져 의자에 주저앉는다.

「끔찍해.」

「〈달라진〉 거예요.」

「내가 죽다니, 젠장! 내가 죽었어, 죽었어, 죽었다고! 정말 죽었어!」

「누구한테나 한 번은 닥쳐요……. 당신한테는 오늘, 지금, 여기에서인 거예요. 나한테도 일어날 일이에요. 나중에, 다른 곳에서. 당장은 아니길 바라지만.」

그가 몸을 일으켜 시선이 창으로 향해 있는 그녀에게

다가간다. 그제야 한 번도 그녀가 자신을 똑바로 쳐다본 적이 없다는 것을 깨닫는다.

「당신이, 살아 있는 당신이 내게 말을 하는 게 어떻게 가능하죠?」

「나는 보통 사람들과 달라요…….」

「다르다니요?」

「난 영매예요. 당신이 말하는 걸 들을 수는 있지만 모습을 볼 수는 없어요. 그래서 당신을 쳐다보지 않는 거예요. 지금 당신이 정확히 어디 있는지조차 몰라요. 하지만 내 주변 지각 범위에 있는 당신의 존재는 또렷하게 느낄 수 있어요.」

「왜 날 도와주려고 하죠?」

「내가 영매가 된 건 당신이 쓴 『죽은 자들』[1] 덕분이에요. 난생처음 그야말로 빨려 들어갈 듯이 읽은 소설이었죠. 새로운 세상이 열리더군요. 책장을 덮는 순간 내 길을 찾았다는 확신이 들었죠. 지금은 사자(死者)들과 대화하는 게 내 밥벌이가 됐어요. 나는 다소…… 색다른 이 시장이 성장 일로에 있다고 믿어요. 나도 나름대로 유명인이에요, 이 근방에서는.」

「당신 이름이 뭐죠?」

「뤼시. 뤼시 필리피니예요.」

---

1 〈죽은 자들Nous les morts〉이라는 제목은 베르베르의 소설 『신Nous les Dieux』의 제목을 패러디한 것이다. 이하 모든 주는 옮긴이의 주이다.

「금시초문인데요. 영매라기에는 너무 젊어 보이기도 하고…….」

「스물일곱 살이에요. 이 직업과 나이가 무슨 상관이 있는지 모르겠네요.」

「영매라면 무조건 나이 지긋하고 살집이 풍성한 노파가 검은 옷에 화장을 짙게 하고 장신구를 치렁치렁 단 모습을 떠올렸거든요.」

뤼시가 뭔가를 발견한 듯 얼굴 표정을 확 바꾼다. 그녀가 한쪽 눈썹을 추켜올린다.

「잠깐, 잠깐만.」

「뭐요?」

「방금 한 말을 다시 해봐요.」

그녀가 정신을 집중하려는 듯 눈을 감는다.

「……검은 옷을 입은 살집 좋은 노파……?」 상대방의 의중을 모르는 가브리엘은 시키는 대로 말한다.

「내 직감이 맞았어. 당신 목소리에 아직 공명이 남아 있어요. 이 현상은 당신이 아직 완전히 사망한 상태가 아닐지도 모른다는 증거죠. 집이 어디예요?」

「이 길 끝에 있어요. 21번지. 왜요?」

「아직 늦지 않았을 수도 있어요. 마지막 순간에 되돌릴 수 있는 경우도 간혹 있거든요. 목소리를 들어서는 아직 여지가 있는 것 같아요. 직접 확인해 봐야겠어요. 어서 당신 집으로 가요!」

말을 끝내기 무섭게 달음박질을 치는 그녀의 꽃무늬 치맛자락이 허벅지 위로 펄럭펄럭 날린다. 가브리엘은 아직 〈조금은〉 살아 있을지도 모른다는 허황된 기대를 품고 그녀를 뒤따른다.

6

　그들은 가브리엘의 집 앞에서 육중한 참나무 문에 가로막힌다. 열쇠가 없다. 옷은 입었지만 — 가슴과 다리를 슬쩍 내려다보면서 가브리엘은 확신한다 — 진짜 주머니가 달려 있지 않아 열쇠도 신분증도 지갑도 스마트폰도 없다.

　「현관 매트 아래 숨겨 둔 열쇠가 하나 있으면 딱 좋겠는데, 혹시 없어요?」

　「어떡하죠, 없는데. 내가 죽는 날 열쇠가 필요하리라고는 상상도 못 했죠.」

　「내 생들을 위해 꼭 기억해 둬요. 비상용 열쇠를 하나쯤 숨겨 두면 요긴하게 쓸 수 있다는 걸요. 혹시 플랜 B가 있어요?」

　「가정부를 기다리는 수밖에 없겠네요. 시간으로 봐서 마리아 콘셉시온이 곧 도착할 거예요. 아니면 소방서에 연락해 문을 부숴야죠, 뭐.」

「그것도 방법이죠……. 어쨌든 당신은 비물질의 순수한 영혼이니까 당장 문을 통과할 수 있어요.」

가브리엘 웰즈는 그제야 현재 상태가 몸에 익지 않아 문 앞에서 심리적으로 제지당했다는 것을 깨닫는다. 그는 물이 분 개울을 건너는 심정으로 장애물을 지나간다. 동공이 목재 현관문의 섬유와 방화용 철판에 쓸릴 것 같아 눈을 질끈 감는다.

벽을 지나가는 생경한 느낌을 즐기며 그는 물질을 통과하는 영혼 앞에서는 비밀이 있을 수 없겠다는 생각을 한다.

자신의 아파트에 들어선 그는 황급히 침실로 향한다.

침대에 누운 그의 몸이 보인다. 엎드려 눈을 휘둥그렇게 뜬 채 혀를 빼물고 고개를 오른쪽으로 돌리고 있다.

「내가 이렇게 생겼구나…….」

난생처음 외부의 시선으로 자신을 바라보면서 그는 생각에 잠긴다.

거울을 가지고도 접근이 불가능한 여러 각도에서 자신의 모습을 찬찬히 살핀다. 목덜미, 정수리…….

불현듯 이런 생각이 든다.

〈우리는 통증이 오거나 쾌감을 느끼는 순간에만 자신의 육체를 의식하게 된다. 내향성 발톱 때문에 고생을 해봐야 발톱이 자란다는 것을 깨닫게 되고 위장염을 앓아봐야 내장의 존재를 새롭게 인식하게 된다. 특별한 일이 없는 한 이러한 것에 신경이 쓰이지 않는다. 하지만 육체를 지녔다는 것은 대단한 일이다. 그 육체를 이렇게 전체적으로 바라보고 있자니 내 정신을 감싸는 껍데기를 가졌던 게 얼마나 큰 행운이었는지 새삼 느끼게 된다.〉

가브리엘은 눈동자에 손가락을 찔러 넣는다. 손가락으로 입술을 건드려 보고, 이와 혀를 뚫고 지나간다. 뇌 속에 손을 쑥 밀어 넣었다 빼도 아무 소리가 나지 않는다.

그는 자신의 심령체 얼굴을 육신의 얼굴에 바짝 갖다 댄다. 위로 갸우스름 올라간 속눈썹, 살짝 말라 있는 각막, 미세한 땀구멍들, 떨림이 없는 콧구멍. 손을 대도 감촉이 느껴지지 않는다. 그는 지금부터는 결국 산 자들의 손에 달렸다는 결론을 내린다.

가브리엘은 층계참에서 기다리고 있는 영매에게로 돌아간다.

「내가 눈을 뜨고 있어요. 숨은 멎은 것 같아요.」

「의미 없는 이야기예요. 응급 구조대에 전화를 걸었더니 전부 통화 중이고 자동 응답기로 넘어가더군요. 오늘로 날을 잡은 사람이 당신 혼자가 아닌가 봐요. 아니면 어디서 테러가 일어났거나 무시무시한 화재가 발생했거나. 공교롭게도 오늘 나무에 올라가 꼼짝 못 하고 있는 고양이가 여러 마리인지도 모르죠.」

그들은 하는 수 없이 가정부가 도착할 때까지 기다린다. 그런데 모습을 드러낸 마리아 콘셉시온은 낯선 여자를 집 안에 들일 수 없다며 막무가내로 문을 막고 선다.

가브리엘이 기지를 발휘한다.

「마리아한테 내 여자 친구라고 해요. 어젯밤에 휴대폰을 집에 두고 왔다고. 처음 있는 일이 아니니까 알아들을 거예요…….」

뤼시가 가브리엘이 시키는 대로 하자 가정부는 금방 의심을 거둔다. 가정부가 사뭇 진지한 얼굴로 현관문에 붙은 세 개의 큼지막한 자물쇠를 조작해 문을 열더니 주방으로 뛰다시피 들어간다.

위압적인 경보 장치를 쳐다보면서 뤼시는 집주인에게 약간의 편집증이 있으리라 짐작한다. 문턱을 넘자 고급 주택가에 있는 전형적인 오스만 스타일의 아파트 실내가 널찍하게 펼쳐진다. 거실에는 리즈 테일러, 그레타 가르보, 오드리 헵번 같은 할리우드 여배우들의 흑백 사진이 걸려 있다. 그중에서도 헤디 라마의 사진들은 크기에서부터 시선을 압도한다. 모두 눈에 띄는 화려한 드레스 차림이다.

「당신 우상인가 보죠?」 그녀가 사진을 올려다보면서 묻는다.

「헤디 라마는 시대를 통틀어 세상에서 가장 아름다운 여성이에요.」 가브리엘 웰즈가 단정적으로 대답한다.

「허세처럼 들리겠지만 나랑 닮았네요.」

「저기, 누가 누구랑 닮았든 난 지금 관심 없어요. 서두

릅시다. 나는 저쪽에 있어요, 따라와요.」

호기심이 발동한 영매는 여전히 이쪽저쪽을 두리번두리번한다. 일일이 손으로 라벨을 써서 붙인 수백 권의 책이 가득 꽂혀 있는 책장이 눈길을 끈다. 역사 에세이에서부터 요리책, 신화 관련 서적, 고전 시, 현대 소설, 유머집, SF 작품들, 판타지 단편집, 고전 희곡, 수학 수수께끼 모음, 사진집부터 마술 관련 서적까지 없는 책이 없다.

가브리엘이 조바심을 내며 목소리로 그녀를 침실 쪽으로 안내한다.

「저쪽이에요! 어서!」

목소리를 따라 복도를 걸어가던 뤼시의 시선이 이번에는 헌사와 이니셜이 적혀 있는 현대 프랑스 여배우들의 사진에 가닿는다. 〈가브리엘, 당신과 함께한 꿈같은 주말을 기억하며.〉 〈당신이 날 위해 시나리오를 써준다면 진면목을 보여 줄게요.〉 〈날 스타로 만들어 줘요.〉 〈나의 가브리엘 포에버.〉 이런 문구 옆에 사인펜으로 앙증맞은 하트나 스마일이 그려져 있다.

「화려한 세계와 친하신가 보네.」

이번에는 권총과 칼, 밧줄 등의 무기가 들어 있는 커다란 투명 유리 상자들이 그녀의 발길을 잡는다. 각 무기 옆에는 그것이 수거된 범죄 현장에 대한 신문 기사들이 스크랩되어 있다.

「이것들이 다 재판에 실제로 쓰였던 증거품들이에요?

당신이 수집했어요?」

가브리엘은 대답 대신 어서 뒤따라오라고 그녀를 한 번 더 재촉한다. 그의 침실로 보이는 방 문 앞에 이르러 뤼시는 손잡이를 돌려 안으로 들어간다. 가브리엘의 몸이 흐트러진 이불 한가운데 누워 있다.

뤼시를 따라 들어온 가정부는 생명이 다한 고용주의 육신을 발견하고는 놀란 입을 다물지 못한다. 그녀는 다리에 맥이 풀려 비칠비칠하다 바닥에 쓰러진다.

가정부를 보살필 계제가 아니라고 판단한 뤼시는 일단 작가의 몸을 뒤집어 놓고 맥박을 잰다.

가브리엘은 자신의 시체에서 손바닥에 생긴 작고 붉은 반점들을 발견한다. 전문 용어로는 〈점상 출혈〉인 이런 표시들은 음독의 증상이라고 범죄학 강의에서 배운 적이 있다.

뤼시가 가브리엘의 가슴에 귀를 대보고 나서 큰 소리로 말한다.

「내 생각이 맞았어. 아주 약하긴 해도 맥박이 잡혀요.」

「코마 상태인 게 분명해요. 살릴 수 있는 가능성이 있다는 이야기죠.」

「손쓸 여지가 있긴 있는 것 같은데, 그 전에 당신한테 확실히 해둘 게 있어요. 정말로 이 육신의 집을 돌려받고 싶어요?」

자신의 시체를 물끄러미 내려다보던 가브리엘이 주저

없이 그렇다고 답한다.

뤼시가 다시 사뮈[2]에 전화를 걸자 즉시 구조대가 도착한다. 구조대원 한 명이 아직도 바닥에 대자로 누워 있는 마리아 콘셉시온을 발견하고 뛰어간다.

「거기 아니고 저 남자예요.」

뤼시가 침대 쪽을 가리킨다.

또 다른 구조대원이 가브리엘의 상태를 재빨리 확인한 다음 퐁피두 병원 응급실로 이송을 결정한다.

형광 오렌지색 유니폼을 입은 두 구조대원이 가브리엘의 몸을 들것에 올려 싣자 경광등을 컨 앰뷸런스가 사이렌을 울리며 질주한다. 가브리엘은 불안한 마음으로 앰뷸런스에 타 그들을 지켜본다.

「부모님이 내 이름을 어떻게 지었는지 알아?」

오른쪽 대원이 말한다.

「내가 사뮈 앰뷸런스에서 태어난 걸 기념해서 사뮈엘이라고 지었대. 내 운명은 이미 그렇게 정해졌던 거지.」

달리던 차의 속도가 금세 떨어지며 도로에 갇힌다.

「아까 그 여자가 말하길 이 사람이 유명 작가라던데, 자네 누군지 알아?」

동료 대원이 묻는다.

「이름은 어디서 들어 본 것 같아.」

「청소년 책을 쓰는 작가 아니야?」

2 SAMU. 프랑스의 응급 의료 조직.

「맞아, 우리 아들이 이 사람 책을 여러 권 읽은 것 같아. 이 사람을 살려서 사인을 받아다 주면 아들이 깜짝 놀라겠는데.」

「애가 책을 다 읽어? 대단하네! 우리 애는 통 읽지를 않아. 뭐 솔직히 내가 솔선수범하지도 못해. 그 많은 페이지를 계속 넘기면서 책을 읽는 사람들은 인내심이 정말 대단해. 어떻게 꼼짝 않고 깨알 같은 글씨가 박힌 종이를 쳐다보면서 눈동자만 굴리고 있을 수 있을까……. 하다못해 사진이나 그림 한 장 없는데! 자네는 책을 읽긴 읽어?」

「피곤해서 못 읽어. 퇴근하면 TV 앞에서도 잠들어 버리는걸. 책은 오죽하겠어…….」

「TV는 뭘 보는데?」

「〈ER〉, 〈그레이 아나토미〉, 〈하우스〉 같은 의학 드라마를 즐겨 봐. 자네는?」

「난 〈CSI〉 같은 수사물을 좋아해.」

「그런 드라마들이야 우리가 매일 겪는 일을 거의 비슷하게 보여 주잖아. 사람 죽는 얘기니까. 평범하지 않은 죽음을 다룬다는 면에서 드라마가 현실과 하나도 다를 게 없지. 우리만 해도 그렇잖아, 젠장, 이상한 죽음을 목격한 게 어디 한두 번이야!」

「그래, 자네가 경험한 가장 기이한 죽음은 뭐였어?」

막혔던 도로가 뚫리고 나서도 둘은 이야기에 정신이

팔려 있다. 대화에 끼어들 수 없는 가브리엘은 답답해하며 그저 듣고만 있다. 지금 그의 머릿속은 한 가지 생각뿐이다.

〈이들이 제때 도착해야 나를 살릴 수 있는데.〉

7
엉뚱해서 유명한 죽음들

그리스의 비극 작가 아이스킬로스는 기원전 456년에 황당한 사고로 사망했다. 맹금류 새 한 마리가 그의 머리를 매끈하고 둥근 돌이라고 착각하는 바람에 등딱지를 깨서 먹으려고 살아 있는 거북이를 머리에 내리친 것이다.

철학자 크리시포스는 기원전 205년에 연회를 즐기다 갑자기 사망했다. 귀빈들을 위해 마련된 무화과 바구니에서 무화과를 꺼내 우적우적 씹어 먹는 당나귀를 보고 포복절도하던 그는 웃음이 멎지 않아 결국 질식해 죽었다.

기원후 1세기에 로마 황제 클라우디우스의 아들인 드루수스는 친구들이 보는 앞에서 배 하나를 공중에 던져 입으로 받다가 그만 숨이 막혀 죽었다.

1518년, 스트라스부르 주민들 일부가 느닷없이 춤바람이 났다. 원인은 바로 곡식 창고에서 생긴 맥각균이라는 곰팡이였다. LSD로 불리는 마약을 합성하는 데 들어가는 이 곰팡이에는 즉각적인 환각 효과가 있다. 환자를 치료할 방법을 고심하던 의사들은 시장 한복판에 사람들이 춤출 수 있도록 무대를 설치해 놓고 악사들을 불러 반주를 하게 했다. 4백 명이 넘는 사람들이 한 달 동안 광란의 춤을 추다가 심장 마비로 쓰러지거나 탈진해 세상을 떠났다.

1567년, 현재는 오스트리아의 도시인 브라우나우의 시장 한스 슈타이닝거는 길이가 1.4미터에 이르는 자신의 수염에 걸려 넘어지는 바람에 목이 부러져 죽었다.

1599년, 버마의 난다 버인 왕은 도시 국가 베네치아가 왕 없이 의회가 통치하는 공화국이라는 사실을 접한 순간 발작적으로 웃다가 사망했다.

1601년, 현대 천문학의 창시자인 덴마크 천문하자 튀코 브라헤는 황제 루돌프 2세와 같은 마차에 탑승하는 영광을 누렸다. 황제 앞에서 열성적으로 행성의 운행을 설명하던 그는 방광이 터질 듯한 요의를 느끼면서도 차마 마차를 세우라고 하지 못했다. 그는 오줌의 독성이 혈관으로 퍼져 결국 사망했다.

1687년, 루이 14세의 공식 궁정 작곡가였던 장바티스트 륄리는 심한 독감을 앓다가 쾌차한 왕을 위해 성가 「테 데움」을 연주하던 도중 박자를 맞추기 위해 휘두르던 지팡이에 우연히 발이 맞았다. 발에 난 상처에 괴저가 생겨 그는 결국 목숨을 잃었다.

1763년, 소설 『마농 레스코』의 작가 아베 프레보가 십자가 예수상 밑에 누운 채로 발견됐다. 부검의가 사망 원인을 밝히기 위해 가슴을 절개하는 순간, 그가 눈을 번쩍 뜨더니 비명을 질렀다. 부검이 그의 죽음을 부른 것이다.[3]

1864년, 불 대수학의 창시자인 수학자 조지 불이 감기에 걸렸다. 당시 신종 치료법이던 동종 요법에 심취해 있던 그의 아내 메리가 〈독을 독으로 치료〉하는 원칙에 따라 차디찬 물을 감기에 걸린 남편에게 끼얹었다. 불은 결국 폐렴으로 사망했다.

에드몽 웰즈,
『상대적이며 절대적인 지식의 백과사전』제12권

3 그의 죽음과 관련하여 널리 퍼진 소문들 중 하나로, 현재는 부정되고 있다.

8

뤼시가 자신의 스마트 전기차에 올라 앰뷸런스가 길을 터놓은 도로 위를 질주하기 시작한다. 갑자기 차 안에 목소리가 울린다.

「같이 타고 가도 괜찮을까요? 구조대원들의 대화를 듣고만 있자니 짜증이 나서 죽겠더군요. 당신은 최소한 내 말을 들을 수 있잖아요.」

그녀도 이내 교통 체증에 갇혀 멈춰 선다.

「저 사람들은 왜 인도를 이용하지 않아요?」 가브리엘 웰즈가 불끈해 소리를 지른다.

「인도에는 보행자들이 있잖아요. 짜증 내봤자 아무 소용 없어요. 당신은 물질을 통과할 수 있지만 우리는 못하니까. 우린 오도 가도 못해요.」

「헬리콥터를 부를 순 없나?」 가브리엘이 한숨을 내쉬고 나서 마음을 다잡은 듯 말한다. 「미안해요, 감정적이 됐어요. 당신이 옆에 있어서 정말 다행이에요. 왜 날 도와주려는지는 여전히 납득이 안 되지만.」

「말했잖아요, 당신 책이 내 인생을 바꿔 놓았다고.」

「『죽은 자들』 말이에요? 상업적으로는 내 책 중 최대 실패작이었어요! 출판사에서 찍은 책의 10분의 1밖에 못 팔았으니까. 남은 책들은 전량 파쇄됐어요. 서점 진열대에 고작 일주일 머물다 사라졌고, 언론에 기사 한 줄 나오지 않았어요. 독자를 만나지 못하는 책들이 피할 수 없는 운명이죠.」

「하지만 그 책은 날 만난걸요. 지금은 그때보다 비가시 세계를 더 잘 알게 됐으니까 그 책에 나온 정보 중 뭐가 맞고 뭐가 틀린지 구분할 수 있죠. 부정확한 정보도 꽤 많아요.」

스마트 자동차는 여전히 도로에 서 있다. 신경질적인 경적 소리들이 앰뷸런스의 새된 사이렌 소리를 뒤덮는다. 몇몇 성마른 성격의 운전자들이 위험천만한 조작을 시도하다 도리어 혼란만 가중시키고 있다.

「가장 핵심적인 오류부터 짚어 볼게요. 당신은 인간이 죽으면 영혼의 90퍼센트가 환생하고 나머지 10퍼센트가 소위 떠돌이 영혼이 된다고 했어요. 그리고 떠돌이 영혼의 범주에 자살자들과 과거에 대한 미련을 버리지 못하는 사람들이 포함된다고 했죠.」

「티베트 『사자의 서』와 이집트 『사자의 서』에서 찾아낸 수치들이에요.」

「사실은 그 반대예요.」

「진짜예요?」

「그 반대가 더 논리적이죠. 이유는 지극히 단순해요. 당신을 비롯한 대부분의 사람들이 〈육신의 집〉과 자신이라는 사람에 대해 쌓아 올린 신화에 향수를 느끼기 때문이죠. 〈우리는 스스로 만든 자신의 신화에서 벗어나지 못한다〉라는 말로 간단히 설명할 수 있을 거예요. 누구나 자기 과거를 너무 사랑하기 때문에 그걸 단박에 포기하고 새로운 삶을 다시 시작할 수가 없는 거예요. 새로운 삶이 과거의 삶만큼 흥미진진하지 못하리라고 지레짐작하니까.」

「내 소설들에 대해 꼭 그런 감정을 느꼈어요. 몇 권은 그야말로 떠나보내고 싶지 않았어요. 주인공과 함께 있으면서 너무 행복했으니까, 그가 어느새 내 친구가 되어 있었으니까.」

「과거의 자신에게 집착하는 90퍼센트의 떠돌이 영혼이 환생하지 못하는 이유를 이제 이해하겠군요.」

「그럼요, 이해해요. 이야기를 쓰다 보면 나도 내 과거가 자꾸 한 편의 소설처럼 느껴져요. 당신 입에서 어떤 얘기가 나올지 갈수록 궁금해지네요.」

「떠돌이 영혼의 특성을 당신이 알아야 할 것 같아요. 이미 당신이 책에서 밝힌 내용도 있지만 내가 확인한 대로 열거해 볼게요. 일단 좋은 점부터.」

1. 더 이상 육체적 고통을 느끼지 않는다.

2. 더 이상 병에 걸리지 않는다.

3. 더 이상 피로를 느끼지 않는다.

4. 더 이상 음식을 먹지 않아도 된다.

5. 더 이상 잠을 자지 않아도 된다.

6. 더 이상 늙지 않는다.

7. 더 이상 죽음의 고통을 느끼지 않는다.

8. 하늘을 날 수 있다.

9. 물질을 통과할 수 있다.

10. 어디든 마음대로 가서 보고 들을 수 있다. 당연히 영화관이나 공연장, 박물관에 무료 입장이 가능하죠.

11. 외모와 차림새를 선택할 수 있다.

12. 다른 떠돌이 영혼들과 이야기를 나눌 수 있다.

13. 산 자들 중에서 마약 중독자나 알코올 중독자, 정신 분열증 환자처럼 오라*aura*가 완전히 〈밀폐〉되지 않고 틈이 있는 사람들 눈에 보인다. 이들에게는 영향을 미칠 수도 있다. 이 이야기는 나중에 더 자세히 하게 될 거예요.

14. 고양이들 눈에는 보인다. 고양이들은 떠돌이 영혼의 목소리도 들을 수 있다.

15. 영매들, 특히…… 선한 영매들과 대화가 가능하다.

「당신이 볼 때 나쁜 점은 뭐죠?」

그녀가 조목조목 말한다.

1. 더 이상 촉감이 없다.
2. 더 이상 맛을 느낄 수 없다.
3. 더 이상 냄새를 맡을 수 없다.
4. 더 이상 잠을 자지 않으므로 꿈도 꾸지 않는다.
5. 더 이상 산 자들의 눈에 보이지 않는다.
6. 더 이상 물질과의 접촉이 가능하지 않다. 의자에 앉거나 침대에 누울 수 없고, 그런 행동을 할 때의 감촉도 느낄 수 없다. 별거 아닌 것 같지만 나중에는 몹시 그리워질 거예요.
7. 더 이상 성행위를 할 수 없다.
8. 더 이상 물건을 소유하거나 가지고 다닐 수 없다.
9. 더 이상 거울에 비치는 자신의 모습을 볼 수 없다. 이건 금세 짜증스럽게 느껴져요.
10. 더 이상 컴퓨터를 사용할 수 없다.
11. 따라서 더 이상 소설을 쓸 수 없다. 어차피 연필을 잡는 게 불가능하니까요. 당신한테는 이 점이 가장 아쉽겠죠.

「들어 보니 1990년대 미국 영화 〈사랑과 영혼〉과 얼추 비슷하네요?」

「그 영화는 당신 소설보다 오류가 더 많아요. 가령, 영화 끝부분에서 패트릭 스웨이지의 유령이 물질에 작용해서 라이벌에게 주먹을 날리잖아요. 〈투명 인간〉이 된 주인공이 적들을 물리치는 건 불가능한데도 말이죠. 당연히 현실에서는 떠돌이 영혼이 뭔가를 만지거나 움직일 수 없어요. 무조건 통과해 지나갈 뿐이죠.」

「장롱이 우직 내려앉고 경첩이 녹슨 소리를 내고 귀신 들린 고성에서 문이 쾅 닫히면서 괘종시계가 뎅뎅 울리는 거, 이런 게 다 가짜란 말이에요?」

「그런 것들은 다 끈질긴 클리셰들이에요. 육체를 떠난 영혼은 더 이상 물질에 작용할 수 없다는 게 기본 원칙이죠. 물론 영혼들끼리는 상호 작용이 가능해요. 대기가 날아오는 운석이나 태양 복사열로부터 지구를 보호해 주듯 우리 육체도 오라의 보호를 받고 있어요. 그런데 오라에 구멍이 뚫려 감응력이 생기면 산 자의 육체에 떠돌이 영혼이 접근할 수 있죠.」

답답했던 정체가 풀리고 앰뷸런스가 서서히 움직인다. 스마트 자동차가 앰뷸런스 뒤에 바짝 붙어 뒤따라가기 시작하자 다른 차들이 끼어든다.

「당신 소설 중간중간에 나오는 에드몽 웰즈의 『상대적이며 절대적인 지식의 백과사전』도 참 좋았어요. 어떻게 그런 생각을 했어요?」

「〈에드몽 웰즈 교수〉는 아주 오래전에 돌아가신 내 친척 할아버지세요. 그분은 자신을 위해 실제로 백과사전을 만들었고 우리 가족에게 유산으로 남기셨죠. 어느 날 그걸 우연히 읽게 됐는데, 사람들에게 많이 알려지지 않은 백과사전 속 정보를 널리 전파하면 좋겠다는 생각이 들었어요.」

「그분은 어떤 일을 하셨어요?」

「개미를 연구한 곤충학자셨어요. 생물학자이자 철학자, 역사학자이기도 하셨죠. 자신이 만든 특이한 백과사전에 〈상대적이며 절대적인 지식의 백과사전〉이라는 제목을 붙이셨죠. 출간된 적은 없지만 우리 부모님은 그 책을 가족의 교과서처럼 여기셨어요. 내 소설들에 나오는 유용한 정보가 그 책에 많이 들어 있어요.」

「혹시 그분이 심령술에 관심이 많았나요?」

「에드몽 웰즈 할아버지는 기억력이 나빠 특이한 건 무조건 적어 놓으셨대요. 〈사후〉에 특별한 관심을 보이시긴 했지만 그게 다는 아니었어요. 나는 백과사전 중에서도 특히 영성(靈性)을 다룬 제12권의 내용을 소설에 끌어다 썼어요.」

「시대를 막론하고 죽음이 인간에게 가장 신비로운 주제인 건 사실이죠.」그녀가 고개를 끄덕인다.

이 말을 듣는 순간 가브리엘은 산 자들 사이로 돌아갈 가능성이 아직 조금 남았을지 모른다는 기대에 부푼다.

9

퐁피두 병원에 도착한 뤼시는 심폐 소생술을 실시하러 들어가는 의료진을 더 이상 따라갈 수 없다. 멀리, 소생실 안에 가브리엘 웰즈의 파리한 육체가 누워 있다. 전기 충격이 가해지고 가슴에 바로 아드레날린 주사가 투여된다. 그는 전혀 반응을 보이지 않는다.

「안 되겠는데.」 한 의사가 내뱉듯 말한다.

「안 돼, 계속해요, 날 포기하지 말아요!」 가브리엘이 소리를 질러 봐도 소용이 없다.

「조금만 더 해보자.」 가브리엘의 말을 듣기라도 한 것처럼 다른 의사가 동료를 설득한다.

「좋았어! 결정 잘했어요. 당신, 내 마음에 쏙 들어요.」

의사들은 분주히 손을 놀리지만 소생 가능성을 믿는 것 같지는 않다.

「가망 없다니까. 괜히 우리 시간과 세금만 낭비하는 거야.」

「아 참, 집중이나 하라니까!」

「성공 가능성이 없대도 그러네…….」

「자, 충격을 최대로 줘봐. 안 되면 내가 다음 환자를 받기 전에 카페테리아에 가서 커피랑 머핀 살게.」

그의 몸은 전혀 전기 충격에 반응을 보이지 않는다. 이것으로 가브리엘 웰즈의 육신은 영구 폐기되는 것이다.

「이젠 정말로 끝났어. 가망 없어.」

불현듯 이런 질문이 뇌리를 스친다. 〈나는 어떤 삶을 살아왔지?〉

마흔둘, 생의 마지막 챕터에 도달한 그는 인생 대차 대조표를 작성한다.

최선을 다하지 못했다. 소설을 쓰긴 썼지만, 게으름 피우지 않았다면 지금보다 두 배는 더 썼을 것이다. 나한테는 1년에 두 권이 자연스러운 리듬인데 억지로 한 권에 만족했다. 그 이상 쓴다면 너무 많이 쓰는 작가라는 편견 때문에 진지하게 봐주지 않을 것이라고 사람들의 눈을 의식했기 때문이다.

내 소설들이 미국에 번역되도록 노력을 기울였어야 했다. 내 소설들이 영화로 만들어지게 더 애를 썼어야 했다. 창작 강의를 통해 내가 이야기를 창조하는 방법을 사람들과 나누지 못한 게 아쉽다.

여행을 더 많이 하지 못한 게 아쉽다. 늘 동경하던 호주에 왜 한 번도 가지 못했을까?

아직 시간이 있다고 늘 생각하면서 잘못 살아왔다. 죽음이 닥치고 나니 알겠다. 중요한 일들을 계속 미루기만 하면서 살았다.

부모님께 더 잘하지 못한 게 아쉽다. 여러 여자를 만나지 말고 한 여자와 정착했어야 했다. 결혼 생각은 왜 하지 않았을까? 늘 완벽한 여자를 꿈꾸면서 새로운 만남의 기쁨을 포기하지 않으려고 했기 때문이다. 구속이 두려웠기 때문이다.

왜 아이를 낳지 않았을까? 교육에 에너지를 쏟아야 한다는 걸 너무 잘 알고 있었기 때문이다. 나쁜 아버지가 될까 봐 두려웠기 때문이다.

죽고 나서 보니 그동안 실패한 인생을 산 것 같다.

〈젊어서 지혜가 있다면, 늙어서 힘이 있다면〉이라는 말이 있다. 이렇게 덧붙여야 하지 않을까. 〈마지막 순간에 얻은 깨달음을 가지고 죽은 자들이 조금 더 살 수 있다면…….〉

이 무능력한 의사들이 나를 소생시켰더라면, 내가 좋다는 여자와 당장 결혼해 아이를 낳고 가족이 함께 세계 일주를 떠났을 것이다. 그리고 지금보다 책을 세 배 더 썼을 것이다!

이렇게 젊어서 죽는 건 비극이다.

간호사들이 소생술 전문의들과 교대해 들어온다. 그들이 가브리엘의 옷을 벗기더니 몸을 뒤집어 놓는다.

「〈장의사〉라는 단어의 유래를 혹시 알아?」 간호사 한 명이 부지런히 손을 놀리면서 묻는다. 「옛날에는 시신의 엄지발가락을 깨물어서 정말 죽은 건지 잠들어 있는 건지 확인했대.」[4]

「말 나온 김에 해봐! 한번 깨물어 봐. 딱딱해 보이는데.」

일이 서투른 간호사가 그를 바닥에 떨어트린다. 가브리엘 웰즈의 육신이 고기 자루처럼 퍽 하고 둔한 소리를 내며 바닥에 부딪힌다.

「조심해!」

「왜, 아프기라도 할까 봐 그래?」

가브리엘 웰즈는 맨살이 드러난 자신의 등을 바라보다 새로운 사실을 발견하고 당혹스러워한다.

「어이! 저길 봐요, 수상한 반점들이 있어요! 부검이 필요해요!」

그가 공중에 떠 아래를 내려다보면서 소리치지만 산 자들에게 그의 목소리가 들릴 리 만무하다. 간호사들은 벌써 그의 몸을 덮개로 싸기 시작한다. 그의 육체는 순식간에 냉동고 속에 갇힌다.

가브리엘 웰즈는 마음속으로 목록을 만든다.

단서 1: 손바닥의 불그스름한 점상 출혈.

4 프랑스어로 〈장의사croque-mort〉는 〈깨물다croquer〉와 〈죽은 사람 mort〉이 결합해 만들어졌다.

단서 2: 등에 퍼져 있는 붉은 반점.

가브리엘은 대기실에서 눈을 감고 앉아 있는 뤼시에게 다가간다.

「자고 있을 때가 아니에요, 마드무아젤. 끝났어요, 나는 완전히 죽었어요. 그런데 내 등에서 전형적인 독살의 흔적을 발견했어요. 속히 부검을 해야 해요!」

뤼시가 천천히 눈을 뜬다.

「내가 눈을 감고 있을 때는 방해하지 말아요.」

「하지만…….」

「잔말 말아요. 알지도 못하면서.」

「졸았잖아요?」

「천만에요, 〈정화〉 중이었어요. 그게 뭔지는 차차 설명할게요. 그런데, 방금 뭐라고 했죠?」

「부검을 하자고 했어요. 내 손바닥에 불그스름한 점상 출혈이 있고 등에는 큼지막한 반점들이 보여요. 명백히 독살을 의심할 만한 정황 증거들이죠. 확인하려면 부검이 필요해요. 뤼시, 부탁이에요, 나 대신 부검을 요구해 줘요!」

뤼시가 한숨을 내쉬면서 몸을 일으켜 〈민원/분쟁 접수〉라는 푯말이 붙은 창구 앞에 가서 줄을 선다. 한참을 기다린 후에야 그녀 차례가 돌아온다. 창구의 뚱뚱한 여성이 그녀에게 시큰둥하게 대답한다.

「그런 요구는 가족만 할 수 있어요. 가족이세요?」

「아니요, 저는 그냥…… 친구예요.」

「그러면…….」

「때마침 형이 오네요!」 가브리엘이 반색한다.

근사한 코트 차림의 남자가 뤼시의 시야에 들어온다. 남자가 굳은 표정으로 급히 걸어오더니 가브리엘 웰즈의 일로 왔다고 말한다.

「어머, 쌍둥이잖아요! 쌍둥이 형제가 있다는 얘기를 왜 안 했어요?」

뤼시가 목소리를 낮춰 말하며 남자를 관찰한다. 가브리엘 웰즈의 소설 겉표지에 나온 얼굴과 영락없이 닮았다. 둥그스름한 얼굴형에 콧방울이 작은 코, 얇은 입술, 짧게 깎은 갈색 머리까지.

「맞아요. 토마와 나는 쌍둥이예요. 신체적으로는 완전히 똑같게 생겼지만 정신적으로는 정반대죠.」

가브리엘의 쌍둥이 형이 안내 데스크 직원에게 어디로 가야 하는지 묻는다. 걸음을 옮기는 그를 뤼시가 뒤따라가 붙잡으려 하자 가브리엘이 얼른 제지한다.

「토마가 내 죽음의 충격을 흡수하게 잠시 놔둬요. 그래야 설득도 더 쉬울 거예요.」

가브리엘은 이 부서 저 부서를 거쳐 영안실로 향하는 쌍둥이 형의 뒤를 계속 쫓는다. 가브리엘의 시신이 든 서랍이 울부짖는 듯한 소리를 내며 앞으로 미끄러져 나온다.

토마 웰즈가 허리를 숙여 쌍둥이 동생의 시신을 끌어 안는다. 한참 동안 동생과 하나가 되어 있던 그가 천천히 몸을 일으킨다.

「제 동생이 맞아요.」그가 짧게 내뱉는다.

부검의가 신원 확인서를 건네자 토마 웰즈가 눈가의 물기를 닦고 나서 서류를 작성하고 서명한다. 그가 병원 을 나서며 주머니에서 휴대폰을 꺼낸다. 주차장에 서서 부모에게 비보를 전한다.

뤼시가 그의 앞으로 재빨리 다가간다.

「토마 웰즈 씨죠?」

그가 눈길도 주지 않은 채 나지막이 대답한다.

「때를 잘못 골랐어요.」

「당신 동생에 관해 중요한 할 말이 있어요.」

「당신 누구예요? 나한테 원하는 게 뭐죠?」

「병원에 동생의 부검을 요구하세요.」

그제야 무슨 일인가 싶어 토마가 고개를 든다.

「당신이 누구인지 아직 밝히지 않았어요, 마드무아 젤…….」

「절친한 친구예요.」

「가장 최근 애인이겠죠? 척 알아봤어야 하는데. 그러 고 보니 딱 동생 타입이네요.」

「그냥 친구예요, 그런데…….」

「부탁이에요, 혼자 있고 싶어요.」

「성가시게 해서 미안하지만, 가브리엘이 저한테 한, 아니 했던 부탁이 있어요. 자기가 죽으면 부검을 해달라고 했었어요.」

「별 뚱딴지같은 소릴 다 듣겠네. 부검은 왜요?」

「내가 살해당할지 모른다고 믿을 만한 근거들이 있었다고 말해요.」 가브리엘이 얼른 아이디어를 건넨다.

「그게…… 가브리엘은 살해당할지도 모른다고 생각했어요.」

「협박 편지들을 받았다고 해요.」

「협박 편지들도 받았거든요……. 누군가 자신을 제거하려 한다는 걸 이미 알고 있었죠.」 그녀가 얼렁뚱땅 둘러댄다.

「그 〈누군가〉의 정체를 나는 알죠.」 토마가 조금도 당황하는 기색 없이 대답한다.

「아, 그래요? 그게 누구죠?」

「동생의 심장이에요.」

「무슨 말씀인지?」

「가브리엘은 심장에 큰 문제가 있었어요. 아테롬 때문에 관상 동맥 하나가 75퍼센트가량 막혀 있었죠. 동생이 엑스레이를 보여 준 적이 있어서 알아요. 관상 동맥 우회술이 필요했는데 동생은 개심술을 무서워했어요. 그래서 내 소박한 견해로는 지나치게 낙관론자인 랑망 박사의 조언을 따랐죠. 랑망 박사가 하루 45분씩 운동을 권해서 운동을 시작했고, 아스피린을 매일 75밀리그램 복용하라고 해서 그렇게 했어요. 그 결과가 이거예요. 수술을 받고 콜레스테롤 약을 복용했어야 하는데 임시방편으로 해결하려다 이 꼴이 난 거죠. 가래로 막아야 하는데 호미를 꺼내 들었으니……. 내가 그렇게 경고했는데도 듣지 않고 친구 말만 믿다가 이렇게 됐어요. 맹신의 대가를 톡톡히 치른 거죠. 다시 말해 협박이나 원한 관계, 범죄, 이런 것들과는 아무 상관이 없다는 뜻이에요. 수많은 사람들처럼 그냥 심정지가 일어났을 뿐이에요.」

「뤼시, 제발, 계속 졸라요!」 가브리엘은 마음이 급해진다. 「아무 말이라도 해요! 어떻게든 부검을 요구하게 설득해야 돼요.」

「그는 아주 구체적인 내용의 살해 협박을 받았어요. 그걸 절대 가볍게 넘겨선 안 돼요.」

「이런 말을 하는 게 뭣하지만, 가브리엘은 피해망상이 심했어요. 뭐, 추리 작가들한테는 흔한 일이죠. 가브리엘의 머릿속은 늘 온갖 종류의 범죄와 음모, 살인, 즉 창작의 재료가 될 만한 것들로 가득 차 있었어요. 그런 상상에 전문가적 변형을 가하는 게 그의 일이었으니까요. 그러다 보니 가브리엘은 자신의 망상을 실제로 믿어 버리게 됐어요. 그게 문제였죠. 동생과 나는 아주 달랐어요. 동생은 몽상가였지만 나는 현실론자예요. 가브리엘은 관상 동맥 경화 때문에 자다가 심근 경색이 왔어요. 이게 현실이에요. 누구나 죽으면 흙으로 돌아가 결국은 벌레의 밥이 돼요. 요즘은 밀폐된 관에 들어가서 그렇지도 않은 모양이지만. 더군다나 현대인이 섭취하는 음식에 든 방부제와 항생제, 미세한 금속 입자들 때문에 시신이 썩지도 않는다고 하더군요. 어쨌든, 진실은 이렇듯 실망스러운 법이에요. 말을 하다 보니 화장이 훨씬 위생적인 방법이라는 생각이 드네요.」

「안 돼!」 가브리엘이 소리친다. 「나를 화장시키게 해선 안 돼요. 그러면 부검 자체가 불가능해지잖아요! 무슨 수를 써서라도 그를 설득해 봐요.」

뤼시가 숨을 깊이 들이마시고 나서 작심한 듯 내뱉는다.

「난 그의 영매예요.」

토마 웰즈는 놀란 기색이 역력하다. 그녀의 말이 농담인지 진담인지 긴가민가해하며 한참을 빤히 쳐다보더니 억지로 웃음을 참으면서 말문을 연다.

「나는 동생이랑은 달라요.」 토마 웰즈가 어깃장을 놓는다. 「나는 진정한 과학자예요. 그런 시답잖은 소리를 믿을 사람이 아니라는 말이에요.」

가브리엘이 펄쩍 뛴다.

「어떻게 저런 오만무례한 인간이 내 형제였을까? 내 몸 자체가 증거이고 단서인데 그걸 재로 만들어 버리려 하다니, 절대 안 돼!」

「나는 영매고, 지금 가브리엘의 말을 전하고 있어요. 그가, 다시 말해 그의 영혼이 절대 화장만은 안 된다고 나한테 말하고 있어요.」

토마가 오른쪽 눈썹을 찡긋 치켜올린다.

「동생이 지금 여기 우리와 함께 있다는 거예요?」

그녀가 고개를 천천히 끄덕거린다.

「그가 당신한테 나와 이야기하라고 한다?」

「그래요.」

「말도 안 돼.」

「하지만 진실인걸요.」

「그건 〈당신한테나〉 진실이지, 나한테는 안 통해요. 당신 같은 족속들은 사람들의 순진함을 이용할 줄이나 알지 자기들이 퍼뜨리는 거짓말이 어떤 해악을 끼치는지는 모르죠.」

「어떻게 거짓말이라는…….」뤼시가 발끈한다.

「난 철저한 데카르트주의자예요. 내 위대한 스승처럼 눈에 보이는 것만 믿죠. 어려서도 산타클로스나 회초리 할아버지,[5] 이빨 요정 따위를 믿지 않았어요.」

「내 말을 들어야 해요, 왜냐하면…….」

「나는 유령이나 신, 악마, 천사의 존재를 믿지 않아요. 천국과 지옥, 사후 세계, 환생도 믿지 않죠. 외계인이나

5 회초리를 들고 산타클로스를 따라다니며 나쁜 짓 하는 아이들을 혼내 준다는 인물.

66

요정, 뤼탱, 놈[6] 같은 건 내 사전에 없어요. 타로 점, 점성술, 동종 요법, 기 치료, 카드 점 따위를 믿으라고요? 나는 필적 감정이나 정신 분석도 믿지 않는 사람이에요. 하물며 사자들과 말을 하는 영매라니, 실소를 금치 못하겠네요…….」

「당신은…….」

「난 과학자예요. 무수한 경이를 선사하는 실험을 믿죠. 세계는 눈에 보이는 그대로예요. 반박할 수 없는 물리 법칙과 생물 법칙에 따라 움직이죠. 이 세상에 초자연적인 건 존재하지 않아요. 무지해서 미신을 믿는 사람들이 있을 뿐이죠. 그들은 죽음을 두려워해요. 그래서 무언가를 끊임없이 상상하면서, 자신들이 만들어 낸 망상을 믿으면서, 죽음의 두려움에서 벗어나려고 하죠. 하지만 확고부동한 사실이 존재해요. 우리 모두가 알고 있는, 확인 가능하고 부인할 수 없는 진실 말이에요. 우리는 태어나, 늙고, 죽고, 썩어 먼지가 된다는 사실, 그렇게 결국 언젠가는 모두에게 잊힌다는 사실. 이게 바로 그 진실이에요. 좋은 일이죠. 우리의 존재로 지구가 비좁아지지 않으니까. 우리에게 마법처럼 남아 있는 영역은 단 하나, ― 이것만도 어디예요! ― 바로 꿈이에요. 눈을 감기만 하면 되죠. 게다가 공짜이기까지 해요.」

---

6 뤼탱*lutin*은 주로 밤에 돌아다닌다는 꼬마 악마를, 놈*gnome*은 늙은 난쟁이 외모를 한 땅의 정령을 말한다.

조소가 가득한 상대방의 고집스러운 얼굴을 대하자 뤼시는 입술을 달싹일 뿐 되받아치지 못한다.

「내 말 잘 들어요. 당신은 매혹적인 사람이에요, 너무도……. 운이 좋아서 멍청이들의 맹신을 악용해 땀 흘리지 않고 많은 돈을 버는 직업을 갖게 된 건 인정하죠. 하지만 동생의 죽음으로 내가 겪는 힘든 시간은 존중해 줬으면 해요.」

뤼시의 머릿속에서 부딪치고 뒤엉키는 무수한 말들이 목구멍에 걸려 밖으로 빠져나오지 못한다. 그녀가 반박을 포기한 듯 연신 한숨을 내쉰다. 그러더니 몸을 팽 돌려 결연한 걸음으로 토마에게서 멀어진다. 가브리엘이 황급히 그녀를 뒤쫓는다.

「제발 부탁이에요, 이렇게 쉽게 포기하지 말아요. 무슨 수를 써봐요. 화장하면 안 돼요, 부검을 해야 한다고요!」

그녀는 들은 척 만 척 걷는다.

「형은 제 잘난 맛에 사는 얼간이예요.」

그녀의 걸음걸이가 더 빨라진다.

「날 포기하지 말아요. 이렇게 간청해요. 처음 죽어 보니 도무지 뭐가 뭔지 모르겠어요!」

「고양이들 밥 주러 가야 해요.」

그녀는 벌써 자동차에 올라 시동을 걸고 병원 주차장 출구를 향하고 있다.

「자기가 왜 죽었는지 알고 싶어 헤매는 망자를 부디

가엾게 여겨 줘요!」

그녀가 못마땅한 표정을 짓는다.

「피해자 행세 좀 그만해요.」

「내가 피해자 행세를 한다고요? 나는 살해당했어요! 자초지종을 알고 싶은 게 당연해요!」

「누구한테나 소소한 문제들이 있어요. 그걸 가지고 다른 사람들을 성가시게 해선 안 되죠. 살해된 사람들이 모두 어떻게 죽었는지 알고 싶어 하면 세상이 어떻게 되겠어요? 무슨 말인지 알겠어요? 그건 불경한 호기심이라고요.」

그녀가 길을 막고 있는 자동차를 향해 비키라고 신경질적으로 경적을 울려 댄다. 가브리엘 웰즈는 신경이 곤두서 있는 그녀에게 더 이상 말을 붙이지 못한다. 하지만 어떻게 해서라도 반드시 해답을 얻고 싶다. 그가 소설의 첫머리로 삼아 볼까 했던 문장, 이제 그의 머릿속을 점령한 바로 그 질문에 대한 해답을.

나는 왜 죽었지?

10

영매의 집은 가브리엘 웰즈의 집에서 불과 몇백 미터 거리에 있다. 그의 눈앞에 인형의 집을 연상시키는 단독 주택이 나타난다. 요정 형상의 장식물들이 달린 철책이 열리자 텃밭이 나오고 과수가 심어진 뜰이 보인다. 벽돌로 된 외벽은 담쟁이덩굴에 뒤덮여 있고 지붕 꼭대기에 높이 솟은 굴뚝에서는 연기가 피어오르고 있다.

집 안으로 들어가자 열 마리가량의 고양이들이 우아한 걸음걸이로 실내를 돌아다니고 있다. 한 마리가 느릿느릿 가브리엘에게 다가온다. 뾰족하게 바짝 위로 세운 귀 끝이 바르르 떨린다.

「내가 보이나 보네?」 가브리엘이 깜짝 놀라 말한다.

「야옹.」 고양이가 대답이라도 하듯 소리를 낸다.

벽난로 위에 놓인 사진 한 장이 가브리엘의 시선을 끈다. 노을을 배경으로 한 커플이 포즈를 취하고 있다. 구릿빛 몸에 탄탄한 팔 근육과 환상적인 복근을 자랑하는 남자가 비키니 차림의 뤼시를 품에 꼭 끌어안고 있다.

두 남녀가 백사장에서, 야자수나 대나무가 울창한 숲에서 입맞춤을 하거나 다정한 눈길을 주고받는 사진들이 곳곳에 놓여 있다.

뤼시가 밥그릇들을 채워 놓자 고양이들이 꼬리를 안테나처럼 세우고 달려온다. 몇 마리가 그녀의 장딴지에 다정하게 몸을 비벼 댄다. 거실 한 귀퉁이를 차지한 다양한 운동 기구들과 그 위에 큼지막하게 써서 붙여 놓은 글귀가 눈에 띈다.

영혼이 머무르고 싶게 만들려면 육체를 잘 보살펴야 한다.

뤼시가 둥근 방석에 가부좌를 틀고 앉더니 눈을 감는다. 그러자 그녀의 머리 위로 환한 빛줄기가 빠져나온다.

거실 천장을 빙글빙글 돌고 있던 떠돌이 영혼들이 뤼시의 허리께에서 몸속으로 들어가더니 마치 승강기를 타듯 척추를 통해 정수리까지 올라가 빛줄기 속으로 빨려 들어간다.

주변의 영혼들이 다 사라지고 나자 뤼시가 다시 눈을 뜬다. 그녀가 여러 번 심호흡하더니 물기를 털어 내듯 양손을 앞뒤로 흔든다.

「방금 그 신기한 의식이 뭐였는지 물어봐도 될까요?」

「당연히 병원에는 떠돌이 영혼이 많아요. 그들이 나를

71

발견하고는 〈올라가게〉 도와 달라고 모여들었던 거예요.

「당신이 어떻게 도와주는데요?」

「상부에서 나한테 제안이 와요.」

「상부라뇨?」

「떠돌이 영혼들 위에 있는 고양된 영혼들을 말해요. 지상의 일을 관장하기 위해 남아 있는 영혼들이죠.」

그녀가 욕실에 들어가 손을 씻고 얼굴에 물을 끼얹고 나온다. 고양이 한 마리를 다정하게 쓰다듬어 주면서 설명을 시작한다.

「당신이 머무는 곳은 〈하위 아스트랄계〉라는 첫 번째 단계예요. 그 위에 〈중위 아스트랄계〉가 있고 더 위에 〈상위 아스트랄계〉가 있어요. 환생할 준비가 된 떠돌이 영혼이 들어갈 수 있는 태아를 상부에서 나한테 알려 줘요. 대부분 〈굿딜〉이죠. 떠돌이 영혼들이 그걸 알고 내 존재를 감지하는 순간 몰려드는 거예요. 물론 황소고집을 부리는 떠돌이 영혼들도 있어요. 내가 상부를 대신해 그들을 설득하지만 반드시 성공하는 건 아니에요. 실패할 때도 아주 많아요. 환생으로 통하는 빛의 터널 근처까지 나와 함께 갔다가 막판에 마음을 바꿔 되돌아온 떠돌이 영혼들도 부지기수죠.」

그녀가 어깨를 으쓱하고 나서 말끝을 이어 간다.

「영혼의 자유 의지를 존중하는 게 절대 원칙이죠. 그래서 망설이는 영혼들을 설득하기 위해 현장에서 협상을 펼칠 나 같은 사람이 상부에 필요한 거예요.」

뤼시가 원목으로 꾸며진 시골풍 주방으로 걸어간다. 그녀가 서랍에서 온갖 알약과 가루와 시럽을 꺼낸다.

「이게 다 뭐예요?」

「비타민과 무기질, 에센스, 동종 요법 제품들이에요.」

「보아하니 당신은…… 건강 염려증 환자네요. 그래서 병원에 왔던 거군요!」

「나는 살아 있음의 특권을 인식하고 그 시간을 최대한 연장하기 위해 애쓰는 중이에요. 그게 당신 눈에 건강 염려증으로 비친다면 하는 수 없죠. 하지만 봤잖아요, 건강에 대한 자만이 당신한테 어떤 결과를 초래했는지…….」

뤼시는 이 말을 하면서 샐러드를 만들 준비를 한다. 갖가지 채소를 꺼내 냄새를 맡더니 깨끗이 씻고 다듬어 접시에 가지런히 담는다. 채소들 위에 알팔파 새싹을 한 옴큼 얹고 참깨를 뿌린 다음 헤이즐넛 오일을 몇 방울 슥 떨어뜨린다.

「당신이야 감각이 없으니까 당연히 미각도 없고 음식을 먹지 않아도 되지만 나는 달라요. 게다가 그렇게 〈밀집도〉가 높은 장소에 다녀와서 정화를 하고 나면 항상 허기를 느껴요.」

그녀는 어금니로 아삭아삭 소리를 내면서 샐러드를 먹기 시작한다.

가브리엘 웰즈는 공중에 떠서 그녀가 채소를 베어 물

고 씹다가 삼키는 모습을 넋을 놓고 바라본다. 이 모든 것이 자신에게는 과거의 일이라는 생각이 들자 아련한 향수를 느낀다.

가브리엘은 그녀가 포크를 내려놓기를 기다렸다가 다시 말을 붙인다.

「아까 말했던 하위 아스트랄계, 중위 아스트랄계, 상위 아스트랄계에 대해 더 설명해 줄 수 있어요?」

갑자기 초인종이 울리며 그들의 대화가 중단된다.

「어머? 일찍 오셨네.」뤼시가 놀라는 표정을 짓는다.

「누가요? 누가 오기로 돼 있어요?」

「이야기를 쓰는 게 당신 일이라면 내 일은 이야기를 듣는 거예요. 미안하지만, 내가 아무리 당신 소설을 좋아 해도 내 시간을 몽땅 당신한테 할애할 순 없어요. 오늘 첫 손님이 오신 모양이니 당신과는 여기까지만 하죠. 밖 으로 내쫓을 수 없다는 걸 아니까 한 가지만 부탁할게요. 심령 대화를 구경하고 싶으면 조용히 있어 줘요, 절대 끼 어들지 말고요. 알았어요?」

가브리엘이 그녀 주위를 빙빙 돈다.

「내가 전혀 모르는 당신 직업에 대해 배울 좋은 기회 가 되겠네요. 무척 궁금해요. 당신이 폭스 자매의 계승자 라고 이해하면 될까요?」

11
폭스 자매

폭스 목사의 세 딸은 근대 심령술 운동의 창시자이다.

1848년 3월, 뉴욕주 하이즈빌에 살던 세 자매는 집 지하실에서 나는 이상한 소리를 들었다. 사실 이 집은 폭스 가족이 이사 오기 전부터 동네에서 이미 귀신이 나오는 집으로 유명했다.

당시 열다섯 살과 열두 살이던 둘째 딸 마거릿과 셋째 딸 케이트는 그 소리를 내는 귀신을 〈스플릿풋〉이라고 불렀다. 자매는 종이에 적힌 알파벳을 가리키면 귀신이 예, 아니요, 하고 대답해 의사소통이 가능하다고 주장했다. 그들과 대화를 나눈 떠돌이 영혼은 자신의 이름이 찰스 B. 로스고 직업은 외판원이었는데, 5년 전에 자신을 살해한 범인이 시신을 폭스 자매가 살고 있는 집 지하실에 묻었다고 말했다.

세 자매가 어른들을 설득해 지하실을 파자 머리카락과 뼛조각이 발견됐고, 그것들은 감정 결과 사람의 것으로 판명되었다고 한다. 이 사건이 큰 반향을 일으키면서 폭스 자매는 일약 유명해졌다.

장녀인 리아는 미국 순회공연에 나섰다. 그녀의 공연에 점점 더 많은 관중이 모였고 유력 인사들도 심령술 운동에 동참하기 시작했다. 폭스 자매를 따르는 수백 수천 명의 사람이 자신들도 혼령과 대화가 가능하다고 주장했다. 테이블 터닝과 혼령이 대답할 수 있게 알파벳이 적혀 있는 위자 보드 붐이 일었고, 1852년 미국에서만 공식적인 심령술 신봉자가 3백만 명에 이르렀다.

이 현상은 순식간에 영국(셜록 홈스를 창조한 코넌 도일이 대표적 신봉자), 프랑스(빅토르 위고와 프랑스 심령술의 창시자인 알랑 카르데크), 러시아(라스푸틴), 남미로 확산되었다.

폭스 세 자매는 어마어마한 돈을 받고 심령 대화 시연을 펼쳤다. 막내딸 케이트는 부유한 영국인 변호사를 만나 결혼했는데, 그녀의 남편은 아내를 설득해 심령 현상의 속임수를 밝히는 전문가인 윌리엄 크룩스에게 검사를 받아 보게 했다. 감정 결과 케이트의 심령술은 전혀 사기 가능성이 없는 것으로 판명됐다.

비슷한 시기에 둘째 딸인 마거릿도 탐험가와 결혼했다. 하지만 5년 뒤 남편이 탐험 도중 사망하자 실의에 빠진 그녀는 술에 의존하게 된다.

몇 달 뒤, 케이트 역시 남편을 잃고 언니처럼 알코올

중독에 빠진다.

두 알코올 중독자 동생은 국제적 위상을 갖게 된 심령술 운동을 이끄는 큰언니 리아와 심각한 불화를 겪게 된다. 그들은 언니의 명성에 흠집을 내기 위해 진실을 폭로하기로 한다. 뉴욕에서 다시 대중 앞에 선 마거릿과 케이트는 혼령들이 예 혹은 아니요, 라는 의사 표시를 위해 낸다고 알려진 소리는 사실 자신들이 발가락 마디를 꺾어서 낸 소리였다고 밝혔다. 그들은 자신들의 주장을 입증하기 위해 의사 앞에서 직접 시연을 펼쳤다. 그들은 언니 리아가 돈을 벌기 위해 자신들을 강제로 무대에 세웠다고 고백했다.

합리주의자들은 쾌재를 불렀지만, 이 사건이 이미 엄청난 규모로 확산된 심령술 운동의 기세를 꺾을 수는 없었다. 심령술 신봉자들은 도리어 두 자매가 협박을 받아 억지 자백을 했다고 주장했다. 이후 알코올 중독 증세가 더 심해진 마거릿과 케이트는 극도로 곤궁한 삶을 살았다. 재기하기 위해 안간힘을 쓰던 마거릿은 다시 한번 무대에 올라 이전에 했던 말을 번복하면서 자신은 진정한 심령술의 대가라고 주장했다. 하지만 대중의 관심은 이내 다시 시들해졌고, 극빈자 생활을 하던 그녀는 1893년, 60세의 나이로 사망했다. 동생 케이트가 세상을 떠난 지 불과 몇 달 뒤의 일이었다.

두 자매가 사망한 지 11년 뒤인 1904년, 폭스 자매가

살았던 하이즈빌의 집 지하실에서 놀던 아이들이 벽 뒤
에서 해골을 발견했다. 이 사건은 대서특필되었고, 세계
적으로 심령술 운동 부흥의 계기가 되었다.

에드몽 웰즈,
『상대적이며 절대적인 지식의 백과사전』제12권

12

뤼시의 첫 번째 고객이 모습을 드러낸다. 정갈한 스리 피스 양복을 입은 기품이 넘치는 남자가 집채만 한 아프 간하운드를 데리고 들어온다. 주인과 개는 부스스한 연 베이지색 털과 길고 가는 다리, 형형한 눈빛, 범상치 않 은 몸짓이 서로 꼭 닮았다. 남자는 문장이 새겨진 반지를 손가락마다 끼고 있다.

그가 기진맥진한 모습으로 의자에 털썩 주저앉는다.

「나는 윌리엄 클라크, 영국인이오. 내가 구입해 살고 있는 메리냐크 성에 귀신이 나와 골머리를 썩이다 당신 을 찾아왔소. 적대적인 귀신의 존재가 느껴져 아내와 나 는 밤에 수시로 잠을 설치고 있다오. 우리 부부는 귀신 때문에 심각한 피해를 입고 있소. 심지어 개까지 신경이 곤두서 있는 지경이오.」

개가 입을 떡 벌리며 하품을 한다.

「당신이 우리가 강구할 수 있는 마지막 수단이오.」

그는 쥐나 흰개미를 박멸해 달라고 요청하는 듯한 어조로 뤼시에게 용건을 꺼낸다. 그가 상황을 상세히 설명한다.

「우리 교구의 퇴마 사제에게 도움을 청해 봤지만 소용없었소. 당신 서비스를 받고 만족한 친구들이 이쪽 분야에서 당신이 최고라고 합디다. 사자들과 진짜로 이야기할 수 있는 사람은 당신이 유일한 것 같다고. 부탁 좀 합시다. 그 성가신 자를 내 집에서 쫓아내 줘요.」

뤼시가 고개를 끄덕이고 나서 눈을 지그시 감는다. 그녀는 여러 매개자를 거쳐 당사자를 소환하는 데 성공한다. 깡마르고 다소 여성스러운 외모에 고급스러운 양복을 걸친 심령체가 그녀 앞에 모습을 드러낸다.

「당신이 그 성의 유령인가요?」 뤼시가 그에게 묻는다.

「메리냐크 남작이오. 17대 손이지. 내가 그 성의 주인이오.」 그가 뻣뻣하게 대답한다.

「성의 새 주인이 당신이 떠나 줬으면 해요. 자신이 그곳의 주인이라면서.」

「이런 파렴치한을 봤나! 우리 가문은 이 성에서 대대손손 17대째 8백 년을 넘게 살았소. 마지막 자손이, 그것도 서자 녀석이 포커에 빠져 가산을 탕진하는 바람에 이 지경이 됐지. 외국인이, 그것도 우리 가문과 하등의 인척관계도 없는 자가 내 성을 도둑질하는 꼴을 두고 볼 순 없소. 저자에게 내가 당장 떠나라고 한다고 전하시오. 그러지 않으면 불행이 닥칠 거라고.」

뤼시의 왼쪽 눈꺼풀이 경련을 일으키며 가늘게 떨린다. 그녀가 〈만만치 않겠어〉라고 생각한다는 증거다. 뤼시가 입을 가리고 가볍게 기침을 하더니 손님 쪽으로 고개를 든다.

「저…… 클라크 씨, 말씀하신 대로 당신 땅에 살고 있는 유령을 불러냈어요. 그가 저와, 그러니까 당신과의 대화에 기꺼이 응했어요. 이분이 본인을 메리냐크 남작이라고 밝히면서, 7대째 자기 가문이 소유하고 있었기 때문에 그 성은 자신의 집이라고 하네요.」

「7대째가 아니라 17대째. 신경 써서 들었어야지!」

「아 네, 죄송해요, 17대째. 따라서 이분은 당연히 성을 떠날 생각이 없대요. 떠날 사람은 당신이라고 굳게 믿고 계시네요.」

「금융계에서 오랫동안 뼈 빠지게 일해서 번 돈으로 구입한 성이에요. 공증 서류도 다 갖고 있으니 그건 법적으로 내 소유요.」

그들을 내려다보고 있는 남작의 반투명 심령체가 어깨를 으쓱한다.

「고작 잉크 방울이 찍힌 얇은 종잇장에 불과한 걸 가지고. 내가 말하는 건 우리 가문의 문장, 영욕과 성쇠, 역사에 대해서요. 성에서 벌어진 일들을 물론 당신이 알 턱이 없겠지. 내 증조모께서 해산하다 돌아가신 침대를 저

얼간이가 위스키 바로 만들려 하고 있소. 내 조부께서 엽
총을 들고 독일 놈들을 사살하셨던 2층 창문을 새 주인
이라는 저자가 시멘트로 발라 버리려고 해. 저자가 수령
이 1백 년도 넘는 떡갈나무를 베어 내고 그 자리에 수영
장을 만들겠다고 한단 말이오! 저자는 도둑놈에다 우리
의 문화유산을 전혀 존중할 줄 모르는 야만인이오. 그
런 자에게 우리 영지를 내줄 순 없소. 게다가 저자는 영
국인이야. 삶은 소고기를 박하향 나는 소스에 찍어 먹는
민족이란 말이오. 저자가 우리 선조께서 참전했던 아쟁
쿠르 전투에서 프랑스 기마병들을 향해 비겁하게 활을
쏘아 댄 간악한 놈들의 후손이라 해도 하나도 놀라울 게
없지.」

「이제 조용히 떠나야 하는 이유를 저자가 납득했소?」
고객이 재우쳐 묻는다.

뤼시는 남작의 영혼이 들을까 걱정하는 사람처럼 몸
을 구부려 작은 목소리로 말한다.

「메리냐크 남작의 대답은 대략 이래요. 당신이 중개업
소에 돈을 줬다고 해서 성을 점유할 정당한 권리가 생기
는 것은 아니라는 거죠.」

「내 집이란 말이오!」고객이 버럭 소리를 지른다.

「아니, 내 집이오!」

「나가야 하는 건 저 유령이오!」

「마음대로 해보시오. 나는 하늘이 두 쪽 나도 나갈 마

음이 없으니까!」

「지금으로선 전혀 그럴 의향이 없다는데요…….」뤼시가 간략하게 내용을 전달한다.

고양이들이 다가와 영국인의 개를 에워싼다. 수적 우세를 과시할 목적이지 겁을 주려는 것 같진 않다. 한 방에 날려 버릴 수 있지만 조무래기들은 상대하기 싫다는 듯 아프간하운드가 아가리를 한껏 벌리며 하품을 한다.

뤼시가 손깍지를 꼈다 풀었다 하면서 뭐라 말할지 궁리하고 있다.

「협상을 하시는 게 좋겠어요, 클라크 씨. 그리고 일단 그 〈유령〉이라는 표현부터 좀 자제해 주세요. 떠돌이 영혼들이 좋아하지 않거든요. 〈남작〉이나 〈남작 선생〉이라고 불러 주세요. 성을 이분과 나눠 쓰시면 안 될까요? 이분께 익숙한 공간은 드리고 나머지 공간을 차지하시면 되잖아요. 이분이 오래된 나무를 베는 문제에 특히 신경이 곤두서 계세요. 정원 공사와 관련해서는 제가 앞으로 기꺼이 중개자 역할을 맡아 드릴게요.」

「저 유독성 수증기 덩어리와 협상할 마음은 조금도 없소. 협상은 나한테 성을 비싸게 팔아먹은 부동산 중개업소와 한 걸로 충분해요. 모든 저축을 쏟아부어 마련한 내 재산의 일부를, 손에 만져지지도 않는 해로운 존재에게 양보하고 싶지 않소!」

뤼시가 이마를 찡그리면서 입을 실쭉한다. 그녀가 몸

을 더 바짝 앞으로 숙인다.

「괜히 드리는 말씀이 아니에요, 불에 기름을 붓고 싶지 않으면 모욕적인 언사는 삼가 주세요!」

「저 영국 놈이 지금 나를 뭐라고 부른 거야? 뭐, 수증기 덩어리? 해로운 존재? 썩은 고깃덩이 같은 놈이 제 주제를 모르고!」

가브리엘은 죽은 자들과 산 자들이 서로를 차별한다는 것을 알고 깜짝 놀란다. 그는 끼어들지 않고 계속 지켜본다.

「클라크 씨, 그곳이 자신의 집이라는 메리냐크 남작의 주장도 고려할 가치가 있어요.」

「그자는 아무런 법적 권리가 없소! 그저 무단 점유자에 불과해요!」

「소송이라도 하실 건가요? 집행관이나 경찰을 불러 쫓아내시게요?」 뤼시가 비아냥거리듯 묻는다.

「당신이 쫓아내요. 나한텐 당신이 귀신 쫓는 경찰이니까. 그 성가신 자가 내 성에서 사라지게 해줘요.」

「말씀을 가려 하세요. 다 듣고 있어요. 이렇게 이해해 보면 어떨까요……. 1492년에 아메리카 대륙에 상륙한 스페인 정복자들도 당신처럼 땅의 소유권을 인정하는 공식 문서들을 가지고 있었어요……. 하지만 인디언들은 수 세기 동안 그 땅에서 살아온 사람들이었죠.」

「그게 내 일과 무슨 상관이오!」

「스페인 정복자들도 인디언들을 그 땅에서 몰아내야 할 미개인들로 보았어요. 하지만 인디언들의 입장에서 보면 그들이야말로 자신들이 태어나고 조상 대대로 살아온 땅을 훔치기 위해 침략한 이방인이었죠. 관점의 차이라는 이야기를 드리는 거예요.」

윌리엄 클라크가 이맛살을 찌푸린다.

「내가 서 있는 곳이 내 자리니 물러서지 않겠소.[7] 당신은 저 유령을 쫓아낼 능력이 없는 것 같으니 다른 전문가를 찾아봐야겠소. 몇 사람 더 이름을 갖고 있어요. 당신만큼 유명하진 않아도 일은 더 잘할지도 모르지.」

「제 말 들으세요, 고집을 피워 봤자 소용이 없을 테니 외교적으로 해결하세요. 그게 최선이에요. 어차피 당신이 이길 수 있을 것 같지 않아요. 어찌 됐든 그는 진짜 자기 집, 자기 땅에 있는 거니까요. 그에게 유리할 수밖에 없어요.」

영국인이 기분이 몹시 상해 몸을 일으킨다.

「당신은 그자의 편이오? 그렇소?」

「그렇지 않아요. 모두를 위한 최선의 해결책을 찾으려고 애쓸 뿐이에요.」

「듣자 듣자 하니 가관이군! 단 1초도 여기서 허비하고

---

7 크림 전쟁에서 세바스토폴 공략을 앞두고 말라코프 요새를 점령한 마크마옹 장군에게 병사가 다가와 지뢰 매설 위험을 알리자 그가 했다는 유명한 말.

싶지 않소!」

주인이 갑자기 자리에서 일어나자 놀란 개가 덩달아 몸을 일으키며 주둥이를 출구 쪽으로 돌린다.

「어쨌든 상담비 150유로는 내셔야 해요.」 뤼시가 그에게 말한다.

「대단히 실망이오! 내가 가만히 있지 않을 테니 두고 보시오!」

윌리엄 클라크가 주머니에서 지폐 몇 장을 꺼내 거만하게 바닥에 내던진다.

뤼시가 떠돌이 영혼에게 다시 말을 건다.

「죄송해요. 저는 최선을 다했어요.」

「이제 마음의 부담 없이 저자를 내쫓을 수 있게 됐소. 저런 자들을 만나면 어렸을 때 감히 상상도 못 했을 경험을 시켜 주고 싶단 말이야.」

「도대체 무슨 말씀인지…… 뭘 어떻게 하시려고요?」

「가령 볼기짝을 때려 주는 거지.」

「너무 심하게 하진 마세요. 고지식한 영혼을 지닌 일개 인간일 뿐이니까요.」

「자신의 모순을 직시하게만 만들어 주겠소.」

발길을 돌리려던 남작의 떠돌이 영혼이 가브리엘 웰즈의 떠돌이 영혼을 발견한다.

「관광객이신가?」 그가 묻는다.

「아…… 네, 그런 셈이죠. 오늘 아침에 죽었어요.」

「그렇소? 앞으로 놀라운 일이 수없이 벌어질 테니 기대하시오.」

「솔직히 말씀드리면 지금도 심심할 겨를이 없습니다.」

「그런데 어쩌다 여기 머물게 됐소?」

「누가 절 죽였는지 알아내려고요.」

남작이 입을 비죽하면서 내뱉는다.

「〈신참 사자〉다운 고민이군…….」

그가 상반신을 숙여 가브리엘에게 인사를 하더니 적임자를 제대로 만났다는 뜻으로 뤼시를 가리킨다.

13

뤼시가 신발을 벗어 던지고 안락의자에 쓰러지듯 앉는다. 휴대폰이 울리지만 전화를 받지 않는다. 고양이들이 주위로 모여들어 손을 핥아 준다. 가브리엘이 빙글빙글 원을 그리며 그녀에게 다가간다.

「날 꼭 좀 도와줘요.」

「당신 입에서마저 내가 〈전문가〉답지 못하다는 얘기가 나오진 않길 바라요.」

「물질세계에서 당신이 행동을 취해 줘야 해요. 그걸 할 수 있는 사람은 당신뿐이니까요.」

「어떻게요?」

「내 살인 사건을 수사해 줘요.」

「난 수사관이 아니에요.」

「당신이 없으면 난 아무것도 못 해요. 상어 없는 빨판상어 신세나 다름없어요.」

그녀가 다시 울리기 시작하는 휴대폰을 들어 발신지

를 확인하더니 내려놓는다.

「어쨌든 저승에 막 온 사람치고 당신이 태도가 좋은 건 사실이에요. 대부분은 신세 한탄에 바빠 유머 감각을 상실하거든요. 그래도 당신은 여전히 유머 감각이 남아 있네요.」

그녀의 마음을 얻을 궁리를 하던 가브리엘은 그녀가 했던 말을 떠올린다. 〈우리는 스스로 만든 자신의 신화에서 벗어나지 못한다.〉 줄곧 그녀를 이용만 했지 관심을 가지거나 연민을 느낀 적이 없다. 그렇다면 자신의 문제가 세상에서 가장 심각하다는 이기적인 생각으로 그녀를 찾아오는 고객들과 그가 하등 다를 바 없지 않은가.

「당신 이야기를 들려줘요.」

「왜요, 별안간 자기 문제가 아닌 것에도 관심이 생기나 보죠?」

「하나의 여정을 끝내고 막 새로운 여정을 시작한 영혼의 호기심이죠…….」

뤼시가 침실로 들어가 우스꽝스럽게 생긴 큼지막한 헝겊 어릿광대 인형을 안고 나오더니 안락의자에 앉혀놓는다.

「나는 지금부터 이 인형을 이용해 시선을 처리할 거예요. 당신이 나와 눈을 맞추고 싶으면 이 인형의 눈으로 바라보면 돼요. 그러면 당신이나 나나 대화가 훨씬 편안하게 느껴질 거예요.」

그녀가 웃는 얼굴로 표정이 굳어진 어릿광대에게 시선을 준다. 가브리엘은 그제야 뤼시가 자신을 쳐다보면서 말한다는 느낌을 받는다.

「정말 내 이야기를 듣고 싶어요?」

그녀가 숄로 몸을 감싸고 고양이들을 발밑에 앉게 한다. 그러고 나서 차분한 목소리로 자신이 살아온 인생을 들려주기 시작한다.

14

나는 사부아 지방에서 외동딸로 태어났어요. 아버지
는 가금류 도축장을 운영하셨고 어머니는 집안일을 돌보
는 틈틈이 아버지를 도와 경리 일을 보셨죠.

여덟 살 때부터 주기적으로 편두통이 찾아왔어요. 급
작스럽게 삶이 위축되더군요. 어떤 때는 이틀 내리 통증
이 와서 어두운 곳에서 꼼짝하지 않고 몸을 숨기고 있었
어요. 조그만 소리, 가느다란 빛에도 소스라치듯 놀라며
참을 수 없는 두통을 느꼈거든요. 신경과민 상태가 되더
군요.

주변의 용하다는 의사들은 다 찾아갔고 좋다는 약은
가리지 않고 먹어 봤지만 효과가 없었어요. 결석을 밥 먹
듯이 하다 보니 학교 공부가 늦어져 반에서 늘 꼴찌였죠.
내 문제를 정확히 몰랐던 사람들은 나를 장애인으로 여
겼어요. 지적 장애인 취급을 하더군요.

하루는 아버지한테 마을을 떠나고 싶다고 말했어요.

그랬더니 아버지가 〈세갱 씨의 염소〉 이야기를 들려줬어요. 그 얘기를 지금도 똑똑히 기억해요. 「암염소 블랑케트는 농장 생활이 따분하고 지루해 죽을 지경이었단다. 그래서 도망쳐 나와 산으로 올라갔지. 거기서 어린 수산양을 만나 시간 가는 줄 모르고 재미있게 놀았단다. 해가 저물자 세갱 씨가 나팔을 불어 블랑케트를 불렀지만 암염소는 우중충한 울타리 안으로 다시 돌아가고 싶지 않았어. 그래서 산에 남아 있다가 결국 늑대의 공격을 받았지. 밤새도록 용감하게 싸웠지만 아침에 결국 탈진한 채로 늑대에게 잡아먹히고 말았단다.」 아버지는 얘기를 끝맺으면서 내 미래를 이 이야기처럼 만들지 말라고 신신당부하셨어요. 집에 남아서 가업을 이어받으라고 하셨죠.

이 우화가 머리에 깊은 각인을 남겼지만 가금류 도축장이 싫은 건 어쩔 수 없었어요. 지독한 냄새가 옷과 머리에 배어서 빠지지 않는 게 얼마나 싫던지. 나는 결국 늑대에 대한 공포를 떨치고 성인이 되자마자 파리로 떠났어요. 조그만 채식 전문 식당에서 웨이트리스 일을 찾았죠. 동역 근처에서 엘리베이터도 없고 공용 화장실이 층마다 있는 건물의 8층 꼭대기 방을 얻어서 지냈어요.

일은 고됐지만 대부분 단골인 손님들이 팁을 두둑하게 줬어요. 그러던 어느 날 식당에 온 한 남자 손님을 만났죠. 고상한 차림에 기품 있는 남자였는데, 좀 소심해 보였어요. 혼자 들어와서는, 채식 전문 식당은 처음이라고 하더군요. 그래서 내가 〈시체〉를 소비하지 않는 색다른 음식의 세계로 안내해 주겠다고 말했어요. 그가 내 표현을 듣고 크게 웃으면서 우리는 가까워지기 시작했죠. 일하지 않는 시간에 그를 밖에서 다시 만났어요. 금융업에 종사한다고 하더군요. 돈은 많이 벌지만 사장이 정도를 따르지 않아 이따금 윤리적인 문제에 부닥친다고 얘기했어요.

그의 이름은 사미 다우디. 내가 먼저 그의 손을 잡았어요. 그리고 첫 키스를 나눴죠. 열 번쯤 만나고 나서 우리는 같이 잠을 잤죠. 다시 열 번쯤 만나고 나니 그가 어렵게 섹스 이야기를 꺼냈어요. 아주 특별한 순간이었어요. 그가 안에서 빛을 비춰 내 몸의 감각을 일깨우는 것 같았어요. 그는 가끔은 우스울 정도로 소심한 사람이었죠. 타인에게 폐를 끼칠까 봐 전전긍긍하는 사람처럼 〈괜찮겠어요?〉라는 말을 입에 달고 살았죠.

그때부터 그야말로 꿈같은 시간이 이어졌어요. 사미는 만날 때마다 꽃을 선물해 줬어요. 그는 사려 깊고 세심하고 점잖으며 남을 존중하는 사람이었어요. 온종일 쉬지 않고 〈사랑해〉를 외쳤죠. 그가 얼마 후 함께 살던 누나들한테 나를 소개했어요. 부모님은 돌아가시고 안 계셨죠. 외동으로 자란 나는 새 가족이 생긴 느낌이었어요. 누나들은 내 친구 같았죠. 우리는 시시덕거리며 장난을 치고 같이 요리를 만들고 일요일은 파자마 데이를 하기도 했어요. 여섯이서 같이 휴가를 떠나기도 했고, 나중에는 우리 둘만 오붓한 휴가를 즐기기도 했죠. 행복했어요. 금방 같이 살자는 얘기가 나왔어요. 솔직히 나는 하루 빨리 옹색한 내 방에서 벗어나고 싶었어요. 그는 나와 결혼해 아이를 셋 낳고 싶다고 했어요. 내가 식당에 나가지 않아도 되게 자기가 열심히 일하겠다고 말했죠. 당분간은 어쩔 수 없이 끔찍한 사장에게 굽신거려야 하지만 계획이 있다고 했어요. 돈이 충분히 모이면 직접 금융 컨설팅 회사를 차리고 싶다고.

그에게도 상처가 있었어요. 세상에 없는 부모님이 그에겐 아픈 상처였죠. 아버지는 사미가 태어나자마자 가족을 버렸고, 어머니 무니아는 그가 열네 살 때 돌아가셨어요. 그는 어머니에게서 완전히 벗어나지 못한 상태였어요. 매일 밤 꿈에서 어머니를 만난다면서, 영혼의 존재를 믿기 때문에 언젠가 꼭 어머니와 대화를 나누고 싶다고 했어요. 어머니가 살아 계셨으면 나를 딱 며느리로 삼고 싶어 했을 거라고 했어요. 늘 어머니 얘기를 했죠. 사람은 어릴 때 받은 사랑만큼 사랑할 수 있는 거라고 말했어요. 우리가 어릴 때 부모한테 받은 뽀뽀가 마치 포커 칩과 같아서, 어른이 되어 사랑이라는 포커 게임을 할 때 그걸 쓸 수 있다고 했어요. 어릴 때 받은 포커 칩이 많을수록 게임에서 이길 가능성이 높아진다고. 자신은 어머니에게서 정말 많은 사랑을 받았기 때문에 그걸 다른 사람에게 줄 수 있다고.

어느 날, 사미가 수심이 가득한 얼굴로 나를 찾아왔어요. 그가 쫓기듯 말하더군요. 자기 회사가 곧 세무 조사를 받게 되는데, 그것 때문에 망할지도 모른다고 했죠. 사장이 그에게 민감한 서류가 든 가방을 맡아 달라는 부탁을 했다고 말했어요. 자기 집은 압수 수색을 당할 위험이 있으니 우리 집에 보관해 달라고 하더군요. 그때부터 며칠 동안 긴장이 고조됐죠. 신경이 곤두선 사미가 망할 놈의 사장 때문에 감옥살이를 하게 생겼다며 급히 몸을 피해야겠다고 했죠. 아직도 그 날짜를 똑똑히 기억해요, 4월 13일 금요일이었죠. 그는 당분간 연락이 닿지 않을지 모르지만 돌아오는 즉시 연락하겠다는 말만 남기고 떠났어요. 조용히 기다려 달라고 해서 그렇게 했죠.

그가 떠난 지 3일 뒤였어요. 이침 8시에 문을 크게 두드리는 소리에 잠이 깼죠. 경찰이었어요. 경찰관들이 뛰어 들어오더니 집 안을 뒤져 침대 밑에 숨겨 둔 가방을 찾아냈어요. 그들이 자물쇠를 부수고 가방을 열자 하얀 가루가 든 봉지들이 쏟아져 나왔죠.

나는 즉시 호송차에 태워져 경찰서로 이송됐어요.

모든 증거가 나한테 불리했어요. 더군다나 그때는 유명 록 가수가 약물 중독으로 사망한 직후여서 강력한 마약 단속이 이루어지고 있었죠. 나는 최고 형량인 징역 8년을 선고받았어요.

〈요조숙녀로 보이는 피고인 같은 사람들이 사회에 끼치는 해악이 훨씬 크다. 따라서 피고를 엄히 처벌해 선례를 남길 필요가 있다.〉 판사가 판결문을 읽었죠. 형량이 선고되는 순간 우리 부모님은 대성통곡을 하셨어요. 당연히 사미에게 여러 번 연락을 시도했지만 번번이 응답기가 받았어요.

그때 처음으로 다시 편두통이 재발하더군요. 통증이 너무 심해 하루 저녁을 병원에서 보내야 할 지경이었어요. 퇴원 후 즉시 렌에 소재한 여성 교도소에 수감됐어요. 수감되고 얼마 동안은 동료 재소자들이 잘 대해 줬어요. 내가 자신들과 다르다고 생각하는 분위기였어요. 그런데 밤마다 멀리서 들리는 정체불명의 울음소리 때문에 통잠을 이룰 수가 없었어요. 분노에 찬 울부짖음인지 통증의 호소인지 광기 서린 비명인지 알 수 없는 소리를 들으며 온갖 상상을 했죠. 어느 날 동료들과 얘기하던 중에 우리 시설에 사산한 아기들을 냉동시킨 식인 재소자와, 전남편 여덟 명에게 쥐약을 먹여 살해한 블랙 위도가 있다는 얘기를 들었죠. 하지만 누군지 알 수는 없었어요. 동료들에게 수감 이유를 물어보면 하나같이 〈마약 거래〉라는 대답이 돌아왔으니까요. 감옥 안에서 유일하게 〈떳떳한〉 범죄로 인식되는 게 그거였죠. 나는 무죄라고, 억울하다고 동료들을 붙잡고 말했어요. 그랬더니 다른 수감자들도 다 나처럼 죄가 없다면서, 〈진짜 범죄자는 절대

잡히지 않는다)라고 하더군요.

동료들이 장난감 작업장에서 일하면 돈을 벌 수 있다고 알려 줬어요. 지금 당신이 보고 있는 이 어릿광대 인형이 거기서 만든 거예요. 밤에 비명 소리를 듣지 않게 귀마개를 구할 방법도 가르쳐 주더군요. 운동을 해야 미치지 않고 감옥에서 버틸 수 있다는 조언도 해줬어요. 하지만 운동을 해도 발작처럼 찾아오는 편두통 증세는 갈수록 심해지기만 했어요…….

내 문제가 심각하다는 걸 안 동료들이 여러모로 배려를 해줬어요. 식당에서 밥도 더 먹게 해주고 여자 교도관들을 통해 불법 반입한 샴푸나 화장품, 매니큐어 같은 것도 빌려줬죠. 그런데 너무 예쁘게 꾸미면 골치 아픈 일이 생길 수 있다고 한 동료가 경고하더군요. 농담인 줄 알았는데 현명한 지적이었어요. 립스틱을 조금 짙게 발랐다고 동료 재소자의 얼굴을 흉하게 망가뜨려 놓은 경우가 있다는 걸 알게 됐죠.

분위기가 슬슬 나빠지더니 나를 지목해 괴롭히는 무리가 생겼어요. 스스로를 〈하이에나〉라고 부르는 여자들이었죠.

근육질 몸매에 키가 크고 카리스마가 넘치는 돌로레스라는 여자가 그들의 우두머리였어요. 돌로레스는 자기 이름이 스페인어로 〈고통〉을 의미하는 데는 이유가 있다며 겁을 주더군요. 어느 무리에도 끼지 않으려는 나를 못

마땅하게 여긴 그녀의 수하들이 드디어 공격해 왔어요. 암늑대들에게 던져진 세갱 씨의 암염소가 된 느낌이었죠. 복도에서 그들에게 쫓기다 급히 도서관으로 몸을 피했어요. 안에는 여교도관 한 명뿐이었죠. 선반에서 아무 책이나 한 권 빼 들었는데, 그게 당신이 쓴 『죽은 자들』이 었어요.

국어 점수는 늘 바닥이었고 평생 문학에 흥미라곤 느껴 보지 못한 내가 살기 위해 책을 읽는 척해야 했어요. 교도관이 의심스럽게 지켜보는 가운데 난생처음 진짜로 책을 읽기 시작했어요.

책이라면 으레 따분한 줄 알았는데 글자와 단어, 문장의 경계를 뛰어넘자 머릿속에 영화 스크린이 펼쳐지더니 소설 속 주인공들이 살아 움직이며 말하기 시작했어요. 평행 세계로 들어간 기분이었죠. 등장인물의 목소리, 바람 소리, 차 소리, 총소리, 천둥소리가 귀에 들렸어요. 사람들의 얼굴이 보이고 냄새가 맡아졌어요. 당신의 이야기에 써진 그대로 느껴졌어요. 문 닫을 시간이라며 교도관이 다가오길래 시계를 보니 두 시간이 훌쩍 지나가 있더군요. 그동안 쉬지 않고 책을 읽었던 거예요. 배가 난파되고 나서 널빤지에 매달려 바다에 떠 있는 사람처럼 나는 당신이 창조한 이야기 속 주인공들을 부여잡고 있었던 거죠.

내 머릿속은 온통 책 생각뿐이었어요. 교도관에게 책

을 감방으로 가져가서 읽고 싶다고 했더니, 책 읽는 사람이 있는 게 반가웠던지 교도관이 기꺼이 허락해 주더군요. 나는 저녁도 거른 채 당신 소설을 그날 밤에 끝냈어요.

『죽은 자들』이야기의 출발점인 네크로폰이라는 아이디어는 정말 흥미롭더군요. 소설에 죽은 자들과 소통하기 위해 네크로폰을 발명하는 과학자들이 나오잖아요. 그들은 떠돌이 영혼에게서 초저주파음이 발산된다는 사실을 확인하고 돌고래나 새와 소통하듯 그들과 소통하는 데 성공하죠. 과거에 우리가 외계인과 교신을 시도했던 방식으로 죽은 자들과 소통하는 거죠.

SF 소설이지만 나는 그것이 다가올 미래에 반드시 실현될 거라는 확신이 들었어요. 비록 당신은 책 표지에 〈소설〉이라고 썼지만, 당신이 어떤 결정적인 발견을 했다고 믿었죠. 물론 당신 자신은 몰랐겠지만. 직감이 운명이 되더군요. 다음 날, 돌로레스와 그녀의 하이에나들이 나를 괴롭히려고 에워쌌을 때, 나도 모르게 손가락으로 그녀를 가리키며 소리쳤죠.

「당신 동생 프란세스카의 영혼이 지금 여기 있어요. 그녀가 나를 영매 삼아 당신과 소통하고 싶대요.」

돌로레스가 지역 경쟁 조직과 싸우던 중에 여동생을 잃었다는 얘기를 전해 들은 적이 있던 터라 이 말이 튀어나왔나 봐요. 그다음부터 당신 소설의 한 구절을 글자 한 자 빠트리지 않고 그대로 기억해 말했죠.

그리고 나서는 프란세스카가 언니를 지켜보고 있다, 언니를 사랑한다고 한다, 언니를 자랑스러워한다면서 적당히 얼버무렸죠. 사람들이 듣고 싶어 하는 얘기를 해준다는 대화의 절대 원칙만 기억하면서 임기응변으로 대응했어요. 보이지 않는 세계에서 당신을 보호해 주는 사람이 있으니 절대 혼자가 아니라는 인상을 받게 해줬죠. 누구나 듣고 싶어 하는 얘기니까. 어쨌든 내 얘기 중에 하나도 구체적인 건 없었어요. 그런데…… 먹히더군요!

　그때부터 돌로레스는 매일 프란세스카와 대화를 나누는 조건으로 나를 보호해 줬어요. 덕분에 나는 조금씩 저승과 소통하는 방법을 배웠죠. 처음에는 그럴싸하게 연출을 했어요. 눈을 감고 얼굴을 찡그리면서 혼령의 목소리를 듣는 척했어요. 시간이 가면서 돌로레스가 아버지를 증오한다는 사실, 삶이 부당하다고 느낀다는 사실, 그리고 약자들을 경멸한다는 사실을 알게 됐죠. 대화 내용을 상황에 맞게 좀 더 구체적으로 만들어야 했어요. 부하들이 나를 여전히 믿지 못하던 상황에서 자칫하면 돌로레스가 영매로서의 내 재능을 의심하게 될지도 몰랐으니까요. 호랑이 굴로 들어간 나는 죽은 사람들과 대화를 원하는 다른 재소자들도 상담해 주기 시작했어요. 그들이 바라는 건 단순했어요. 누군가 자기 얘기에 귀를 기울여 주고, 자기를 칭찬해 주고, 미래에 대한 불안감을 덜어 주길 원했죠. 매번 똑같은 말을 되풀이할 수 없어 상대의 자세, 손동작, 웃는 표정, 머리를 매만지는 모습 등을 유심히 관찰하면서 이야기를 지어냈죠. 그들의 무의식으로 들어가려고 애를 썼어요. 쉽지가 않더군요. 여러 번 발각될 뻔했고 모순적인 얘기도 수시로 했어요. 다행히도 발각된 적은 없었지만요.

돌로레스와 하이에나들의 마음을 얻고 나자 다른 조직에도 내 명성이 알려졌죠. 어느 날 문득 재소자들이 도둑질을 하고 남을 해치거나 죽인 건 꿈을 좇다 벌어진 일이라는 생각이 들더군요. 그들의 삶에 약간의 마법을 불어넣는 게 내가 할 일이라는 확신이 들었어요. 그들을 다독여 편안하게 해주고 과거를 받아들이게 도와줘야겠다는.

심령술을 자주 쓰다 보니 실력도 점점 늘더군요. 일요일 저녁마다 스무 명가량의 재소자를 모아 테이블 터닝을 했어요. 교도관들도 나를 찾아오기 시작했어요. 사연은 매한가지더군요. 그들의 분노를 달래 주고 마음을 어루만져 주면서 즉흥적인 응원의 말을 던졌죠. 날짜는 명시하지 않은 채 〈뜻밖의 행운〉이 찾아올 거라고 말해 줬어요. 누군가는 그들을 이해하고 있다는 인상을 주려고 했어요. 그렇게 나도 모르는 사이에 영매라는 직업을 배워 갔죠.

어느 날, 마치 누가 나한테 얘기를 하는 것처럼 머릿속에서 말이 들렸어요. 「카롤리나한테 복수를 포기하라고,

복수는 그녀를 불행하게 만들 뿐이라고 말해. 그녀가 궁금해하는 엄마의 정보를 주고 마음을 고쳐먹게 만들어. 엄마가 아직 살아 계시며 안시에 살고 있다고, 주소는 레콜레 거리 12번지, 4층, 오른쪽 집이라고 알려 줘. 전화번호부에는 베르카이라는 이름으로 기재돼 있어.」

번지까지 정확히 알려 주니 확률은 50대 50이었죠. 틀리면 내 신뢰가 한 번에 무너질 판이었어요. 하지만 재소자가 전화를 걸었을 때 죽은 줄만 알았던 엄마가 전화를 받는 기적 같은 일이 벌어졌죠. 이후로 내 명성은 확고부동해졌고 마지막 남은 회의주의자들마저 나를 찾아와 상담을 청했어요.

그 뒤로도 두세 번 더 비슷한 메시지를 외부에서 받았어요. 위험이 따르는 정보들이었지만 번번이 정확한 걸로 밝혀졌죠.

하루 저녁은 교도소장이 사무실로 나를 불러 고민을 털어놓았어요. 좋다는 약을 다 써봤지만 몇 달째 불면증에 시달린다고 하더군요. 방 안에 온갖 십자가와 천사상, 종교적 표식들이 있는 걸 보고 내가 즉석에서 천사들에게 도움을 구해 보자고 제안했어요. 진정한 대화가 오가자 소장은 그날 밤 긴장을 풀고 숙면을 취했죠.

그녀가 감사의 표시로 VIP들에게 제공되는 1인용 특실을 내게 배정했어요. 바깥의 모든 편의가 다 제공되었죠. TV와 컴퓨터는 물론 나를 위해 별도의 〈상담실〉까지 갖춰져 있었어요. 생활이 나아지니 편두통이 오는 일도 차차 드물어지더군요.

그때, 당신 말마따나 건강 염려증이 조금 있는 나는 깨달았어요. 건강에 이르는 지름길은 행복이라는 사실을. 불행은 병을 부르죠. 은행이 부자들에게는 돈을 빌려주고 가난한 사람들에게는 대출을 거절하는 것과 같은 이치예요. 모든 운명에 예외 없이 적용되는 부당한 현실이자 비밀스러운 법칙이죠.

교도소에서 내준 휴대폰으로 사미에게 전화를 걸어 봤지만 여전히 받지 않았어요. 그러다 어느 날 아침, 겨우 연결이 됐는데 〈지금 거신 번호는 없는 번호입니다〉라는 메시지가 흘러나오더군요. 순간 사라졌던 편두통이 재발했어요.

그날, 내가 잠재적 위협으로 느꼈던 이들이 내게 큰 힘이 되어 주었죠. 그 사납고 거친 여자들이 자기들의 사람이 상처를 입었다는 것을 감지하고 도와주려고 하더군요. 878명 재소자 모두가, 교도소 전체가 내 진짜 가족이된 날이었죠.

그 폐쇄적인 여성 공동체의 구성원들이 나를 위해 요리와 청소를 해주고, 마사지를 해주고 머리를 매만져 줬어요. 하나같이 내게 마음을 써줬죠. 물론 영매인 나한테 다들 기대하는 게 있었겠죠. 하지만 나는 내가 가진 권력을 남용한 적은 한 번도 없어요.

저승에서 구체적인 메시지를 받는 일에 점점 익숙해졌어요. 솔직히, 처음에는 정확히 듣는 게 쉽지 않았어요. 영혼들이 꼭 또박또박 발음하진 않거든요. 수신인인 영매의 입장은 고려하지 않고 웅얼웅얼하거나 들릴 듯 말듯 작은 소리로 말하기 일쑤죠. 발음이 비슷한 단어들을 혼동해 잘못 알아들은 적도 있어요. 그렇다고 해서 심령 대화 중인 산 자들에게 혼령의 발음이 불분명하다고 얘기해 줄 수도 없는 노릇이었죠.

어느 날, 자신을 〈상부의 일원〉이라고 소개하며 한 존재가 접촉해 왔어요. 이름이 드라콘이라고 했어요. 그가 저승에 양립하는 두 조직에 대해 설명해 줬어요. 하나는 환생을 위해 올라가는 영혼들을 관리하는 조직이고, 다른 하나는 지상에 머무르길 원하는 영혼들을 보살피는 조직인데, 이 둘 모두 비슷한 방식으로 〈천상의 관리들〉에 의해 운영된다고 했어요. 인간들의 영혼을 관리하고 거르고 안내하는 일을 한다는 점에서 기본적으로 비슷하다고 말이죠. 그가 내게 지상에서 이 상부를 대표하는 일종의 대리인이 되어 보지 않겠냐고 하길래 주저 없이 제안을 받아들였어요.

가끔 드라콘이 떠돌이 영혼에게 환생을 설득하는 일을 나한테 맡겼어요. 그는 유복한 집에서 태어날 예정인 태아들을 나에게 제안했어요. 그래야 이전의 개체성을 포기하도록 사자들을 설득하기가 쉽다고 했죠.

설득에 실패해도 드라콘이 나를 나무라진 않았어요. 영혼은 저마다 자유 의지를 가지고 있기 때문에 절대 그의 의사에 반해 강요해서는 안 된다고 거듭 말했죠. 영혼들은 미지에 대한 공포가 크고 진화에 대한 욕구도 억눌려 있는 경우가 많다고 했어요. 내가 어떤 영혼에게 환생을 권하는 것은 그에게 자신을 규정했던 일체의 것을 포기하고 〈다른 곳에서, 다른 식으로, 다른 것〉이 되라고 하는 얘기라고 했어요. 그의 얘기를 들으며 나는 겸허해져야겠다고 생각했죠. 절대 판단하지 말고 영혼들의 자유 의지를 있는 그대로 받아들여야겠다는 교훈을 얻었죠.

나는 최선을 다해 임무를 수행했어요. 드라콘이 그 보상으로 내가 살아 있는 〈고객들〉에게 영향력을 끼칠 수 있는 정보를 제공해 줬어요. 그는 나한테 정화 방법도 가르쳐 줬죠.

당연히 드라콘을 통해 사미에 대한 정보를 얻으려고 애썼지만, 그는 단 한 번도 내 질문에 대답해 주지 않았어요. 사미가 살았는지 죽었는지조차 알려 주지 않고 그저 자신의 〈권한〉밖에 있는 일이라고만 했어요.

어쨌든 드라콘을 매개로 상부와 나의 협력은 원활히 이루어졌어요, 완벽에 가까웠죠.

시간이 지나 드디어 출소 기회가 생겼어요. 마침 교정 시설 과밀 해소 정책이 추진되고 있던 때였죠. 3년 이상 복역한 모범수는 감형을 받아 출소할 수 있었는데 내 덕에 불면증이 사라진 교도소장이 놓아주려고 하지 않았어요. 재범자들을 여럿 감형해 주면서도 나는 붙잡고 있으려고 했죠. 더 이상 붙잡을 수 없는 때가 되자 소장이 어느 화창한 8월 아침에 석방을 결정했어요.

내 석방 소식을 들은 재소자들은 정말 서운해하면서 운영진의 허락을 받아 교도소 안에서 성대한 파티를 열어 줬죠. 하루빨리 밖에서 나를 다시 만날 수 있게 모범적인 수용 생활을 다짐하는 재소자들도 있었어요. 다들 나한테 손수 만든 선물을 주더군요. 스웨터, 과자, 액세서리, 심지어 나를 성녀로 그린 그림까지. 크리스마스 같았어요. 재소자들과 교도관들이 나를 차례로 안아 줬어요. 돌로레스가 마지막으로 꼭 껴안아 주면서 말했죠. 「가끔씩 우리를 보러 들러. 그게 안 되면 전화라도 해주고. 네가 우리한테 얼마나 필요한지 알지?」

나는 훌쩍거림을 뒤로하고 교도소를 나섰어요. 사미가 기다리고 있을지도 모른다는 헛된 기대를 버리지 못하고 주변을 두리번거렸지만 그는 없었어요. 가까운 비스트로를 찾아 그에게 전화부터 걸었어요. 교도소 내에 있는 전화는 그와 통화가 되지 않게 특수 조작돼 있을지 모른다고 늘 의심했었거든요. 하지만 전화기 너머에서 똑같은 메시지가 들려왔죠. 〈지금 거신 번호는 없는 번호입니다.〉

그의 집부터 찾아갔어요. 스트라스부르 대로 19번지.

관리인은 다우디 씨가 8년 전, 그 4월 13일 금요일 이후 한 번도 나타난 적이 없다고 했어요. 우편물을 받을 주소조차 남기지 않았다고 하더군요. 부도덕한 사장 때문이라는 확신이 들자 내가 대신 체포된 게 다행이라는 생각까지 들었어요.

교도소 장난감 작업장에서 일해 번 돈이 수중에 있었지만 하루빨리 일자리를 찾아야 했어요. 전에 일했던 채식 전문 식당은 이미지 때문에 전과가 있는 나를 쓰지 않으려고 했어요. 곳곳에서 내 과거를 문제 삼았죠. 집을 구할 때도 마찬가지였어요. 집주인들은 한결같이 전과 기록이 없는 세입자를 요구했죠. 첫날은 다리 밑에서 밤이슬을 피했어요. 술 취한 거지들한테 폭행당할 뻔하고 나서 다음 날은 동역 근처에서 잠자리를 구했죠. 노숙자들한테 수중의 돈을 다 털릴 뻔했어요. 나를 지켜보던 포주들이 〈보호〉를 해주겠다고 접근해 왔죠. 출소 3일째는 갑자기 눈까지 내렸어요. 추위를 피할 곳을 찾다 보니 감옥이 그립기까지 하더군요. 적어도 그 안은 난방이 되고 먹을 만한 식사가 제공되고 친구들이 있으니까요. 자유를 얻은 대신 날씨의 변덕과 온갖 공격에 속수무책으로 노출되고 있었죠. 그래서 일단 드라콘에게 메시지를 보내 놓고 나서, 특이한 일이 생기면 운명처럼 받아들이기로 마음먹었죠. 바로 그 순간, 차 유리창에 붙은 전단지에 눈길이 갔어요. 그 문구는 지금도 생생히 기억이 나요.

마마두 음바 교수

다카르 대학 출신의 전문 직업 영매.

30년 경력. 1백 퍼센트 성공 보장.

소심한 성격이나 성적 무기력, 비만 때문에 괴로우십니까? 로또 운이 없으세요? 엄마처럼 당신을 사랑해 줄 사람이 필요한가요? 정력적인 사랑을 위한 성기 검사. 마마두 음바만의 묘약을 알려 드립니다. 당신의 적과 광기, 자동차 사고, 악령으로부터 보호해 드립니다. 달아난 애인을 찾아 드리고 집 나간 개와 고양이를 잡아다 드립니다. 저승의 지인들과 대화 가능. 월급 인상 1백 퍼센트 보장. 전화로 에이즈 치료 가능. 러시아산 오토바이 수리. 불만족 시 환불 가능. 명예를 걸고 절대 고객들을 배신하지 않을 것을 맹세합니다. 실업자, 대학생, 노조원, 과부, 상이용사 특별 우대.

조금 망설이다 용기를 내 다재다능한 음바 교수에게 연락을 취했더니 즉시 만나러 오라고 하더군요. 나이 지긋한 세네갈 출신 노인이 나를 맞았어요. 숱이 많은 희끗희끗한 곱슬머리에 주황색과 보라색, 초록색이 섞인 헐렁한 아프리카 전통 의상을 입고 목걸이와 훈장을 치렁치렁 달고 있었죠. 알이 두껍고 뱅글뱅글 도는 커다란 안경이 얼굴의 절반을 덮고 있었어요. 웃을 때마다 번쩍거리는 금니들이 드러났죠.

나는 도와 달라고 말하는 대신 내가 가진 〈재능〉을 설명하고 나서 서비스를 제공하겠다고 했어요. 그가 반색하면서 즉석에서 나를 조수로 채용했어요. 학위와 전과에 대해서는 묻지도 않았죠. 식사와 거처까지 제공해 주겠다고 했어요.

그때가 그가 도둑맞은 직후였다는 걸 나중에 알았어요. 실명에 가까워 스스로의 안전을 지키기 힘들었던 그에게 내가 필요했던 거죠. 손님으로 가장해 그의 집을 턴 도둑이 마침 그날 부하 둘을 데리고 다시 찾아왔어요. 내가 그의 집에 있던 가짜 권총으로 위협하자 꽁지가 빠지게 달아나더군요.

얼마 지나지 않아 그 세네갈 출신 주술사가 내가 〈1단계〉라고 지칭하는 단계에 도달한 사람이라는 사실을 깨달았죠. 관찰과 경청을 통한 심리 파악의 단계 말이에요. 그는 자신의 모국어로 〈사랑의 열정〉, 〈부〉, 〈건강〉 등의 글귀를 종이에 써서 돌돌 말아 손님들에게 건넸죠. 플라시보 효과와 쿠에의 자기 암시 요법을 함께 활용한 그의 부적은 미신을 믿는 순진한 고객들에게 인기가 많았어요.

나는 금세 그 대신 까다로운 고객들을 상대하기 시작했어요. 내 제안으로 시작한 심령술 상담이 큰 인기를 끌었죠.

마마두는 내 개인 고객들한테서 들어오는 수입은

50퍼센트를, 단체 심령회 수입은 전액을 나한테 줬어요. 그는 좋은 사람이었어요. 우리는 말이 많이 필요하지 않았어요. 둘만 통하는 특별한 코드가 있었거든요. 우리끼리 하는 말은 같은 문장이라도 어조에 따라 의미가 달랐어요. 가령 그가 〈여긴 정말 추운 나라인 것 같지 않아?〉하고 말하면, 손님의 인상이 나쁘다는 뜻일 수도 식사 준비를 서두르라는 뜻일 수도 있었죠. 내가 〈옷을 더 따뜻하게 입으세요〉 하고 말하는 건 〈저 손님을 당장 쫓아내세요〉라는 의미일 수도 〈제가 알아서 할 테니 좀 쉬세요〉나 〈도움을 청해야겠어요〉라는 의미일 수도 있었어요.

충분한 돈이 모이자 나는 늙은 주술사에게 독립하겠다고 말했어요. 말리지 않더군요. 물론 그만두기 전에 나만큼 일을 할 후임자를 찾아 줬죠. 내가 떠나던 날, 그가 안경을 벗으면서 나를 꼭 안아 줬어요. 그때 괄태충이 들어 있는 표본병처럼 기생충들이 꾸물거리는 그의 눈을 처음 봤어요. 그에게 감사 인사를 하고 문을 나섰죠.

내 이름으로 집부터 구하고 나서 간결한 문구를 적은 광고 전단지를 돌렸어요.

뤼시 필리피니. 영매.
오후 상담만 받습니다.

처음에는 겨우 집세와 식비를 감당할 만큼 벌었어요.

그런데 하루는 마마두가 찾아와 후임자의 〈무능력〉을 문제 삼으며 대뜸 돈을 요구했어요.

엎친 데 덮친 격으로 세무서에서 조사관이 나왔어요. 내 〈기술〉을 사용해 돈을 버는 건 아무 문제가 없지만 소득의 절반을 국가에 내라고 하더군요. 군말 없이 하라는 대로 하겠다고 했죠. 또 어떤 나이 지긋한 낯선 여자 영매가 나를 찾아왔어요. 짙은 화장을 하고 요란스럽게 옷을 입은, 한마디로 우리 업계 종사자들을 생각하면 흔히 떠오르는 외모였죠. 그녀가 다짜고짜 이 동네에는 영매 한 명이면 족하다, 자기가 먼저 자리를 잡았으니 당장 짐을 싸서 떠나라, 그러지 않으면 〈저승의 종복들〉을 부르겠다고 위협하면서 저주를 퍼부었어요. 「너는 이제 머리가 다 빠지고 살이 찌면서 입에서 썩은 내가 진동할 거야. 남자들이 거들떠보지도 않을 거야. 지독한 발 냄새가 나고 일찍 폐경이 올 거야. 아이를 낳는 건 꿈도 꾸지 마라. 마요네즈를 만들어도 못 먹을 상태가 될 거야.」

그렇게 자유 기업과 경쟁의 즐거움을 배워 갔죠…… 그런데 또다시 도움의 손길이 나타났어요. 손님 중에 푸른빛이 도는 회색으로 머리를 염색한 우아한 노부인이 한 분 계셨는데, 나를 유언장에 올리겠다고 하셨어요. 기업 변호사 시절에 많은 돈을 번 부인은 얼마 전 시한부 선고를 받았지만 재산을 물려줄 사람이 없다면서, 전남편들과 대화할 수 있게 해준 나에게 감사 표시를 하고 싶다고 했어요.

고진감래라고 하잖아요. 그동안 힘든 일을 겪은 내게 하늘이 혹은 상부가 선물을 주는 것 같았어요. 노부인은 파리 16구의 이 70평짜리 정원 딸린 단독 주택과 현금 1백만 유로를 나한테 남기셨어요. 마침내 보금자리와 경제적 여유가 생기자 마음먹고 있던 일을 실행에 옮겼죠. 상속받은 돈으로 사설탐정을 고용해 사미를 찾기 시작했어요. 그런데 몇 주에 걸친 수사 끝에 탐정이 한 말은 고작 〈다우디 씨는 그날, 4월 13일 금요일 이후 생존의 흔적이 전혀 발견되지 않는다〉가 다였어요. 행정 기관이나 사법 기관 어디에도 그에 관한 기록이 없다고 했어요. 비싸게 얻은 결과치곤 실망스러웠지만, 마음 깊숙한 곳에서 그가 살아 있으리라는 확신은 여전히 버리지 못했어요.

사업은 술술 풀렸어요. 입소문을 타고 갈수록 많은 고객이 찾아왔고 개중에는 유명인도 많았죠. 일주일에 한 번씩 심령회를 했어요. 네 명이 테이블에 둘러앉아 돌아가면서 자신이 원하는 망자를 소환해 심령 대화를 했죠. 서서히 소수 고객만 받는 쪽으로 전략을 수정했는데, 이게 적중해서 내 몸값은 더 높아졌죠.

하루는 발라디에 내무 장관이 찾아와 상담을 요청했어요. 우린 금세 친구가 되었죠. 그에게 사미에 대해 알아봐 달라고 부탁했더니 며칠 뒤에 연락이 왔어요. 휘하 조직을 동원해 확인한 결과 다우디라는 이름의 소유자는 지구상 어디에서도 발견되지 않는다고, 증발했다고 했죠. 사미의 보스가 사람을 시켜 그를 살해하고 시신을 유기했을 가능성밖에 없다고 했어요.

나는 이제 영매라는 직업을 가지고 안정된 삶을 살고 있어요. 스스로 자랑스럽게 생각해요. 내가 두려운 건 딱 한 가지, 죽음뿐이에요. 비물질 세계와 접속할 수 있는 건 물론 특권이지만 나는 물질세계에 속해 있는 게 좋아요. 내 운명의 사랑인 사미의 부재만이 아쉬울 뿐이죠.

15

이야기 내내 뤼시의 시선은 함박웃음으로 표정이 고
정된 어릿광대 인형에게 가 있었다. 잠시 침묵이 흐른다.

「정말…… 대단한 인생을 살았군요.」

「다른 삶을 살아 보지 않았으니 비교할 순 없어요. 아
니, 내가 전생들을 기억 못 할 뿐이겠죠.」

「당신 얘기를 들으니 에드몽 웰즈 할아버지의 백과사
전에서 읽은 프로노이아 이론이 맞는 것 같군요.」

「프로노이아? 생전 처음 듣는 말이에요…….」

「파라노이아의 반대죠. 세상이 당신을 미워하고 해치
려 한다고 믿는 게 파라노이아라면 프로노이아는 우주와
세상 모든 사람들이 당신의 행복을 위해 비밀리에 결탁
하고 있다고 믿는 거예요.」

그녀가 옆으로 넘어지는 인형을 바로 세워 놓는다.

「당신 형 말이 맞아요. 당신은 파라노이아 증세가 있
어요, 아니 있었어요.」

「물론 형이 전적으로 틀렸다고 할 순 없어요. 하지만 파라노이아에 걸린 사람이라고 해서 진짜로 적이 없으란 법은 없죠. 염세주의자라고 해서 진짜로 불행을 겪지 말란 법이 없는 것처럼.」

「어쨌든 자신의 죽음에 대한 당신의 반응은 과한 측면이 있어요.」

「농담하는 거죠?」

「당신은 작가답게 변형을 가해 모든 걸 비극으로 바라봐요. 당신이야말로 프로노이아가 필요한 사람이에요. 어쨌든 당신의 〈마지막〉은 그다지 나쁘지 않았어요.」

「나는 살해당했어요!」

「그래서요? 후세의 입장에서 한번 생각해 봐요. 그들은 지난한 암 투병 끝에 병원에서 죽은 조지 해리슨보다 맨해튼 거리에서 권총에 맞아 죽은 존 레넌을 더 기억하죠. 우리 기억에도 케네디의 정보기관에 의해 암살당한 듯한 서른여섯의 메릴린 먼로가, 노화가 두려워 성형 수술에 의존하다 여든다섯에 얼굴이 다 망가진 채로 가난과 무관심 속에 생을 마친 당신의 우상 헤디 라마보다 더 각인돼 있어요.」

「할 말이 있고 못 할 말이 있어요!」

「긍정적으로 사고하게 도와주려는 거예요.」

「내 죽음이나 헤디 라마의 죽음이나 농담거리가 되는 건 원하지 않아요.」

뤼시가 갑자기 자세를 고쳐 앉으며 눈을 감는다.

「무슨 일이에요?」 가브리엘이 의아한 표정을 짓는다.

「그들이 당신한테 제안을 해왔어요, 웰즈 씨.」

「〈그들〉이 누군데요?」

「내 상부 말이에요.」

그녀가 여전히 눈을 감은 상태에서 미간을 찌푸린다.

「꼭 잡아야 하는 아주 좋은 제안이에요.」

그녀의 긴 속눈썹이 가늘게 떨린다.

「니스 근처, 바다가 보이는 현대식 시설을 갖춘 고급 전원주택에 사는 부르주아 가정에 태어날 태아가 있대요. 부모 사랑을 듬뿍 받고 교육도 잘 받을 거예요. 선천성 질환을 걱정할 필요도 없어요. 같이 놀 형제자매에 장모종 강아지까지 한 마리 있다네요.」

「어떻게 죽었는지도 모르는 상태에서 환생할 수는 없어요. 절대로! 내 입장이면 당신도 마찬가지일 거예요.」

그녀의 속눈썹이 여전히 떨리는 걸 보니 새로운 메시지가 도착하는 게 틀림없다.

「상부의 입장이 완강하다고 드라콘이 말했어요. 당신의 즉각적인 환생은 아무래도 우주의 계획의 일부인 것 같아요.」

「〈우주의 계획〉이라뇨?」

「우리 모두가 등장하는 대작 소설을 말하죠.」

「그래, 그 대작 소설의 주제는 뭐죠?」

「드라콘과 조금 사적인 얘기를 나누던 중에 얼핏 들었는데, 의식의 진화와 관련이 있어 보였어요.」

뤼시의 동공이 얇은 눈꺼풀 밑에서 다시 울뚝불뚝 움직인다. 마치 꿈을 꾸는 것처럼 보인다.

「이번 기회를 놓치면 평…… 영원히 후회할 거라고 드라콘이 말하네요. 당신은 한시바삐 환생해야 한대요. 만인의 행복과 관계된 중차대한 일이래요.」

「난 분명히 자유 의지가 있어요, 그렇죠?」

「물론이죠.」

「내가 이해한 바로는 내 자유 의지가 무엇보다 우선이에요, 그렇죠?」

「그건 그렇죠.」

「그렇다면 공식적으로 말하죠. 나는 내 죽음의 진실을 알고 나서 환생할 거예요.」

뤼시가 눈을 뜨더니 어릿광대를 쳐다보면서 한숨을 푹 내쉰다.

「〈그들〉이 당신의 이기적이고 편협한 처사에 무척 실망하고 있다고 드라콘이 말하네요.」

「내가 대단한 요구를 하는 것도 아니잖아요! 그저 내 삶이라는 소설의 마지막 챕터를 알고 싶다는데. 내 입장에서는 정당한 요구 아닌가요? 누가 날 죽였는지 알고 싶은 거예요! 내가 나와 주변인들에 관한 정보를 주면 재능과 혈기를 가진 당신이 분명히 수수께끼를 풀 수 있다고 난 확신해요. 범죄 수사가 전공이었으니까 내가 저승에서 당신을 잘 안내해 줄게요.」

그녀가 고개를 절레절레 흔들더니 손을 뻗는다. 고양이 한 마리가 다가와 야옹거리면서 손바닥에 몸을 비벼댄다.

「내가 도와주겠다고 하면 나중에 꼭 환생하겠다고 약속할 수 있어요?」

「약속할게요.」

「어떤 이유로든 내가 위험한 상황에 처하는 일은 없어야 해요. 명심해요. 난 건강이 제일 소중한 사람이니까.」

고양이들이 상황을 파악하고 가브리엘을 도우려는 그녀를 말리려는 듯 빙 둘러 에워싼다. 그제야 마음을 놓은 가브리엘은 갑자기 가벼워진 느낌을 받는다.

16

영혼의 무게

미국의 덩컨 맥두걸 박사는 영혼의 존재를 물질적으로 입증하려고 한 최초의 의사였다.

그는 보스턴의 한 결핵 센터에서 동의를 받아 환자들의 무게를 재는 실험에 착수했다. 먼저 임종 직전의 결핵 환자를 침대째 저울에 올려 무게를 달고 나서, 사망 뒤 다시 무게를 달았다.

첫 번째 환자에게서 그는 정확히 21그램의 차이를 발견했다.

똑같은 실험을 다섯 명에게 더 실시한 결과 예외 없이 같은 결과가 나왔다. 숨을 거둔 환자 모두에게서 정확히 21그램의 차이가 확인된 것이다.

그는 자신의 실험을 통해 영혼의 무게가 21그램이라는 결론을 내렸다.

그는 똑같은 방식으로 개 열다섯 마리에게 같은 실험을 진행했다. 개들에게서 무게의 차이가 확인되지 않자 그는 인간만이 영혼을 소유한다는 결론에 도달했다.

1907년, 그가 연구 결과를 발표하자 언론에서는 〈맥두걸 박사의 21그램 이론〉이라며 대서특필했다. 그러나 과학자들은 회의적인 반응을 보였다. 그들은 실험 대상이 여섯에 그친 연구는 중요한 의미를 가질 수 없다며 실험의 조건 자체를 문제 삼았다. 피험자 한 명은 사망 후 1분이 넘게 지나서야 몸무게가 줄었다는 점도 지적했다. 하지만 맥두걸 박사는 영혼이 육체에서 빠져나오기를 〈망설인〉 탓에 그런 지체가 일어났을 뿐이라고 설명했다.

이 같은 합리화는 그에 대한 신뢰를 떨어뜨리는 결과를 낳았다. 맥두걸 박사는 1920년에 사망했는데, 사망 전후 그의 몸무게를 달아 차이를 확인해 본 사람은 아무도 없었다.

에드몽 웰즈,
『상대적이며 절대적인 지식의 백과사전』제12권

17

날렵한 실루엣 하나가 남쪽 병동과 주차장 사이 덤불
숲을 미끄러지듯 빠져나온다. 검은 그림자는 관목들을
따라 쓰레기장 쪽으로 움직인다. 작업자가 유기물 쓰레
기가 가득 찬 컨테이너를 밀며 나타나자 그림자가 바닥
에 납작 엎드렸다 다시 벽돌 담장을 따라 전진을 계속
한다.

짙은 색 트레이닝복에 운동화를 신고 긴 머리를 하나
로 질끈 묶은 뤼시 필리피니. 그녀가 차양 밑으로 다가가
유리에 바짝 붙어 지하 영안실을 살핀다. 안은 불이 모두
꺼져 있고 다행히도 이중창이 아니다.

「이제 뭘 할까요?」

「돌을 던져 창문을 깨요. 먼저 소리가 덜 나게 돌을 천
으로 감아야 하니까 쓰레기통에 가서 가운을 하나 주워
와요.」

뤼시는 가브리엘이 시키는 대로 한다. 그녀는 앰뷸런

스의 사이렌 소리가 들리길 기다렸다가 창문에 돌을 던진다. 유리창이 요란하게 깨진다. 그녀는 주변에 사람이 있는지 확인하고 나서 창틀에 붙어 있는 유리 조각을 발로 차 떨어뜨린다. 하지만 창턱을 넘다 그만 남아 있는 유리 조각에 손목이 찔린다.

「내 이럴 줄 알았어. 다쳤잖아. 더 이상 못 하겠어요!」

「쉿, 소리 내지 말아요!」

「피가 나잖아요! 내가 말했죠, 난 몸이 상하는 게 제일 무섭다고! 그냥 두면 곪을지 모르니까 집에 가서 소독을 해야겠어요.」

그녀가 겁에 질린 얼굴로 상처에서 흘러나오는 가느다란 진홍색 핏줄기를 들여다본다.

「괴저가 생기면 어떡해! 어서 가서 소독해야겠어요. 난 갈래요.」

「설마 이깟 일로 포기하는 건 아니겠죠? 내가 편집증 환자면 당신은 건강 염려증 환자네요. 우린 멋진 한 팀이에요.」

「기절하기 일보 직전인 사람한테 격려는 못 해줄망정 빈정거려요? 난 피를 보면 공포를 느낀단 말이에요.」

「약한 모습 그만 보이고 하던 일이나 계속해요.」

「이런 이기주의자는 처음이야! 어쩌면 당신은 다른 사람은 안중에도 없고 오로지 자기 옛날 육신에만 관심이 있어요?」

「이봐요, 눈곱만 한 상처 하나 가지고 징징거릴 때가 아니에요. 사람들이 올지도 모르니까 얼른 정신 차려요! 잘못하다간 상처만 입고 끝날지도 몰라요.」

뤼시가 마지못해 창턱을 넘어 아래로 뛰어내린다.

「어서 내 육체를 찾아요. 저기 저 서랍들 중 하나인 것 같은데.」 가브리엘이 재촉한다.

그녀가 스마트폰 손전등을 켜 실내를 비춘다.

그녀가 테이블 위에서 맨몸의 시신을 하나 발견하고 소스라치듯 놀란다. 시체의 얼굴은 정밀 저울 위에 올려져 있고 견인기가 끼워진 입은 헤벌어져 있다.

「이봐요, 여긴 영안실이에요, 시체가 있는 게 당연해요.」 가브리엘이 그녀를 안심시키려고 차분하게 얘기한다.

「미안하지만, 영혼들과 얘기하는 게 내 직업이어도 이렇게 살과 뼈가 붙은 실물을 보는 건 익숙하지 않아요. 이번에는 진짜 기절할 것 같아. 몸에 힘이 빠져…….」

그녀가 옆에 있는 카트에 몸을 기대자 카트가 스르르 구르기 시작한다. 그녀가 엉덩방아를 찧으며 넘어진다.

「허비할 시간이 없어요. 계속 소리를 내면 사람들의 주의를 끌게 될 거란 말이에요!」

「하, 젠장! 난 캣우먼이 아니라고요!」

「아무도 당신한테 캣우먼이 되라고 하지 않아요. 조심 좀 하라는 것뿐이에요. 내가 기억하기론 저기 오른쪽 제일 끝에 있는 냉동고에 넣었던 것 같아요.」

그녀는 들은 척 만 척 벽장을 차례로 열어 뭔가를 찾기 시작한다. 머큐로크롬과 붕대를 찾아내더니 인상을 찡그리면서 상처를 붕대로 감는다. 그제야 안심이 됐는지 그녀가 메스꺼움을 참으며 냉동 서랍을 하나씩 열어 확인한다. 드디어 가브리엘의 시체를 발견하자 그녀가 몸 전체가 보이게 덮개 지퍼를 끝까지 내린다.

「당신 방에서는 자세히 못 봤는데, 지금 보니 꽤 괜찮은 육신을 가졌었군요. 근육질인 걸로 보아 운동도 꽤 한 모양이고. 나한테 애인만 없었으면 당신한테 아주 조금은 관심이 생겼을지 몰라요.」

「지금 그런 실없는 얘기나 할 때예요? 빨리 정맥을 찾아 피를 뽑아요.」

그녀가 주사기를 들고 찌를 곳을 찾기 시작한다. 정맥이 파랗게 드러나는 손목에 제일 먼저 바늘을 찌르지만 아무것도 나오지 않는다. 대퇴부 동맥과 경정맥도 마찬가지다.

「순대라도 만들려고 속을 다 꺼낸 거야 뭐야?」

「시체는 시간이 지나면 마르게 돼 있어요. 심장에 직접 꽂아 봐요.」

「안 돼요. 바늘이 너무 가늘어서 흉골을 뚫을 수 없어요.」

「그럼 위치를 바꿔 봐요. 배를 압박하면서 아래쪽에서

찔러 넣어 봐요.」

뤼시가 얼른 가브리엘의 시체에 올라타 늑골 밑으로 바늘을 찔러 심장을 뚫는다. 드디어 시럽 같은 갈색 액체가 주사기 안으로 팍 밀려든다.

이때, 천장의 불이 켜지더니 간호사 한 명이 들어와 소리를 지른다.

「잡았어요! 변태 시간증 환자가 여기 있어요.」

간호사 세 명이 더 뛰어 들어온다.

「드디어 잡았어요! 시간증 색광 니니가 틀림없어요!」

「저 미친 여자를 잡아야 해요.」 그중 팔뚝이 통나무만큼 굵은 간호사가 악을 쓴다.

뤼시는 테이블에서 뛰어내려 가까스로 옆문을 통해 밖으로 달아난다. 흰 가운을 입은 여자들이 벌써 그녀의 뒤를 쫓기 시작한다.

주사기 바늘을 하늘로 치켜든 영매가 추격자들을 꽁무니에 달고 조명이 밝은 복도를 뛰어간다.

「여기요! 여기 있어요!」

「잡아요!」

뤼시는 수액걸이를 들고 천천히 걸어오던 환자 두 명과 부딪힌다.

「비켜요! 지나갈게요!」

그녀는 눈을 휘둥그레 뜬 환자들과 아직 상황 파악을 못 한 간호사들 사이를 뚫고 지나간다. 추격자 넷은 끈질

기게 그녀의 뒤를 쫓고 있다.

「여자가 어디로 갔어요?」

「저기.」 환자 하나가 방향을 가리킨다. 「내가 직접 봤어요. 바로 옆에서 날 치고 지나갔어요.」

「피가 가득 든 주사기를 들고 있었어요.」 다른 환자가 끼어든다. 「뱀파이어가 분명해요.」

「아니에요. 시간증 환자 니니래요.」 옆에 있던 환자가 바로잡아 준다.

「시간증 환자요?」

「시체에 성욕을 느끼는 변태 말이에요! 병원을 어슬렁거린 지 한참 됐는데 그동안 잡지 못하고 있었대요.」

뤼시가 쏜살같이 복도를 달려가는 사이 소동에 이끌린 구경꾼들까지 가세해 추격자들의 수는 점점 늘어난다. 가브리엘은 그녀를 앞질러 가 붐비지 않는 복도로 안내한다.

「아니, 그쪽 말고, 거긴 통로가 들것 때문에 막혀 있어요. 오른쪽으로 돌아요!」

추격자들은 포기를 모른다. 뤼시가 필사적으로 급히 왼쪽으로 방향을 꺾는다. 다행히 뒤쫓던 사람들은 그녀를 보지 못하고 계속 앞으로 내달린다.

울며 겨자 먹기로 사설탐정이 된 뤼시가 정신 병동으로 들어선다. 이 시간대에는 아무도 지나다니지 않는 복도에 서서 지혈대 대신 손으로 다친 손목을 세게 누른다.

「괜히 왔어! 당신 말을 듣지 말았어야 했어!」그녀가 다시 피가 흐르기 시작하는 상처를 압박하면서 중얼거린다.

「이쪽 구석에 숨어서 주사기 내용물을 시험관에 옮겨 담아요!」가브리엘의 어조가 단호하다.

「당신은 정확히 내가 싫어하는 상황으로 날 끌어들였어요!」그녀는 시키는 대로 하면서도 연신 불평을 쏟아낸다.

「그들을 따돌렸어요! 멋져요!」

뤼시가 출구를 찾다가 우연히 큰 방으로 들어선다. 안에 있던 눈이 개개풀린 남자 하나가 갑자기 그녀를 가로막는다.

「마녀야!」그가 벼락같이 소리를 지른다.

그러자 어디서 나타났는지 사람들이 그녀를 빙 둘러에워싼다. 추격자들을 간신히 따돌린 그녀는 다시 정신병동 환자들에게 포위되어 있다. 환자들이 그녀에게 다가든다.

「마녀야! 마녀라고!」그녀를 처음 발견한 미치광이가 이 말을 되풀이하자 이내 다른 사람들도 따라 말한다.

「마녀야! 마녀가 악마들을 끌고 왔어!」

「악마들이래요! 악마들이 있대요!」

뤼시가 놀라서 비명을 지른다.

「무슨 일이에요?」영문을 모른 채 가브리엘이 묻는다.

뤼시를 둘러싼 원이 서서히 좁아진다.

「감옥이나 묘지, 병영, 전장, 병원은 영혼들이 떠돌기에 최적의 장소죠. 그들은 기다리고 있다가 무슨 일만 생기면 우르르 모여들어요. 비둘기들이 빵 봉지를 든 노파에게 달려들 듯이 말이죠. 나를 이용해 유리한 환생을 하려고, 그게 자신들의 당연한 권리라고 생각해 모이는 거예요. 그런데 문제가 생기죠. 정신 분열증 환자나 마약 중독자처럼 오라가 아주 얇거나 구멍이 뚫린 사람들의 눈에는 그들의 모습이 보여요. 지금 저들은 떠돌이 영혼들을 보고 〈악마〉라고 하는 거예요.」

환자들이 합창하듯 계속 외쳐 댄다.

「마녀를…… 화형시켜라! 마녀를…… 화형시켜라!」

「이제 내가 왜 여기 오길 망설였는지 이해가 되겠죠?」
공포에 질린 뤼시가 손목을 더 세게 누르면서 입속말로 중얼거린다.

미치광이들이 점점 더 포위를 좁혀 온다. 몇 명이 바짝 다가들어 머리카락을 건드리는 순간 뤼시가 움찔 몸서리를 친다.

「어떻게 좀 해봐요. 제발 부탁이에요!」

가브리엘의 영혼이 벽을 통과하는 능력을 활용해 이 방 저 방으로 간호사들을 찾아다닌다. 그는 한참 만에 간호사들이 병동 끄트머리에 있는 방에 모여 TV 소리를 최대한 높여 놓고 축구 경기를 보고 있는 것을 발견한다.

「살려 줘요!」뤼시가 비명에 가까운 소리를 지른다.

급한 마음에 가브리엘이 떠돌이 영혼들을 향해 소리친다.

「당장 여기서 사라져요! 당신들 때문에 아래 있는 사람들이 흥분한 게 안 보여요?」

「뤼시 때문에 왔어요! 그녀가 파리를 통틀어 가장 좋은 환생 제안을 하기 때문에 도와 달라고 온 거예요.」

「그녀가 죽으면 도와줄 수도 없잖아요!」가브리엘이 호통을 친다.

「그녀가 좋은 제안을 하면 우린 갈 거예요.」

「잔말 말고 당장 사라져요. 당신들 입장은 내가 전할게요.」

떠돌이 영혼들은 자신들이 올라가서 환생할 수 있게 영매가 도와준다는 약속을 받아야 떠나겠다며 버틴다.

가브리엘이 중간에서 거래 조건을 뤼시에게 전한다. 미치광이들의 수가 점점 불어나고 자신의 몸에 자꾸 손을 대자 뤼시가 결국 거래를 받아들인다.

찌르레기 떼가 날아오르듯 떠돌이 영혼들이 공중으로 솟아 사라지자 환자들이 순식간에 차분해진다. 뤼시는 잠잠해진 틈을 타 재빨리 〈EXIT〉라는 글자를 향해 뛰기 시작한다.

드디어 밖으로 나온 그녀는 주차해 놓은 차에 올라 시동을 걸고 전속력으로 출구를 향해 질주한다.

「브라보!」가브리엘 웰즈가 환호성을 지른다.

영매는 화를 누르느라 입을 굳게 다문 채 액셀을 꾸욱 눌러 속도를 높인다.

「우리는 각자의 영역을 확고하게 지켜야 해요. 나는 저승에서 그리고 당신은 이승에서. 어쨌든 첫 번째 미션을 완벽히 수행한 걸 축하해요! 내 피를 뽑은 시험관이 있으니 수사를 계속하면 돼요. 일단 시험관을 빨리 냉장고에 넣어요.」

「입 다물지 않으면 시험관을 창밖으로 던져 버릴 거예요.」뤼시가 신경질적으로 쏘아붙인다.

「날 원망해요? 왠지 비난조가 느껴지네…….」

「입 닥쳐요! 당신 말은 다시는 듣기도 싫으니까! 다시는, 절대로! 알았어요? 다시는 당신과 손잡을 일 없어요! 절대! 이젠 끝이에요!」

「있잖아요, 어릴 때 내가 징징대면 할아버지가 농담으로 기분을 편안하게 만들어 줬어요. 이 상황에 딱 맞는 농담이 있는데, 들어 볼래요?」

「됐어요. 당신 농담과 당신 할아버지한테 관심 없어요.」

「에이, 해줄 테니 들어 봐요, 웃긴 얘기예요.」

「그럴 리 없어요.」

「한 정신 병원에서 동물 성애자와 사디스트, 살인자, 시간증 환자, 마조히스트가 모여 얘기를 하고 있는데, 고양이 한 마리가 눈앞을 지나가요. 동물 성애자가 말하죠. 〈저놈을 확 잡아서 섹스를 해버릴까?〉 사디스트가 말하죠. 〈좋지, 그다음에 내가 고문을 해야지.〉 살인자도 맞장구를 쳐요. 〈고문이 끝나면 내가 죽여야겠어.〉 시간증 환자가 신나서 덧붙이죠. 〈죽고 나면 내가 다시 섹스를 해야지.〉 다들 한마디씩 하고 나서 아직 아무 말이 없는 마조히스트의 얼굴을 쳐다보면서 물어요. 〈자네는, 자네는 어떡할래?〉 그러자 마조히스트가 대답하죠. 〈야옹.〉」

「내가 들어 본 최악의 농담이에요! 게다가 고양이를 학대하는 내용이야. 못 들어 주겠네요! 당장 내 차에서 나가요! 다른 영매를 찾아 떼를 써봐요! 이건 명령이에요! 나가요! 내 눈앞에서 사라져요! 다시는 가까이 올 생각도 하지 말아요!」

가브리엘은 하는 수 없이 차 밖으로 나온다. 그는 뤼시의 소형 자동차가 안전 수칙을 무시한 채 차들 사이를 요리조리 질주하는 모습을 눈으로 뒤쫓는다.

18

가브리엘은 한 마리 새처럼 파리 상공에 떠 있다.

죽었으니 시간을 쓰는 방법도 달라져야겠지. 다시는 아침을 먹고 샤워를 하고 카페에서 커피를 마시거나 친구와 점심 약속을 잡는 일이 없을 것이다. 하지만 자기 전에 칫솔질을 하거나 잠옷으로 갈아입지 않아도 되는 건 좋다.

이제부터 항상 똑같이 말쑥한 차림을 하고 맑은 정신으로 깨어 있을 수 있다.

살아 있다는 건 중력의 법칙에 따라 땅에 붙어 존재한다는 뜻이다. 인간은 바닥에 붙어 움직이는 무거운 동물이지만 이제 그는 공중에 떠 있는 가벼운 존재가 되었다. 가브리엘 웰즈는 새로운 존재 조건을 활용해 곡예비행에 나선다. 공중회전, 횡전, 선회 강하, 실속 선회, 역공중회전, 수직 상승, 8자 비행. 그는 라데팡스의 고층 빌딩들 사이에서 스릴 넘치는 횡전을 시도하다 지하철을 향해 급강하한다. 마음만 먹으면 안 되는 게 없다. 그는 벽을 통과해 사람들의 사적인 순간을 재밌게 훔쳐보다 금세 지루해진다.

남아도는 시간을 어떻게 쓸까?

그는 쌍둥이 형이 자신을 화장하려 한다는 사실을 문득 떠올리고는 그를 찾아간다.

가브리엘은 형이 사는 아파트에 도착해 벽을 지나 침실로 들어간다. 침대 위에서 형을 굽어본다. 토마가 이불을 들썩들썩하며 몸을 뒤척인다. 그의 육신을 감싸고 있는 환한 수증기층이 눈에 들어온다. 토마의 오라. 형이 깊은 잠에 빠져들자 호흡이 느려지면서 눈꺼풀이 울뚝불뚝 움직인다. 오라의 색깔이 서서히 변하더니 정수리 쪽이 얇아지기 시작한다. 토마가 역설수면 상태에 들어가사 호흡은 더 느려지고 눈동자는 더 빨리 움직인다. 마침내 몸의 움직임이 멎는다. 오라의 가장 얇은 부분에 구멍이 하나 나 있다.

〈아, 북극 오존층에 구멍이 하나 뚫려 있군!〉 가브리엘이 피식 웃는다.

이제 이 구멍에 손가락을 넣어 토마의 두개골을 통과해 그에게 영향을 주면 된다. 가브리엘이 형의 귓바퀴에 대고 속삭인다.

「나야, 가브리엘. 절대 화장하면 안 돼.」

가브리엘이 이 말을 여러 번 반복하자 토마가 몸을 심

하게 들썩이더니 눈을 번쩍 뜬다. 그는 방금 전 일을 기억에서 지우고 싶은 듯 눈을 비비면서 침대를 내려온다. 오줌을 누고 물을 한 컵 마시더니 다시 침대로 돌아와 잠이 든다.

「기억해, 화장은 안 돼. 내 말을 안 들으면 매일 밤 악몽을 꾸게 될 거야.」 가브리엘이 다짐을 받으려고 한 번 더 말한다.

토마가 매트리스를 걷어차면서 큰 소리로 잠꼬대를 한다. 〈안 돼! 안 돼!〉

가브리엘은 할 만큼 했다고 생각하고 밖으로 나와 파리의 하늘로 솟아오른다.

멀리서 산책을 즐기고 있는 떠돌이 영혼들이 보인다. 대부분은 여전히 습관처럼 땅 위를 걸어다니고 있다. 그들도 나처럼 처음에는 공중을 나는 재미에 흠뻑 빠졌다가 이내 앉고 걷는 동작이 그리워 산 사람의 흉내를 내는 중이겠지.

머리 위로 비행기가 한 대 지나간다. 가브리엘이 재빨리 고도를 높이자 비행기가 그를 통과해 지나간다. 순간 그는 비행기에 탄 승객들의 영혼이 자신을 스쳐 지나가는 느낌을 받는다.

가브리엘 웰즈는 에펠탑 위를 선회하다 내려와 몽파르나스 타워 주변을 빙빙 돌다가 트로카데로 광장 위를 여유롭게 떠다닌다. 새로운 존재 조건으로 인한 이득을 곰곰이 따져 보던 그는 살아 있었다면 가장 하고 싶은 게 뭐였을지 상상하기 시작한다. 유명 여성 연예인의 자는 모습을 구경하고 싶다는 생각에 이르자 쿡 웃음을 터뜨린다.

그는 요새 한창 인기 있는 신인 여배우를 떠올리고는, 얼마 전 잡지에 소개된 그녀의 집을 찾아간다. 그는 침실로 들어가 잠이 든 그녀를 향해 손을 뻗는다. 손가락이 그녀의 몸을 통과해 지나간다. 살갗의 감촉을 느낄 수 있다면 좋을 텐데.

그녀가 고개를 옆으로 돌리더니 얼굴에 흘러내린 머리카락을 쓸어 넘긴다. 가까이서 보니 실물이 영 사진만 못하다. 양 볼에 좁쌀만 한 여드름이 다닥다닥하고 피부는 번들거린다.

「어이, 발가벗고 자는 여자를 훔쳐보고 있냐?」

가브리엘은 못된 짓을 하다 들킨 어린애처럼 몸을 소스라뜨린다. 어딘가 익숙한 목소리다 싶어 고개를 들자 친숙한 얼굴이 보인다.

「할아버지!」

「가브리엘!」

「여기서 뭐하세요?」

「너처럼 예쁜 여자들을 몰래 훔쳐보는 중이다, 요 녀석아.」

그가 장난스럽게 가브리엘을 툭 치자 손이 그의 몸을

135

통과해 지나간다.

「네가 살아 있을 때도 이 할아비는 한 번도 네 곁을 떠난 적이 없었단다, 이건 진담이야. 네가 죽고 나서도 무슨 일이 벌어지는지 계속 주시했지.」

「제가 죽은 뒤에도 계속 따라다니셨다고요?」

「그래, 늘 네 위에 있었어. 네가 위를 쳐다보지 않아서 그렇지.」

코를 골던 여배우가 방귀 소리를 뿡뿡 내자 두 심령체는 배꼽을 잡고 웃는다.

「야아! 죽으니까 별 구경을 다 하는구나! 농담이 아니라 정말로 모든 것을 보고 모든 것을 이해할 수 있게 된단다. 뒤늦게 얻은 지식을 실용적으로 쓸 수 없는 게 안타까울 뿐이지.」

「그런데 할아버지는 왜 저를 따라다니셨어요?」 가브리엘이 말을 자른다.

「네가 아기였을 때 할아비는 네 재롱 보는 재미에 살았어. 너는 토마보다 훨씬 상상력과 예술가적 기질이 풍부한 아이로 컸지. 한마디로 더 재밌는 녀석이었어. 알다시피 네 아비는 토마를 더 아끼고 네 어미는 너를 더 아꼈지. 네 어미처럼 나도 너한테 정이 더 가더구나. 네가 가진 이야기꾼의 재능을 가족 중에 제일 먼저 발견한 사람이 나란다. 그래서 네 어미 아비한테 이야기를 많이 읽어주라고 했지. 그래야 나중에 커서 다른 사람들한테 얘기를 들려줄 수 있다고. 이 할아비가 늙어서 병이 들었을 때 너는 늘 내 곁에 있어 줬지. 그러다 내가 죽었을 때…… 그 일…… 너도 알지…… 네가 보인 반응에 이 할아비는 가슴이 먹먹해졌단다. 그때부터 널 늘 지켜봤지. 망나니 짓을 할까 봐 걱정이 돼서가 아니야. 넌 내게 스타 같은 존재였거든. 우리 가족 중에서 제일 잘난 놈이었으니까. 네가 잠이 들어 오라에 구멍이 뚫리면 생각을 불어넣었 지. 작가가 돼 우리 가문의 이름을 세상에 영원히 새기라 고 말이야. 그렇게 나도 나름대로 저승에서 꽤 애를 썼단 다. 나는 네가 남들과 달라졌으면 했어. 유행을 쫓지 말고 글을 쓰길 바랐지. 어차피 유행은 사라지게 돼 있으니까. 그 일이 항상 쉽지만은 않더구나.」

「저는 지금 누가 저를 죽였는지밖에 관심이 없어요.」

「실망이구나, 가브리엘. 네 야망이 고작 그 정도라니.」

「처음 듣는 지적이 아니지만 어쩔 수 없어요. 할아버 지가 도와주세요. 옛날에 경찰이셨으니까 단서를 얻게 도와주실 수 있잖아요.」

「너도 짐작은 하겠지만 거울의 이쪽 편에서 수사를 하 는 게 쉽진 않아. 하지만 최선을 다해 보마. 특별히 의심 가는 사람이 있니?」

「토마요. 부검을 요구하지 않는 게 미심쩍어요. 그리 고…… 저한테 늘 질투심을 느꼈거든요.」

「다른 사람은 누가 있니?」

「현재로서는 토마뿐이에요.」

「알았다…… 할아비도 한마디 하마. 너와 소통하고 있는 뤼시 필리피니는 보통 사람이 아니란다. 산 사람들 중에 네 얘기를 들어 줄 상대가 있고, 게다가 그 상대가 저승의 최고위층과 접촉하는 사람이라는 게 얼마나 대단한 행운인지 네가 아직 모르는 것 같아 하는 소리란다.」

「최고위층이라면, 드라콘 말씀이세요?」

「드라콘만이 아니야. 어쨌든 그녀는 상부가 대리인으로 삼을 만큼 유능한 사람이란 얘기다. 너한테 큰 힘이 될 수 있을 거야. 내 말 명심하고 잘해 주거라. 할 수 있는 한 그녀를 도와줘. 네 생각 이상으로 멋진 여자라는 걸 곧 알게 될 거야.」

할아버지의 1960년대식 옷차림이 가브리엘의 눈길을 끈다. 회색 재킷, 흰색 와이셔츠, 검은색 구두, 폭이 좁은 넥타이. 할아버지는 새치가 희끗희끗하지만 둥글고 해맑은 얼굴에는 주름이 별로 없다. 구천에 동지가 생겼다는 생각이 드는 순간 가브리엘은 묘한 안도감을 느낀다. 더 이상 혼자가 아니라는 생각이 든다.

그는 할아버지와 조만간 다시 만나자는 약속을 하고 미련 없이 여배우의 집을 나와 뤼시의 집으로 향한다. 그는 잠이 든 그녀의 모습을 예술 작품 감상하듯 한참을 내려다본다. 평범하지 않은 그녀의 인생 역정을 떠올리며 그녀를 만난 게 얼마나 큰 행운인지 실감한다.

눈앞에 있는 그녀가, 자신이 압정을 꽂아 벽에 사진을 붙여 놓았던 내로라하는 여배우들보다 아름답다는 생각이 든다. 게다가 그가 실제로 꼭 한번 만나 보고 싶었던 헤디 라마의 환생을 보는 듯한 착각이 들 만큼 그녀를 빼쏘았다. 살아 있었다면 분명히 사귀자고 말했을 거야. 아니, 이 아름다운 여성과 여생을 함께 보냈을지도 모르지…….

순간 한 가지 질문이 다시 그의 머릿속을 점령한다.

대체 누가 내 생을 단축시켰지?

19
플라나리아

　플라나리아는 민물에 사는 편형동물이다. 몸길이가 4센티미터에 불과하지만 머리와 눈이 달려 있고 뇌가 붙어 있다. 또한 척수를 통해 신경 계통이 몸의 나머지 부분과 연결돼 있다. 플라나리아는 입과 소화 기관뿐만 아니라 암수한몸인 생식기도 가지고 있다. 몸의 일부가 잘려도 재생이 가능해 〈칼을 맞아도 죽지 않는 동물〉이라고 불리는 플라나리아의 자동 재생력은 오래전부터 많은 과학자들의 관심을 끌었다. 2014년, 미국 매사추세츠주에 있는 터프츠 대학교의 한 연구팀은 플라나리아를 대상으로 일종의 조련 실험을 벌였다. 먹이와 전기 충격이 공존하는 환경에 놓인 플라나리아는 열흘 만에 먹이가 있는 곳과 전기 충격을 당하는 곳의 위치를 구분해 기억하고 행동했다. 그러자 연구팀에서 환경에 적응한 플라나리아들을 꺼내 머리를 잘랐다.

　2주 뒤 머리가 다시 자란 플라나리아를 같은 환경에

다시 노출시키자 놀랍게도 상과 벌이 있는 지점을 정확히 기억해 냈다.

이 실험은 우리에게 다음의 질문을 던지게 했다. 기쁨과 고통의 기억이 뇌 속에 있는 게 아니라면, 과연 어디에 있을까?

에드몽 웰즈,
『상대적이며 절대적인 지식의 백과사전』제12권

20

햇살 한 줄기가 그녀의 오른쪽 눈꺼풀에 닿아 머문다. 뤼시가 천천히 상체를 일으킨다. 침실 창문 너머로 하늘을 응시하면서 빙그레 미소를 짓더니 하품을 한다. 그녀가 골반을 빙빙 돌려 척추의 긴장을 풀어 주고 나서 조심스럽게 발을 차례로 바닥에 내려놓는다.

그녀가 욕실로 가 이를 꼼꼼히 닦은 뒤 손목을 내려다본다. 상처가 아문 것을 확인하더니 안도한다.

그녀가 거울을 마주 보고 서서 눈을 감은 채 중얼거린다.

〈살아 있음에 감사합니다.

육신을 가진 것에 감사합니다.

오늘도 존재의 행운을 누릴 수 있는 만큼 이에 부끄럽지 않은 하루를 살게 되기를 소망합니다.〉

그녀는 두 손을 모아 합장하듯 해를 향해 머리를 숙이고 나서 부엌으로 걸어간다.

가브리엘은 공중에 떠서 차마 말은 붙이지 못하고 그 녀의 동작을 눈으로 뒤쫓고 있다. 뤼시가 찬장에서 갖가지 캡슐과 약병, 알 수 없는 분말 봉지가 가득 들어 있는 상자를 하나 꺼낸다. 물을 한 잔 따르고 정체를 알 수 없는 노란색 액체를 스포이트로 몇 방울 떨어뜨리더니 단숨에 들이마신다. 그러고 나서 손바닥에 동종 요법 과립을 한 움큼 쏟아 입에 넣고 천천히 녹여 먹는다.

의식을 치르듯 약을 먹은 뤼시가 태블릿 PC를 켠다. 그녀가 한 손으로 화면을 휙휙 넘겨 뉴스를 확인하면서 아침을 먹기 시작한다.

「아직도 여기 있는 거예요?」 그녀가 냉랭한 목소리로 말문을 연다. 「날 좀 내버려 두라고 부탁했을 텐데요.」

「그게…… 그러니까 난 그쪽이…… 아니, 내 말은 당신이…….」 뤼시에게 들키자 가브리엘이 우물쭈물 얼버무린다.

「좋아요. 난 뒤끝이 없는 사람이에요. 내 손목 상처처럼 밤새 마음도 아물었어요. 당신을 원망하던 마음도 사라졌어요.」

「내가 계속 곁에 있어도 돼요? 앞으로는 절대 귀찮게 하지 않을게요.」

「귀가 따갑도록 당신의 죽음에 관한 얘기만 하지 않는다면 참아 주죠.」 그녀가 찻잔을 비우면서 풀이 죽어 있는 가브리엘에게 대답한다.

「고마워요. 어제는 정말 미안했어요. 내 행동을 사과하고 싶어요. 당신 눈에 이기적으로 보일 만했어요. 내 죽음에만 온통 정신이 팔려 있다 보니 그랬어요.」

「이젠 아니라는 뜻이에요?」

「상대화해서 보려고 애쓰는 중이에요.」

「어, 당신이 좋아하겠네, 신문에 당신 기사가 나왔어요.」 그녀가 태블릿 PC에서 눈을 떼지 않은 채 말한다.

호기심이 발동한 가브리엘이 그녀에게 다가간다.

「여기 봐요, 당신의 사망 기사가 여기저기 실렸네요.」

가브리엘은 그 기사들의 제목을 보고 경악을 금치 못한다.

〈얼치기 작가의 사망〉

〈별 볼 일 없는 작가의 죽음〉

〈웰즈 ― 그저 그런 작가가 세상에 작별을 고하다〉

한 유력 일간지의 두 면을 꽉 채운 장문의 마지막 기사에는 사진이 함께 실려 있다. 유난히 못 나온 그의 사진 밑에 〈속 시원히 잘 갔소〉라는 문구까지 달려 있다. 글쓴이는 다름 아닌 장 무아지.

뤼시는 가브리엘의 사망 소식을 전하는 다른 사이트들을 계속 찾아 읽고 있다.

「이런, 동료들이 당신을 그다지 좋아하지 않았나 보군

요. 어찜 호의적인 부고 기사를 써준 사람이 단 한 명도 없네.」

「내 동료들이 아니라 파리의 비평가들이죠. 기껏해야 몇십 명에 불과한, 틀에 찍어 낸 듯 똑같은 사람들. 장르 문학을 하위 문학으로 취급하도록 배운 사람들 말이에요.」

「당신의 옹호자들은요?」

「그렇게 부를 사람들이 있는지 모르겠네요. 설령 있다 해도 언론 매체에 접근이 어렵거나 불가능하죠.」

뤼시가 입을 비죽거린다.

「또 그놈의 편집증이 발동하는군요.」

「차라리 그랬으면 좋겠어요. 하지만 당신도 기사들을 읽어 봤으니 알 거 아니에요. 프랑스에서는 대중의 마음을 얻는 작가는 무조건 미덥지 않게 생각해요.」

「편-집-증! 당신을 만나기 전에는 이런 면이 있으리라고는 꿈에도 상상을 못 했어요. 이런 걸 다 초월한 작가라고 믿었는데.」

「당신이 죽었는데 누가 〈속 시원히 잘 갔소〉 하면 좋겠어요? 나는 편집증 환자도 아니지만 목석도 아니란 말이에요.」

「비평가들이 당신 속을 이렇게 긁어 놓은 걸 보니 결국 그들이 이겼네요.」

뤼시가 태블릿 PC를 끄더니 찻잔에 다시 차를 따른다.

그녀의 입에서 가브리엘이 기다리던 말이 나온다.

「자, 오늘 아침에는 시간도 좀 있으니까 당신 입을 근질근질하게 하는 얘기를 들어 보죠. 당신 얘기를 들려줘요, 웰즈 씨.」

21

알다시피 나한테는 쌍둥이 형 토마가 있어요. 말 그대로 엄마 배 속에서 나올 때까지 둘이 엉겨 붙어 있었죠. 우리는 지독한 난산 끝에 ― 엄마의 표현에 따르면 〈피바다〉였대요 ― 태어났어요. 점성가인 엄마는 이미 예견하고 있었다고 하더군요.

아버지는 엄마와 달리 합리주의자셨죠. 대학교에서 생물학을 가르치면서 독립적인 연구도 병행하셨어요. 연구자로서의 명성을 갈구했지만 아버지가 애착을 느낀 연구 분야는 동료 과학자들의 관심을 끌지 못했어요. 머리가 잘렸다 재생된 플라나리아를 미로에 다시 넣어도 잘리기 전과 똑같이 길을 기억해 움직인다는 사실을 발견하신 분이 우리 아버지세요. 미국에서 일하실 때 얻은 이 연구 결과가 언젠가 인간의 생명 연장에 쓰일 거라고 아버지는 믿으셨죠. 에드몽 웰즈의 백과사전에도 이 실험이 언급돼 있어요. 우리 쌍둥이 형제는 그걸 읽으면서 어렸을 때부터 자연스럽게 죽음과 삶, 기억, 정신과 영혼의 소재에 관심을 갖게 됐죠.

아버지가 토마를 각별히 여겼다면 엄마는 나를 총애했어요. 조금은 숨이 막히는 모정이었죠. 내 단짝은 친할아버지 이냐스 웰즈였어요. 경찰 경위셨죠. 할아버지와 나는 불로뉴 숲 호숫가에 앉아서 백조들에게 빵 부스러기를 던져 주면서 시간 가는 줄 모르고 얘기를 했어요.

당신한테 알퐁스 도데의 〈세갱 씨의 염소〉가 그렇듯 나한테도 특별한 의미가 있는 동화가 있어요. 안데르센의 〈미운 오리 새끼〉죠. 기억이 희미할지 모르니까 다시 줄거리를 얘기해 줄게요, 들어 봐요. 옛날에 다른 새끼 오리들한테 따돌림과 괴롭힘을 당하는 새끼 오리가 한 마리 있었는데, 자라면서 자기가 오리가 아니라는 사실을 발견하게 되죠. 실수로 오리 알들 사이에 놓인 백조 알에서 태어났던 거예요. 그동안 자신을 괴롭혔던 차이를 받아들이고 나자 그는 행복해졌어요. 이 얘기를 들려주며 할아버지는 이렇게 말씀하셨어요. 「어떤 장애라도 장점이 될 수 있단다. 어떤 실수라도 감당할 수 있기만 하면 예술적 선택으로 바뀔 수 있단다.」

백조는 그렇게 우리끼리 통하는 〈상징〉이 됐고 호수는 소통의 장소가 되었죠.

할아버지와 보내는 시간은 행복했지만 다른 〈오리들〉 사이에서의 삶은 쉽지 않았어요. 형과 달리 나는 공부에도 운동에도 소질이 없었어요. 토마는 늘 교실 맨 앞줄에 앉았고 나는 라디에이터 옆 구석진 자리에 앉았죠. 내 생활 기록부를 보면 〈몽상가 기질이 강한 학생으로, 현실 감각이 요구됨〉이라고 적혀 있어요. 우리 형제는 교사들 사이에서 아주 유명했죠. 일란성 쌍둥이 중 하나는 반에서 1등이고 하나는 꼴찌였으니까.

나는 수업 시간에 읽어야 하는 책들이 싫었어요. 교과 과정에 나오는 작가들은 내 눈엔 모두 거들먹거리는 도덕주의자들로 보였거든요. 그들이 독자에게 설파하는 지혜로운 조언들이 실제 그들의 삶과는 관계가 없다는 사실을 간파했던 거죠.

내가 〈공식〉 문학에 거부감을 느끼는 걸 안 할아버지가 하루는 말씀하셨어요. 「좋은 책은 결국 한마디의 멋진 농담 같은 거 아니겠니.」 할아버지는 나한테 무수한 농담을 들려주셨죠. 그리고 그 효과는 즉각적이었어요. 갈수록 긴 농담을 들려주던 할아버지가 하루는 3백 페이지짜리 긴 농담이나 다름없는, 〈색다른〉 책이 있는데 읽어 보겠냐고 하셨죠. 영국 작가 코넌 도일이 쓴 『바스커빌가의 개』라는 책이었어요. 새로운 세계가 펼쳐지더군요. 책에서 눈을 뗄 수가 없었어요. 시간 가는 줄 모르고 단숨에 읽어 내려갔죠. 당신이 감옥에서 『죽은 자들』을 읽을 때의 느낌으로 말이에요. 황야에 발을 들이는 사람들을 공포로 몰아넣는 그 웅크린 괴물의 정체가 나는 너무나 궁금했어요. 진주알로 목걸이를 만들 듯 예쁘장한 문장들을 꿰어 만드는 게 문학이라고 여겼던 내 통념이 한순간에 무너졌죠. 그때부터 문학은 내게 한바탕의 마술로 풀리는 난해한 수수께끼로 다가왔어요.

당신처럼 나도 부모님이 권유하는 세계가 싫었어요. 학교도 나와 맞지 않았죠. 그래서 가출을, 육체의 가출이 아니라 정신의 가출을 감행했어요.

『바스커빌가의 개』를 시작으로 코넌 도일의 작품을 완독하고 나서 창백하고 하얀 피부에 가늘고 긴 목을 가진 다혈질의 인물인 〈백조 형사〉를 창조했죠. 그는 〈세상에는 남들이 우리에게 믿게 만들려는 진실과 우리에게 감추려는 진실, 이렇게 두 가지 진실이 존재한다〉라는 신조를 가진 사람이었어요.

처음에는 등장인물이 거의 없는 겨우 열댓 페이지짜리 단편을 썼어요. 극적인 반전이 있는 결말을 쓰는 데 집중했죠. 글을 쓸 때마다 이야기를 떠받치는 구조물의 형태를 머릿속에 그렸어요. 때로는 원(수수께끼의 열쇠가 애초부터 눈앞에 있었다는 걸 탐정이 깨닫게 되는 이야기)을, 때로는 나선형(이야기가 점점 복잡해지고 뜻밖의 반전을 거듭하면서 확대돼 나가는 방식)을, 경우에 따라서는 삼각형(한 인물이 자기 목적을 달성하기 위해 다른 인물을 이용하는 구조)이나 피라미드(여러 이야기가 나란히 진행되다 꼭대기에서 만나는 형식), 십자가, 대성당

형태…… 등으로 이야기의 뼈대를 짰죠. 마술의 기본 원리들을 서사 구조에 도입하기도 했어요. 주의 분산, 선택 강요, 이중 바닥, 거울, 쌍둥이…… 등의 기술 말이에요. 그래요, 사건을 수사하는 셜록 홈스가 나를 구해 줬고, 그의 말 한마디, 행동 하나하나가 나의 정신을 깨어나게 했어요.

학교에선 열등생이었어요. 그런데 국어 선생님들은 나한테 관심을 갖고 조금씩 칭찬을 해주셨어요. 중학교 때, 하루는 선생님이 말했죠.「솔직히, 네 글은 읽는 재미가 있어. 정말 많이 웃었단다. 충격적인 결말도 아주 좋았어. 그런데 형식을 좀 더 다듬지 않으면 안 돼. 맞춤법이 열 개나 틀려서 0점을 줄 수밖에 없었단다. 하지만 이건 알아 두렴. 네 글은 재미있어서 항상 제일 먼저 읽게 돼. 그래야 다른 애들 숙제를 읽을 기분이 나거든. 다른 글들은 맞춤법 실수는 없어도 지루하기 짝이 없어.」

교사들의 평가는 대체로 박했지만 동급생들은 달랐어요. 쉬는 시간에 내 주위로 몰려들어 백조 형사 이야기를 해달라고 졸랐죠.

그렇게 나는 〈이야기꾼〉이라는 나만의 자리를 찾았어요. 인류에게는 오랜 옛날부터 고대 켈트족의 바드나 서아프리카의 그리오처럼 문화권별로 다른 전통을 가진 이야기꾼들이 존재했어요. 이들은 한 집단의 문화를 형성하는 데 막대한 역할을 했죠. 나도 백조 형사의 수사 이야기를 가지고 나름대로 〈이야기 듣는 사람들〉의 공동체를 창출한 셈이었어요. 이야기 덕분에 여자아이들에게 인기도 생겼죠.

그러다 보니 형과 나는 자연스럽게 경쟁 관계에 놓이게 됐어요. 토마는 전통적인 의미에서 우월함을 보이는 모범생이었고 나는 새로 소명을 갖게 된 분야에서 능력을 인정받은 셈이었죠. 어떻게 보면 나는 고객들에게 재밌는 이야기를 들려주는 게 직업인 점성가 어머니의 피를 물려받은 거예요.

토마는 아버지의 대를 이어 정통 과학자를 꿈꾸었어요. 생물학자인 아버지와 달리 물리학자가 됐지만. 파동을 이용한 기기를 만드는 게 그의 주된 관심사였어요.

내가 열 살 때 할아버지가 건강이 급속히 악화돼 결국 병원에 입원하셨어요. 병문안을 갈 때마다 오랫동안 애기를 나누었죠. 여든둘이던 할아버지가 그만 죽고 싶다고 하면 곁에 있던 할머니가 늘 〈말도 안 되는 소리 말아요, 담당의가 단호하게 나을 수 있다고 하잖아요〉라는 식의 말만 되풀이하셨죠. 어느 날엔가 수액 줄을 빼버리려고 했다면서 할아버지를 가죽끈으로 침대에 묶어 놨더군요. 할아버지가 날 붙잡고 제발 죽게 도와 달라고 애원하는데 어찌할 바를 몰랐어요. 결국 할아버지가 가죽끈을 끊어 내고 스스로 생을 마감하셨다는 소식이 들려왔어요. 너무나 큰 충격을 받았죠. 할아버지의 의사를 존중

하지 않은 할머니의 태도도 혼란스러웠어요. 그때부터 〈자신이 언제 죽을지 결정하지도 못한다면 과연 자유롭다고 할 수 있을까?〉라는 의문이 생겼죠.

할아버지를 잃고 상심해 있던 나와 달리 형 토마는 냉정했어요. 「의학의 입장에선 어쨌든 최선을 다한 거야. 할아버지가 의사의 결정을 따르지 않겠다는 선택을 했기 때문에 그 대가를 치른 거지.」 그런데 힘들어하는 나를 지켜보다 못한 토마가 하루는 같이 네크로폰을 만들어 보자고 했어요. 죽은 사람들과 대화하는 이 기계는 토머스 에디슨이 실제로 구상했던 적이 있죠. 나는 신이 나서, 형이 설계를 맡으면 내가 예비 작가로서의 재능을 살려 기계의 작동 방식을 상상해 보겠다고 했어요. 그때 〈네크로폰〉이라는 제목으로 썼던 단편을 늘려 10년 뒤에 완성한 게 바로 『죽은 자들』이에요.

대학은 법학과에 입학했는데 금방 싫증이 났어요. 하지만 나중에 공부한 범죄학에는 무척 흥미를 느끼게 됐죠. 덕분에 쉽게 졸업 시험에 통과했어요. 대학 졸업 후 언론 쪽에 일자리를 알아보다가 범죄 사건을 담당할 기자를 모집하는 한 유력 좌파 주간지에 쉽게 취직이 됐어요. 기자 지망생들이 대부분 정치나 문화 분야를 선호하다 보니 상대적으로 이쪽은 경쟁이 약했던 덕분이죠.

내가 입사 직후 쓴 기사들이 큰 반향을 불러일으켰어요. 코넌 도일의 영향을 고스란히 받은 나의 소설적 문체를 독자들이 좋아해 줬죠. 나는 형사 법원에서 재판을 방청하고 나면 그 내용을 마치 연극을 무대에 올리듯 글에 담았어요. 피해자와 가해자를 비롯해 관련자들의 심리를 파고들었죠.

얼마 지나지 않아 편집장이 승진을 시켜 주더군요. 나는 그토록 바라던 〈선임 기자〉 직함을 달게 됐어요. 그때부터 나한테 따로 사진 기자가 배정됐고, 직접 현장 답사를 하고 취재원을 인터뷰해서 대형 르포를 기획할 수 있는 권한도 주어졌죠. 연봉도 오르고 내 목소리를 낼 수 있는 지면도 늘어났어요. 대신 나는 멋진 기사들을 써서 우리 잡지의 독자들을 늘려 줬죠. 내가 쓴 르포 기사들이 주목을 받자 라디오에서 내 이름을 언급했고, 경쟁 언론사들도 내가 쓴 분석 기사들의 내용을 인용해 싣더군요. 독자들이 보낸 편지가 책상 위에 높이 쌓이기 시작했죠.

한번은 어린아이들을 납치한 혐의로 기소된 벨기에 소아성애자에 관한 기획 기사를 준비하고 있었어요. 그의 단독 범행인 줄 알고 취재를 시작했는데, 알고 보니 용의자가 독일 유력 인사들과 벨기에 장관들까지 포함해 1백 명이 넘는 네트워크의 일원이더군요. 그런데 놀랍게도 판사들은 그런 네트워크의 존재 가능성조차 부인하려 했어요. 심지어는 공범들의 이름을 밝히려는 피고인의 입을 막아 버리기까지 했죠. 나는 사법부에서 이 사건을 덮으려고 시도한다는 사실을 입증할 만한 모든 증거를 제시하며 기사를 썼죠. 하지만 형사 고발, 아니, 더한 일을 당할지도 모른다는 두려움에 떠는 편집장의 반대에 부딪혀 기사를 완성하지 못했어요. 편집장이 나를 불러 이런 얘기까지 했죠.「이것보다 대수롭지 않은 일로도 사라지는 사람들이 있다는 걸 알아 두게.」

더 이상 고집을 부리지 못하고 결국 기사를 포기할 수밖에 없었어요. 그러고 나서 내 눈에 〈조금 덜 문제적인〉 사안을 찾아 취재를 시작했죠. 그래서 했던 게 한 유명 TV 아나운서에 관한 취재였어요. 조사해 보니 그는 상습 코카인 복용자였고, 마약에 취한 상태에서 이미 여러 여성에게 심각한 위해를 가했더군요. 아이러니하게도 그는 가정 폭력을 고발하는 프로그램의 진행을 맡아 대중의 눈물샘을 자극하고 있었죠. 그 사건 역시 취재 내용을 세상에 알릴 수 없었어요. 높은 시청률을 누리는 인기 프로그램 진행자를 공격하는 건 언감생심 꿈도 못 꿀 일이었죠.

편집장이 나를 불러 이런 식의 취재는 당장 그만두라고 야단을 쳤어요. 기자라는 직업을 심판자와 혼동하는 순진한 짓을 하지 말라며 비웃었죠. 어차피 긴 기획 취재 기사에 할당할 예산도 더는 없다고 했어요. 그가 훈계를 마치면서 이렇게 얘기했죠.「가브리엘, 겸손해지게. 남의 이목을 끌려는 짓은 그만둬. 앞으로는 정보를 받아 자네만의 독특한 문체와 생동감 넘치는 인물들을 백분 활용해 가공이나 하게. 우리 잡지 입장에서도 그게 돈이 덜 들어. 독자들이야 그 정도로도 충분히 만족할 테고.」

나는 다시 덜 문제적인 기사를 쓰면서 보다 확실한 사건을 취재할 기회가 오기를 기다렸죠. 드디어 기회가 왔어요. 그게 내가 기획한 세 번째 심층 취재 기사였어요. 정부의 TV 윤리 심의 기구 위원장이 관련된 사건이었죠. 그가 광란의 파티에서 여자 매춘부를 죽이는 장면을 목격한 증인이 여러 명 있다는 제보를 받고 취재를 시작했어요. 그런데 여러 정치인이 즉각 구명에 나서더군요. 의혹의 당사자인 위원장은 자신이 도덕적으로 결백하고 모범적인 가장이라면서 무죄를 주장했죠. TV에 음란물의 범람을 막으려던 자신이 포르노 영화 제작자들이 꾸민 음모에 희생된 사건이라고 했어요. 그는 결백을 주장하기 위해 자신의 입장에서 사건을 설명한 『한 남자의 짓밟힌 명예』라는 제목의 에세이를 출간하기도 했죠. 그의 재판이 열리기 하루 전날, 유력 증인이던 LGBT 한 명이 공교롭게도 구치소에서 목이 졸린 채 발견됐어요. 재판에 증인으로 출석한 매춘부들은 애초의 진술을 번복했고, 살인 가능성을 제기했던 TV 기자는 해고됐죠.

나는 매춘부들을 한 명 한 명 인터뷰하기 시작했어요. 그들은 공통적으로 협박을 당했다고 털어놓았어요. 〈지금처럼 거짓말로 일관해 덕망가의 명예를 훼손할 경우〉 양육권을 빼앗겠다는 얘기를 들었다는 사람도 있었죠.

그들은 범죄가 발생했던 밤의 일을 상세히 내게 들려줬어요. 그들의 묘사가 완벽히 일치했기 때문에 나는 확신을 가지고 장문의 기사를 썼죠. 이번에도 편집장이 퇴짜를 놓을 것 같아, 승인이 떨어졌다고 거짓말을 하고 편집 마감 직전에 기사를 송부했어요. 그런데 이상한 낌새를 챈 편집국 비서가 편집장에게 알리는 바람에 막판에 일이 틀어졌죠. 편집장이 피고인의 친구라는 건 나중에 알게 됐어요. 다음 날 편집장이 나를 부르더군요. 한 방울 때문에 결국 잔이 넘쳤다면서, 내가 있지도 않은 범죄자를 만들어 내는 편집증 환자라고, 치료가 필요하다고 했죠. 그러더니 〈개인적인 직감을 실제적인 현실과 혼동한다〉라는 이유로 해고를 통보했어요.

이때부터 1년간 실업자로 지냈어요. 공동 화장실을 써야 하는 건물 꼭대기 층 세 평 남짓한 원룸에 살면서 하루 한 끼, 그것도 주로 건조 파스타면과 토마토소스만 먹었죠. 그런데도 월세를 내기조차 벅찼어요.

남아도는 시간에 예전에 써놨던 벨기에 소아성애자 네트워크에 관한 기사에 살을 붙여 추리 소설을 한 편 완성했죠. 일반 대중에게 잘 알려지지 않은 범죄학 관련 정보를 많이 집어넣었어요. 그렇게 완성한 첫 원고에 〈백조〉라는 제목을 붙였죠.

출판사 10여 곳에 원고를 보냈지만 돌아온 건 거절 편지들뿐이었어요. 〈안타깝게도 이 원고는 우리 출판사가 발행하는 총서 어느 것과도 색깔이 맞지 않습니다. 저희 보다 이런 종류의 책을 더 잘 지원할 수 있는 다른 출판 사들에 보내시는 게 좋을 것 같습니다. 건승을 빕니다.〉 원고를 매만져 다시 보내 봤지만 여전히 정중한 거절 편 지들만 돌아왔죠.

그러던 어느 날, 한 출판사에서 연락을 받았어요. 유명 편집자인 알렉상드르 드 빌랑브뢰즈가 급히, 그것도 직 접 만나자고 한다는 거예요! 믿기지 않았죠.

처음 만난 자리에서 그가 대뜸 말했어요. 「우리가 출 판하겠네. 그런데 길이가 지나치게 길어. 벨기에 소아성 애자 네트워크에 관한 수사를 1천5백 페이지나 쓰면 대 중에게 어필하기가 힘들지. 일단 350페이지 분량으로 줄 여 보게. 법률적인 문제를 피해야 하니까 사건의 무대도 벨기에 말고 룩셈부르크로 설정하게. 그리고 당연히, 이 름은 하나도 넣지 말고. 어느 정도 호기심이 있는 독자라 면 어차피 실제 사건과 연관을 지어 가며 읽게 돼 있으 니까.」

나를 한참 동안 뚫어지게 쳐다보더니 그가 한마디 덧 붙였어요. 「내가 보기엔 젊은 독자들과 새로운 것에 대한 갈망이 큰 독자들한테 충분히 먹힐 수 있네. 요즘 나오는 책들은 하나같이 비슷비슷하고 지난 세기에 나온 책들과 도 다르지 않아. 참 통탄할 일이지…….」

첫 소설을 내고 나니 문학적 산후 우울증 같은 게 찾아오더군요. 다행히 지방 서점들을 찾아다니며 책을 홍보하는 동안 서서히 치유됐죠. 안타깝게도 언론에는 별로 반향을 일으키지 못했어요. 새벽 1시에 방영되는 TV 문학 프로그램에 짧게 언급되고, 내 해고를 부당하게 여긴 옛 직장의 동료 기자가 주간지에 리뷰 기사를 하나 써준 게 전부였죠. 하지만 포켓판이 나올 때까지 계속 입소문이 났고, 그 이후에도 내 책을 찾는 독자들은 꾸준히 생겨났어요.

그러니 알렉상드르 드 빌랑브뢰즈가 백조 경위의 모험을 다룬 후속 작품의 집필을 주문한 건 당연한 일이었어요. 『백조의 밤』이라는 제목의 두 번째 소설에는 코카인에 취한 상태에서 폭력을 저지른 아나운서 이야기를 담았죠. 특히 주인공인 수사관 루이의 심리를 좀 더 보강하려고 애를 썼죠. 백조 형사를 수시로 불로뉴 숲 호수에 들러 백조들에게 먹이를 주며 사색에 잠기는 인물로 그렸어요. 내 나름대로 할아버지를 다시 살려 내는 방법이었죠.

신간은 언론 매체의 지원 없이도 큰 대중적 인기를 누렸어요. 독자들이 주는 상도 여럿 받았죠. 그래도 여전히 언론이 관심을 가져 주지 않아 하루는 알렉상드르 드 빌랑브뢰즈에게 물었죠. 그가 당연하다는 듯 이렇게 답하더군요. 「비평가들의 지지를 받거나 대중의 지지를 받거나 둘 중 하나일세. 프랑스에서는 이 둘이 양립 불가능해.

어느 쪽을 택하겠나?」 대중을 택하겠다고 하니 그가 훌륭한 선택이라고, 좋은 비평은 나쁜 작가들의 몫으로 남겨 주라고 하더군요. 충격이었죠. 문단이 그 정도로 양분돼 있는 줄은 꿈에도 몰랐거든요.

〈백조 루이 경위의 사건 수사〉라는 부제를 붙인 추리 소설을 연이어 두 권 내고 나니 한 장르에 국한된 작가로 비칠까 두려웠어요. 모험과 서스펜스를 결합해 영성을 다룬 소설을 한 권 쓰기로 마음먹었죠. 그게 바로 『죽은 자들』이었어요. 형이 만들고 싶어 했던 네크로폰에서 직접적인 영감을 받아 쓴 책이에요. 티베트 『사자의 서』, 이집트 『사자의 서』의 내용들과 여러 영매 및 신학자들과 한 인터뷰가 바탕이 되었죠. 하지만 이 책 역시 전혀 언론의 주목을 끌지 못했어요. 생활 정보 신문에조차 소개되지 못했을 정도니까. 당신도 알다시피 대실패작이었죠. 그때 깨달았어요. 나의 죽은 자들은…… 산 자들의 흥미를 끌지 못한다는 사실을.

작가로서의 커리어가 더 이상 가망이 없다고 판단해 기자로 돌아갈 생각을 할 즘에 알렉상드르 드 빌랑브뢰즈가 한 권 더 써보라고 했죠. 그래서 백조 경위의 활약을 다룬 세 번째 책인 『백조의 노래』를 집필하게 된 거예요. 이 책에서는 매춘부를 살해한 유력 인사의 이야기를 다뤘죠.

놀랍게도 출간 일주일 만에 책이 판매 상위권에 진입

했어요. 삼세번에 득한다는 옛말 그대로 말이죠. 그러자 몇몇 비평가가 마지못해 인터뷰 요청을 해왔어요. 내 책 얘기를 하기 위해서가 아니라, 자신들은 납득하지 못하는 성공의 이유를 나한테서 직접 듣기 위해서. 얼마 후 난도질에 가까운 무아지의 첫 비평 기사가 실렸어요. 역시나 소설 자체에 대한 분석이 아니라 내 책을 사서 읽을 만큼 어리석은 독자들에게 맹공을 퍼붓는 글이었죠. 무아지는 나를 명예와 돈만 좇아 글을 쓰는 소설가 나부랭이에 삼류 작가로 폄하했어요. 그런데 그 기사 덕에 한 라디오 프로그램에 출연할 기회가 생겼어요. 진행자가 내게 무아지의 공격과 모욕에 입장을 밝힐 기회를 주더군요. 그를 명예 훼손으로 고발하면 변호를 맡아 주겠다고 제안하는 변호사도 있었어요. 그런데, 아마도 무아지의 글에 대한 반작용이었는지, 서점 주인들이 나를 지지하고 나서기 시작했어요. 국어 교사들도 호평을 했죠. 쉽게 쓰인 내 소설이 청소년들에게 책 읽는 재미를 준다고 생각했던 거예요. 『백조』는 고등학교 3학년 교과 과정에 들어가기까지 했어요. 책은 해외에서도 큰 인기를 끌었죠. 결국 나는 언론 매체를 거치지 않고 대중에게 다가가는 데 성공했던 거예요. 무아지와 그의 동료 몇은 당연히 이후로도 나에 대한 맹공을 멈추지 않았어요. 그게 도리어 나를 대대적으로 홍보해 주는 꼴이 되었지만.

나는 『죽은 자들』의 후속작인 『천상의 왕국』을 쓰기

시작했어요. 이 작품에서는 내가 상상하는 사후 세계를 조금 더 구체적으로 묘사했죠. 그리고 주제는 영성이지만 과학적 색채를 가미하기 위해 아버지가 했던 플라나리아 실험 내용을 집어넣었어요. 이 책도 서점에서 큰 인기를 끌어 많은 대중에게 읽혔죠. 실패로 끝난 전작 『죽은 자들』과는 전혀 다른 반향을 불러온 게 지금 생각해도 신기해요.

이때부터 나는 철저한 자기 규율을 만들었어요. 운동선수들이 훈련하듯이 말이죠. 매일 아침 8시부터 12시 30분까지 카페에서 글을 쓰고, 매년 4월 1일에 신간을 냈죠. 그런 리듬을 유지한 덕에 꾸준히 글을 써 매년 독자와의 약속을 지킬 수 있었어요.

그렇게 해서 『백조』 이후 지금까지 낸 책이 열두 권에 이르죠. 물론 다 성공하진 못했어요. 하지만 이제 나는 커리어를 단거리 경주의 연속이 아니라 장거리 마라톤으로 볼 수 있게 됐어요. 고맙게도 늘 나를 지지해 주는 독자들이 있죠. 나는 자기 복제에 대한 두려움을 강박증처럼 지닌 사람이었어요. 그래서 새로운 문학 장르에 도전하기 위해 SF 소설을 준비하고 있었죠. 인간의 수명 연장 시도를 다룬 『천 살 인간』이라는 소설을. 세상사라는 게 참 아이러니하죠. 최대한 오래 살 수 있는 방법을 다룬 책을 내려던 시점에 죽음이 찾아오다니……

22

미라가 된 강도

　죽고 나서 제2의 커리어를 시작하는 사람이 세상에 얼마나 될까. 엘머 매커디가 바로 그런 사람이었다. 그는 1880년 미국에서 태어났다. 알코올에 지나치게 의존했던 그는 직장을 구하기 쉽지 않자 스물일곱 살에 자원입대했다. 그리고 군에서 3년간 폭발물을 취급하는 일을 하다 제대한 뒤 갱단에 들어갔다. 열차 강도가 돼 처음으로 인디언 부족들에게 돈을 수송하는 열차를 터는 일에 투입된 그는 폭발물 제조를 잘못해 궤짝에 들어 있던 지폐까지도 함께 날려 버리고 말았다. 이후에도 비슷한 이유로 그가 참가한 강도 행각은 번번이 실패로 끝났다. 그가 강도짓으로 번 가장 큰 액수는 46달러에 불과했다. 그런 그에게 2천 달러의 현상금이 걸렸다. 그는 세 명의 보안관에게 쫓기다 한 농가 안으로 도망쳤다. 그는 투항을 거부한 채 〈너희들은 절대 나를 산 채로 잡지 못할 것이다!〉라고 소리치며 끝까지 저항했다. 예언 같은 마지막 말을 뱉은 지 몇 분 뒤에 그는 보안관들에 의해 사살됐다.

장의사 조지프 존슨은 매커디의 시신을 찾으러 오는 사람이 없자 비소 화합물 용액으로 방부 처리한 후 카우보이 복장을 입혀 관에 넣은 다음 자신의 가게 입구에 전시했다. 그는 시체 옆에 〈투항을 거부한 사내〉라는 푯말을 세우고 10센트의 관람료를 받기 시작했다. 이 전시가 엄청난 인기를 끌자 여러 유랑 서커스단에서 미라를 사러 찾아왔지만 존슨은 거절했다. 5년 뒤, 매커디의 동생이라고 자신을 소개하는 한 남자가 나타나 형의 장례를 제대로 치러 주겠다면서 시신을 찾아갔다.

사실 그 남자는 횡재를 노린 사기꾼이었다. 이때부터 엘머 매커디의 두 번째 커리어가 시작되었다. 그는 60년 동안 박물관, 놀이공원, 카니발에 〈미라가 된 강도〉라는 이름으로 임대되었다. 1935년에는 영화 「나르코틱」을 상영하던 극장 입구에 전시되었고, 유명한 무법자들을 테마로 만든 밀랍 인형 박물관에 전시되었으며, 1967년에는 공포 영화 「더 프릭」에 출연 아닌 출연을 하기도 했다. 그는 캘리포니아 롱비치 소재의 〈더 래프 인 더 다크〉 놀이공원에서 커리어를 마감했다. 공원 측에서는 그를 알몸 상태로 새빨갛게 칠한 다음 유령 열차 코스의 급커브에 매달아 승객들에게 공포를 선사했다. 1976년 12월, 이 공포의 터널에서 「6백만 불의 사나이」의 한 에피소드가 촬영되었다. 당연히 밀랍 인형이라고 여긴 소품 담당자가 위치를 바꾸기 위해 밑으로 끌어내린 순간, 인형의 한쪽 팔이 몸체에서 떨어져 나가면서 허연 뼈가 드러났다. 촬영 팀에서 급히 의사를 불러 확인한 결과 인형은 인간 미라로 밝혀졌다. 미라의 입속에서는 1924년에 발행된 페니 동전 한 개와 로스앤젤레스 범죄 박물관의 입장권 한 장이 발견되었다. 경찰에서 이 입장권의 정보를 가지고 여정을 역추적한 결과 시체의 주인공은 엘머 매커디로 밝혀졌다. 죽은 지 66년이 지나 오클라호마에서 거행된 매커디의 장례식에는 3백 명이 넘는 사람이 참석했다. 도굴을 막기 위해 그의 관 위에 2톤의 콘크리트가 부어졌다.

에드몽 웰즈,
『상대적이며 절대적인 지식의 백과사전』 제12권

23

작가의 이야기를 귀 기울여 듣기라도 한 듯 고양이들이 숨을 죽이고 있다.

뤼시가 찻잔에 차를 한 잔 더 따른다.

「이제 당신의 편집증적 성향이 조금 더 이해되는군요. 소설가로서 당신이 그렇게 복잡하고 힘든 인생을 살아온 줄은 미처 몰랐어요. 어쨌든, 전에도 얘기했지만 당신의 작품들은 내 삶의 결정적 순간에 큰 도움이 됐어요.」

「듣던 중 반가운 소리네요. 정확히 내 이상형인 당신이 하는 칭찬이라 더더욱 기분이 좋네요.」

「당신은 죽은 사람이잖아요!」

「완벽한 사람이 어디 있겠어요…….」

「나한테는 사랑하는 남자가 있어서 어차피 불가능해요. 당신도 알잖아요, 하나뿐인 내 운명의 사랑이 누군지.」

「그 문제 말인데…… 내가 곰곰이 생각해 봤거든요. 그

내서 당신한테 제안을 하나 히려고 해요.」

「지난번에 했잖아요, 당신이 환생한다는 조건으로 나한테 현장에 가서 수사를 하라고 했죠. 그 결과가 어땠나요? 고마웠어요.」

「내 말 들어 봐요. 진지한 이야기예요. 당신이 내 죽음의 진실을 밝혀 준다면 난 당신의 운명의 사랑을 찾아 줄게요.」

뤼시가 놀라는 표정을 짓는다.

「당신이 뭘 어떻게 한다는 거죠? 사설탐정과 내무 장관 둘 다 실패한 일이라는 걸 알잖아요.」

「뛰어난 형사였던 우리 할아버지의 도움을 받을 생각이에요. 저승에 와서 할아버지를 다시 만났는데 기꺼이 도와주겠다고 하셨어요. 사설탐정과 장관은 결코 수집할 수 없었던 정보를 저승에서 할아버지가 얻을 수 있을지도 몰라요.」

뤼시가 숨을 깊게 들이마시더니 무릎으로 뛰어오른 고양이를 천천히 쓰다듬는다. 마치 조언이라도 구하고 싶은 듯한 모습이다.

「날 위해 정말 그렇게 해주겠다고요?」

그녀가 한참 만에 말문을 연다.

「기꺼이 당신을 도울게요.」

「좋아요. 우리 이렇게 합의하죠. 나는 당신의 죽음을 수사하고 당신은 내 운명의 남자를 수사하는 거예요. 각자 최선을 다해 좋은 결과를 내기로 약속해요.」

「그가 죽었는지 살았는지, 살아 있으면 어디 있는지
알아낼 때까지 절대 포기하지 않을게요.」

「나도 최선을 다해 당신을 죽인 살인자를 찾아볼게요.
하지만 더 이상 조금도 위험을 감수할 생각은 없어요, 알
겠어요?」

「어제 일은 정말 미안해요. 내가 저승의 규칙을 잘 몰
라서 벌어진 일이에요. 떠돌이 영혼들이 불빛에 끌리는
나방처럼 당신에게 모여든다는 걸 몰랐어요.」

「몸에 상처가 생기는 게 싫어요. 하다못해 손톱이 부
러지거나 긁히는 것도 딱 질색이에요. 누구한테 쫓기거
나 신체적, 언어적 위협을 당하는 건 상상조차 하기 싫
어요.」

「나도 당신이 편안히 오래오래 살길 바라요.」

「그래, 내가 어떻게 하면 되죠?」

「일단 다크넷 사이트 한 곳을 가르쳐 줄 테니 위조 경
찰 신분증부터 구입해요. 얼마 안 해요. 그게 있으면 용
의자들을 찾아가 심문하는 데 도움이 될 거예요. 그리고
내 친구 블라디미르 크로스의 분석 실험실 주소를 알려
줄 테니까 당신이 가지고 있는 시험관의 내용물을 분석
해 달라고 해요. 세상 이쪽과 그쪽에서 우리 둘이 동시에
움직여 봅시다.」

뤼시는 대답 대신 사미 다우디의 사진 쪽으로 걸어간

다. 그녀는 눈을 지그시 감고 그와의 행복했던 추억에 잠
긴다. 가슴이 부풀어 오른다. 그녀가 기대로 가득한 긴
한숨을 내뱉는다.

24

바람이 불자 낙엽들이 기둥 모양으로 감겨 돌면서 하늘로 날아오른다. 기름종이 한 장이 길 저쪽에서 이쪽으로 날아온다. 정체에 갇힌 자동차들의 긴 행렬이 경적 소리를 쏟아 내고 행인들은 거북목을 한 채 종종걸음을 친다. 코를 땅에 붙이고 킁킁대는 개들의 목줄을 쥔 주인들만 걸음을 멈춘 채 멀뚱하니 서 있다. 상대가 블라디미르 크로스인 만큼 빨간색 옷을 일부러 골라 입은 뤼시 필리피니가 서둘러 발걸음을 옮긴다. 그의 실험실은 고급 호텔을 연상시키는 근사한 건물에 위치하고 있다. 로비로 들어서자 이중 턱에 볼에 사마귀가 난 안내 데스크 직원이 심란한 얼굴로 전화기를 들고 따발총처럼 떠들어 대는 게 보인다.

「……이렇게 말하더라니까? 〈지슬렌, 당신 간밤에 또 몽유병 발작을 했어, 이젠 괴로워 죽겠어.〉 진짜라니까? 내가 자다가 일부러 그러기라도 한 것처럼 말했다니까!

그래서 내가 이랬어. 〈프랑시스, 내가 일요일마다 싫어도 당신 엄마를 억지로 만나는 건 어떻겠어? 몽유병은 저리 가라야, 그래도 난 꾹 참고 있단 말이야!〉 그랬더니, 나 참, 말이 되니? 이 남자가 팩 토라지는 거야! 그래서 내가 한마디 더 했어! 〈내 잠버릇이 그렇게 거슬리면 당신 엄마 집으로 다시 가, 당신 엄마는 분명히 조용히 주무실 테니까.〉 그랬더니 프랑시스가 〈자기야〉 어쩌고 하면서 아양을 떨고 난리를 치더라. 너도 알지만 그런 게 나한테 통할 리…….」

뤼시 필리피니가 그녀의 눈앞에 경찰 신분증을 불쑥 들이민다.

「잠깐만, 세라핀, 환자가 왔어, 나중에 다시 걸게.」

직원이 전화를 끊더니 짜증이 가득한 목소리로 묻는다.

「이건 뭐죠?」

「경찰입니다.」 뤼시가 적합한 어조를 찾기 위해 애를 쓰면서 짧게 대답한다.

「시 공무원이라고 특별 대우를 해드리진 않아요. 다른 분들처럼 기다리셔야 해요. 의료 보험증과 개인 보험증을 준비해 주세요.」

「범죄 수사 때문에 왔어요. 블라디미르 크로스를 만나야겠습니다.」

「환자분과 같이 계셔서 방해할 수 없어요.」

「말했듯이 이건 수사와 관련된…….」

「저기요, 수사든 뭐든 앞에 온 다른 환자들이 있잖아요. 그러니 다른 사람과 똑같이 차례를 기다려 주세요, 형사님.」

언성을 높이려던 뤼시는 진짜 경찰이라면 이 상황에서 어떻게 대응하는지도 모르겠고, 직원이 눈도 깜빡하지 않는 걸 보고는 되받아치지 않고 조용히 상대방이 가리키는 대기실 안으로 들어간다.

방에는 빨간색, 노란색, 갈색, 흰색 액체가 든 유리병을 손에 든 사람들이 여러 명 앉아 있다. 자신의 신체에서 나쁜 액체가 분비되는 게 속상한 듯 하나같이 풀이 죽은 얼굴이다. 뤼시는 눈을 감고 짧은 명상에 들어간다. 하지만 이내 큰 소리로 다시 전화 통화를 시작한 직원의 방해를 받는다.

「글쎄, 나중에 나한테 프랑시스가 뭐라고 했는지 알아? 치료가 필요하대……. 의술이 도움이 되는 줄 아나 봐! 치료가 필요한 사람은 자기라는 걸 모르더라고! 그래서 내가 당연히 버럭 화를 냈지, 그랬더니 또 사람을 아주 열 받게 하네, 〈진정해!〉 하면서. 내가 어떻게 진정을 할 수 있었겠니, 도리어…….」

부드러운 음성이 명상에 집중하려고 안간힘을 쓰는 뤼시의 귓가에 와닿는다.

「경찰이시라고요?」

눈을 뜨자 앞에 하얀 가운을 입은 남자가 보인다. 얼굴이 길쭉하고 검은 털이 빳빳한 상고머리를 한 사람이다.

「크로스 교수라고 합니다, 블라디미르 크로스. 절 따라오시죠.」

그가 뤼시를 집무실로 안내한 다음 앉을 의자를 가리킨다.

「사실, 공식 업무차 온 게 아니에요.」 그녀가 가방에서 시험관을 꺼내며 말한다. 「가브리엘 웰즈와는 친한 친구 사이였어요. 그가 자기가 죽으면 꼭 혈액 분석을 의뢰해 달라고 죽기 전에 부탁해서 이렇게 찾아왔어요.」

「가브리엘은 제 친구이기도 했죠. 오늘 아침에 소식을 듣고 억장이 무너지더군요.」

「그는 자신이 독살당할지도 모른다고 생각하고 있었어요.」

「가브리엘한테 원래 편집증 증상이 좀 있었어요. 직업 때문에 현실과 허구를 혼동하게 됐을 거예요. 제 생각에 가브리엘과 원한 관계인 사람들이 있었을 것 같진 않아요. 도리어 그의 주변엔 친구가 많았죠. 당신이 그와 친했던 것만 봐도 그가 얼마나 행운아였는지 알 수 있죠. 안 그런가요, 마드무아젤……?」

「필리피니. 필리피니 경위입니다.」

뚫어져라 자신을 쳐다보는 그에게 뤼시가 시험관을 내민다.

「그가 사망한 〈뒤에〉 채혈한 거라고요?」

「가브리엘이 신속하게 조용히 처리해 달라고 부탁했었어요. 그러고 나서 지체 없이 당신을 찾아가라고.」

그녀가 몸을 앞으로 슥 기울여 깊게 팬 셔츠 속 부감(俯瞰)을 선사한다. 이미 여러 번 효과가 입증된 전략이다. 의사가 헛기침을 하더니 말문을 연다.

「5년 전에 랑망 박사의 제안으로 가브리엘이 종합 검진을 받은 적이 있어요. 꼬박 하루 동안 전문가들이 각종 테스트를 하고 엑스레이를 찍고 분석을 했죠. 그때, 심장 전용 감마 카메라를 통해 그의 관상 동맥이 아테롬 때문에 막혀 있는 걸 확인했어요. 가브리엘은 콜레스테롤 수치가 높지도, 담배를 피우거나 술을 많이 마시지도, 가족력이 있지도 않았는데 말이죠. 게다가 그는 일주일에 한 번씩은 꼭 조깅을 했고, 심근 경색 같은 전조 증상도 없던 터라 의아했죠. 어쨌든 검사 결과 가브리엘은 얼마 살지 못한다는 진단을 받았어요. 하지만 그는 심장 수술을 거부했죠. 대신 하루 50분씩 매일 실내 자전거를 타고 아스피린을 복용하기만 했는데 다시 쌩쌩해지더군요. 기적이었죠! 그 뒤로 매년 혈액 검사를 해서 가브리엘의 건강을 쭉 체크해 왔어요. 작년에 한 검사 결과가 있으니 당신이 들고 온 혈액 견본과 비교해 보면 되겠네요.」

블라디미르 크로스가 기계 장치와 스크린으로 가득한 방으로 다시 뤼시를 안내한다.

「혹시 신기술에 관심 있어요, 경위님? 이건 질량 분석기고 이건 크로마토그래프예요. 두 가지 장치를 함께 쓰면 이 혈액 견본의 분자 구성을 정확히 알아낼 수 있죠.」

크로스가 시험관을 원심 분리기에 넣자 내용물이 분리되며 빨려 들어가기 시작한다. 그가 분리한 물질을 다시 연보라색 빛이 나는 기계 장치에 넣자 스크린에 글자와 숫자들이 죽 나타난다.

「세상에! 이 화학식 보여요? $C_{28}H_{40}N_2O_9$?」

「전 까막눈이라서…….」

「안티마이신 A라고, 호흡 연쇄 기능을 저해하는 화학 복합물이에요. 이건 아트락틸레이트와 올리고마이신이에요. 한마디로 독성이 강한 물질들의 흔적이죠. 명백한 독살의 증거들이에요.」

그가 검색 프로그램을 켜 방금 나온 화학식들을 입력하자 여러 페이지에 걸쳐 텍스트와 그래프, 도표가 스크린에 올라온다.

「복합 물질들이 사용됐다는 건 이 독약으로 그를 죽인 사람이 화학에 조예가 깊다는 뜻이죠.」 크로스 교수가 고개를 천천히 끄덕인다. 「가브리엘은 죽기 전날 이 독약을 먹은 거예요. 화면 하단에 보이는 화학식들은 이것과는 별도의 물질들인데, 독성은 없지만 최면 효과와 진통 효과가 있죠.」

그래프들을 살펴보던 뤼시가 경악을 금치 못한다.

「결국 이 물질들을 한꺼번에 섞어 쓰면 그를 잠들게 만들어 감각이 사라진 상태에서 죽일 수 있다는 거군요.」 뤼시가 자신이 이해한 바를 말한다.

〈그는 자신이 삶에서 죽음으로 건너가는 걸 인식조차 못했어.〉 그녀는 속으로 말하면서 연신 스마트폰으로 정보를 받아 적는다.

「크로스 박사님, 혹시 그와 가까웠던 사람들 중에 그를 독살할 만큼 미워한 사람이 누구였는지 아세요?」

「아까도 얘기했지만 그의 주변에는 친구가 많았어요. 하지만 그는 자기만의 세계가 있는 고독한 사람이었죠. 그래도 젊은 독자들이 다가와 사인을 요청하면 언제 어디서나 기꺼이 응했어요. 난 지금껏 단 한 번도 그가 화를 내거나 목소리를 높이는 걸 보지 못했어요. 그는 오로지 자기 직업에만 관심이 있는 순한 사람이었어요. 그런 이야기꾼을 누가 죽일 생각을 했을까요?」

「그의 자리를 노리는 사람들 아니었을까요?」

뤼시가 조심스럽게 의견을 개진하자 상대방은 입을 비죽거리며 회의적인 반응을 보인다.

「어쨌든 여러모로 감사합니다.」

그녀가 자리에서 몸을 일으킨다.

크로스가 의미심장하게 그녀를 바라본다.

「잠깐만, 그냥 궁금해서 그러는데…… 혹시 Rh 마이너스 O형 아니에요?」

뤼시는 뜬금없는 질문에 당혹감을 감추지 못한다.

「그런데요, 왜 물으시죠?」

「만능 공혈자군요. 좋네요. 나도 그래요. Rh 플러스 O 형이거든요.」 그가 으쓱해하며 대답한다.

「아…… 그래서요?」

「혈액형상 우리는…… 상호 보완적 관계죠.」

그녀는 어색하고 기가 막혀 잠시 말문이 막힌다. 별자리 운운하며 그녀에게 접근하거나 손금을 봐주겠다느니, 눈 색깔을 보니 사주가 좋다느니 어쩌니 하면서 꼬시려던 남자는 있었지만 혈액형을 들먹이며 작업을 거는 남자는 처음이다. 그녀가 정중한 미소를 지어 보이자 상대는 더 이상 치근대지 못하고 시선을 밑으로 깔면서 어색하게 한마디 덧붙인다.

「어쨌든 참 끔찍한 일이에요…… 가브리엘을 독살한 범인을 꼭 찾아내길 진심으로 바랄게요.」

25

가브리엘 웰즈가 두 팔을 양옆으로 쭉 펼치며 구름 속으로 들어간다. 그가 통과해 지나간 구름들의 모양은 그대로다. 그는 한 바퀴 공중회전을 하고 나서 도시 상공으로 내려온다. 여러 개의 구름층을 미끄러지듯이 뚫고 내려가 지붕들 위를 떠다니다 할아버지가 기다리는 에펠탑으로 향한다. 이곳은 떠돌이 영혼들 사이에서 인기 있는 약속 장소다.

「할아버지, 제 죽음에 대해 뭐 좀 알아내셨어요?」

주변에서 담소 중인 심령체들이 엿들을 것이 걱정된 이냐스가 다시 하늘로 올라가자고 제안한다. 할아버지와 손자는 고도를 높여 도시 위를 날고 있다.

「아직까진 내 정보원들을 통해 아무런 단서도 듣지 못했단다. 시간을 좀 줘야지. 너는, 네 일은 어떻게 돼가고 있어?」

「실종된 애인을 찾아 줄 테니 우리 수사를 도와 달라

고 뤼시를 설득했어요. 사미 다우디는 그녀의 첫사랑이
자 단 하나뿐인 운명의 사랑이죠. 뤼시가 체포돼 수감된
후 출소하기까지 9년 동안 그를 찾으려고 갖은 애를 썼
지만 흔적조차 찾지 못했대요.」

「그에 대해 아는 건 좀 있니?」

「그의 마지막 주소가 동역 근처 스트라스부르 대로
19번지였대요. 지금으로부터 9년 전인 4월 13일 금요일
에 거기서 마지막으로 모습이 포착됐대요.」

「그럼 거기부터 가보자!」

형사 할아버지와 작가 손자는 어렵지 않게 문제의 주
소를 찾아낸 다음 기와지붕을 통과해 건물 안으로 들어
간다.

「저승에서는 수사를 어떻게 하죠?」

할아버지는 가브리엘에게 따라오라는 손짓을 한 뒤
층층을 샅샅이 훑고 다니기 시작한다. 이냐스 웰즈가
1층에 내려가서야 뭔가를 찾은 듯 걸음을 멈춘다. 옛날
아파트 관리원의 떠돌이 영혼이 그의 상상에만 존재하는
담배를 입에 물고 심령체들의 눈에만 보이는 연기를 내
뿜으면서 슬리퍼 차림으로 의자에 퍼져 앉아 있다. 그의
옆에는 똑같은 자세를 하고 있는 살아 있는 관리원의 모
습이 보인다. 그들의 시선은 모두 축구 경기가 나오는
TV에 고정돼 있다.

마음이 급한 이냐스가 경기가 끝날 때까지 기다리지

못하고 말을 건다.

「방해해서 미안하지만, 우리는 지금 이 건물에 살았던 한 세입자의 실종 사건을 수사하고 있소.」

「여기서 정확히 언제부터 언제까지 근무하셨죠?」가브리엘이 즉시 관리원의 혼령에게 질문을 던진다.

「죽고 나서 3년이 지났으니까 20년도 넘게 있었지.」

「그러시군요! 그럼 9년 전에 여기 살았던 사미 다우디를 아시겠군요.」

「뭐가 궁금하시오?」

「이승에 그를 찾고 있는 여자가 있어서 우리가 수사를 벌이는 중이에요.」

골이 하나 들어가자 살아 있는 관리원이 갑자기 함성을 지른다. 죽은 관리원이 깜짝 놀라 황급히 TV를 향해 고개를 틀며 불퉁하게 대답한다.

「그건 당신들 일이지 내 일이 아니오.」

「당신 도움이 필요해요.」

「예전에도 온통 내가 필요하다는 사람들밖에 없었소. 죽고 나서 비로소 조용하고 한가로워졌지. 신선놀음이 따로 없어. 내가 보기에 최고의 은퇴는 바로 죽음이야. 대체 내가 당신들을 도와줘야 할 이유가 뭐요? 안면도 없는 영혼들을!」

옆에서 지켜보던 이냐스가 나선다.

「여기 있는 가브리엘 웰즈는 작가요. 백조 형사 시리

즈라고, 들어 보지 않았소?」

「금시초문인데. 나는 살아 있을 때 11월에 문학상을 받은 작품들만 샀소. 그것도 물론 크리스마스 선물용으로 샀지. 눈치를 보아하니 선물받은 가족들도 읽는 것 같진 않았소. 뭐, 그래도 책장에 꽂아 두면 폼이야 나지.」

「그럼, 그럴 수 있지, 취향이야 사람마다 다르지 않겠소.」 이냐스 웰즈가 수완 좋게 받아친다. 「어쨌든 말이오, 당신이 책을 읽은 적은 없어도 이 친구는 작가요. 게다가 내 손자 녀석이지. 그런데 이 녀석과 친한 친구 중에 뤼시 필리피니라는 유명한 영매가 있단 말이오. 당신도 이름을 들어 봤을 텐데.」

「그것도 금시초문이오.」

「거참, 파리를 통틀어 가장 좋은 환생 제안을 해주는 영맨데, 진짜 이 귀한 이름을 한 번도 들어 본 적이 없단 말이오?」

「당신 말만 들으면 우리 필로메나 고모님보다도 더 대단한 양반 같구먼. 대체 그 영매가 어떤 능력을 가졌길래?」

「뤼시 필리피니는 상부와 직접 접촉하기 때문에 떠돌이 영혼들에게 멋진 환생의 기회를 제공해 줄 수 있소.」

「난 아직은 환생할 마음이 전혀 없소. 새 관리인의 어깨 너머로 TV를 보고 있으면 세상 부러울 게 없지. 낯선 방문객들이 찾아와 귀찮게 하는 일만 없으면 좋겠는데…….」

「얼마나 더 이렇게 지낼 생각이오? 1년? 10년? 손바닥
만 한 관리실에서 1백 년 동안 TV나 보고 있을 작정이
오? 끝나지 않는 영원한 은퇴, 이게 당신 꿈이란 말이오?
언젠가 한번은 원점에서 다시 출발해 새로운 삶을 살고
싶은 마음이 들지 않을까?」

관리인은 그제야 무기력에서 벗어난 듯 진지하게 대
화에 임한다.

「좋소. 내가 당신들한테 정보를 제공한다고 합시다. 그
럼 나한테도 돌아오는 게 있어야지. 내가 다시 태어나면
멋진 삶을 누릴 수 있다는 보장을 해주시오.」

「내세에는 뭐가 되고 싶으신가?」

「브라질 축구 스타로 태어나고 싶소.」

「뤼시한테 재고가 있는지 알아봐 주겠소. 당신이 꿈꾸
는 챔피언의 삶은 보장해 주지 못하더라도 최소한 당신
의 열정을 응원하는 부모 밑에서 태어나게 해주겠소.」

관리인의 영혼이 입꼬리를 크게 끌어올리면서 고개를
끄덕인다.

「사미 다우디 말인데요?」 가브리엘이 득달같이 묻는다.

「그 사람은 내가 분명히 기억하네. 인물이 아주 좋고
배운 사람 티가 났지. 옷도 항상 잘 입고 다녔어. 성격은
약간 소심했지. 명절마다 나한테 좋은 선물을 해주는 양
반이었어. 은행이나 금융 쪽에서 일했지 아마. 누이 넷과

한집에서 살았는데, 누이들도 다 얼마나 성격이 좋았는지. 항상 웃는 인상에 은은한 향수 냄새를 풍기는 여자들이었어. 꿀이 들어간 케이크를 이따금 관리실에 들고 왔었지.」

「그가 왜 종적을 감췄는지 아세요?」

「당시 언론에서 그 사건을 대서특필했었소. 그 사람이 다니던 회사 사장이 공금을 빼돌려 달아났다고 난리가 났었어. 내 짐작엔 아마 회사 고위 간부였던 다우디가 죄를 뒤집어쓸까 봐 도망쳤을 거야.」

「어디로 갔을 것 같소?」 이번에는 이냐스가 묻는다.

「날 당신들 친구라는 영매한테 소개시켜 주고 브라질 축구 선수로 환생하게 해준다는 약속을 받아 줄 수 있소?」

「약속하리다.」

「그렇다니 말해 줘야지. 우리 일이란 게 워낙에 지루하다 보니 사사건건 귀를 세우게 돼요. 그때도 내가 다우디 씨 통화 내용을 우연히 엿들었소. 속히 프랑스를 떠나야겠다고 하더니 택시를 부릅디다. 그러고는 기사한테 리옹역으로 가자고 했어. 내가 추리해 볼 때 스위스나 이탈리아로 가지 않았을까…….」

26
건강한 상태에서 죽음을 맞다

수피 철학에서는 죽음이 황홀경에 가까운 극적인 순간이며, 이 경험 자체를 최대한 지각하기 위해서 건강한 상태에서 죽음을 맞아야 한다고 말한다.

에드몽 웰즈,
『상대적이며 절대적인 지식의 백과사전』제12권

27

가브리엘 웰즈는 지붕을 통해 건물 안으로 들어가는 느낌에 갈수록 익숙해진다. 그는 기와지붕을 통과해 2층, 카펫, 마룻바닥, 다시 천장을 지나 헤벌쭉 웃고 있는 어릿광대 인형 앞에서 자신을 기다리고 있는 뤼시에게 다가간다.

「임무 완수하고 돌아왔어요.」 그의 목소리에서 당당함이 느껴진다.

「그래, 사미의 행적에 대해 알아낸 게 있어요?」

「그가 종적을 감추던 날 리옹역으로 갔다고 해요. 당시 관리인이 그가 국경을 넘었을 거라고 했어요. 계속 수사해서 어디로 가는 기차를 탔는지 알아볼게요.」

「서둘러 도피했을 만큼 끔찍한 일을 당했던 거예요! 그럴 줄 알았어요. 나한테 맡긴 코카인 가방과 분명히 연관이 있을 거예요. 누군가 함정을 판 게 틀림없어요! 제발 무사히 도망쳤어야 하는데.」

「혹시, 내 살인 사건과 관련해서는 좀 진척이 있었어요?」

「당신 직감이 정확했어요. 독살된 게 맞아요.」

「어떤 독약이 사용됐죠? 비소? 스트리크닌? 사이안화물?」

「복합 물질을 썼더군요. 안티마이신 A와 아트락틸레이트 성분이 주로 들어 있었어요. 크로스 박사에 따르면 화학자들이나 관련 지식이 있는 과학자들만 사용할 수 있는 복합 물질에다 최면제와 진통제를 섞어 썼대요.」

「그럼 그렇지! 그럴 줄 알았어! 크로스가 또 어떤 정보를 주던가요?」

「대략적인 시간대별 전개 상황을 알려 줬어요. 독약이 당신 체내에 들어가 작용을 일으키기까지 24시간이 걸렸을 거래요. 사망 하루 전, 그러니까 월요일에 독약 및 살인자와의 접촉이 있었다는 결론이 나오죠. 문제의 그날, 월요일에 무슨 일이 있었어요? 뭘 보고 누굴 만났죠? 최대한 상세히 그날의 기억을 떠올려 봐요. 특히 사람들 곁에서 뭘 먹거나 마셨던 순간에 집중해서.」

가브리엘이 잠시 정신을 모아 지난 월요일의 일과를 떠올린다. 그가 눈을 감고 그날 벌어진 일을 복기하듯 천천히 말하자 뤼시가 스마트폰을 꺼내 들고 받아 적기 시작한다.

아침 7시 30분. 평소처럼 일어나서 간밤에 꾼 꿈을 메모했어요. 아침마다 늘 제일 먼저 하는 일이죠. 그리고 오렌지 주스를 냉장고에서 꺼내 마셨어요. 냉장고에 손을 대는 사람은 가정부인 마리아 콘셉시온뿐이에요.

8시. 집에서 나와 단골 비스트로인 르 코클레를 향해 걸어 올라갔어요. 안으로 들어가 늘 앉는 자리에 앉자 여주인이 전날 맡겨 둔 내 노트북을 갖다줬어요. 그날 아침 두 번째 음료인 카페 라테를 한 잔 마시고 나서, 글의 흐름을 잡기 위해 전날 작업한 내용을 다시 읽기 시작했어요. 잠시 후 여주인이 크루아상 하나와 카페 라테를 한 잔 더 가지고 왔어요. 두 시간을 꽉 채워 작업했죠.

10시 30분. 『천 살 인간』을 탈고했어요. 완벽히 마음에 들 때까지 마지막 문장을 여러 번 고쳐 쓰고 나서 페이지 아래쪽에 〈끝〉이라고 쳤죠. 작품을 탈고할 때마다 그렇듯 노트북을 앞에 두고 여주인과 함께 사진을 찍었어요. 그리고 그녀와 함께 샴페인을 터뜨리며 자축했죠.

10시 45분. 편집자인 알렉상드르 드 빌랑브뢰즈에게 전화를 걸어 탈고 소식을 알렸죠. 그가 반가워하면서 당장 원고를 보내라고 했어요. 하지만 나는 맞춤법 검사기를 한 번 돌리고 보내겠다고 하면서, 〈옛날에 맞춤법이 열 개 넘게 틀려 빵점을 맞았던 사람이 바로 나〉라고 우스갯소리를 했죠. 어릴 적 트라우마 때문에 새 책을 낼 때마다 강박적으로 하는 얘기예요. 빌랑브뢰즈가 전문

검수자들에게 맡기라고 했지만 나는 최대한 깔끔한 상태로 원고를 넘기고 싶다고 말했어요. 그래야 그 사람들이 교열에만 집중할 수 있다고 고집을 피웠죠. 다음 날인 화요일 오전 10시까지 원고를 보내겠다고 약속하고 나서 진한 커피를 한 잔 더 마셨어요.

11시. 원고를 다시 읽어 내려가다 보니 불필요하거나 지나치게 복잡한 부분이 눈에 띄어 뭉텅뭉텅 들어냈어요. 그러고 나서 연한 커피를 한 잔 마셨죠.

11시 30분. 옛 여자 친구인 사브리나 덩컨이 불쑥 르 코클레로 찾아왔어요. 그녀가 눈물 바람을 하며 들어오더니 유명 배우인 지금 애인한테 환멸을 느낀다고 했어요. 알고 보니 완전히 나르시시스트였다면서. 상대방이 대화를 이끌지 않으면 도통 이야깃거리가 없는 사람이라고 말했다가 뺨을 맞았다고 하더군요. 그녀가 얘기 끝에 영화계 사람들은 이제 신물이 난다고, 문학계 남자들한테 돌아와야겠다고, 〈문단 사내들의 허언증 기질은 글로 끝나지 히스테리와 가정 폭력으로 이어지진 않는다〉라고 했어요. 내가 농담 삼아 여자들을 만나 보지 그러냐고 했더니 그녀가 까르르 웃으면서 〈이따 저녁에 봐〉 하면서 밖으로 나가더군요. 나는 진한 커피를 또 한 잔 마셨어요.

오후 1시. 출판사 근처의 고급 식당에서 알렉상드르 드 빌랑브뢰즈와 약속을 하고 만났어요. 그가 『천 살 인간』의 탈고를 축하하자며 보르도산 그랑 크뤼 한 병을 주문했죠. 우리는 니캔팅이 이루어지는 동안 식사를 하면서 이런저런 얘기를 나누었어요. 특히 내 책들이 미국 시장에 진입하는 데 어려움을 겪는 이유에 대해 의견을 교환했죠. 빌랑브뢰즈는 미국 시장이 폐쇄적이며, 미국인들은 프랑스 문학이 자기중심적인 형식주의 문학이라 여겨 대체로 무시하는 경향이 있다고 말했어요. 내가 그에게 얼마 전에 미국 시장에 진출할 복안이 있다는 다른 출판사로부터 연락을 받았다고 얘기했죠. 그가 발끈하더니 경쟁 업체와의 계약을 빌미로 자신을 협박하는 거냐고 했어요. 이미 제안을 거절했다고 알려 주면서 내가 진화에 나서자 비로소 그의 표정이 풀리더군요. 하지만 여전히 전적으로 안심하는 것 같진 않았어요. 그가 라벨이 똑같은 와인을 한 병 더 시켰어요. 그런데 코르크 냄새가 살짝 나는 게, 맛은 이전 와인과 다르더군요. 술이 오르자 빌랑브뢰즈는 출판사가 겪는 재정적인 어려움을 털어놓기 시작했어요. 신기술을 이용해 내용과 상관없이 신속하게 대량으로 책을 찍어내 출판업계를 왜곡시키는 전자 출판업체들이 주원인이라고 말했죠. 우리는 디저트와 커피를 함께 시켜 먹었어요. 내 신작이 기대된다고 그가 거듭 말했죠.

오후 5시. 「타르에 깃털 붙이기」[8] TV 녹화가 있었어요.

___
8 과거 미국과 유럽에서 행해진 집단 린치의 한 형태. 사람의 몸에 타르를 칠하고 깃털을 붙인 다음 대중 앞에 세워 모멸감을 주었다.

이날 주제는 〈미래의 문학〉이었죠. 녹화에 앞서 패널인 장 무아지를 만났는데, 그가 〈자네, 오늘 죽었어, 웰즈〉라고 협박하듯 말하더군요. 녹화 도중에는 출연자들을 위해 준비된 사과 주스를 마셨어요……. 프로그램 말미에 무아지가 조롱하듯 내뱉었어요. 〈웰즈는 금세기 최악의 작가입니다. 그를 제거하거나, 최소한 폐해를 끼치지 못하게 만드는 것이야말로 우리의 안목을 높이고 대중의 이해에 복무하는 길이죠. 그래야 더 이상 웰즈가 우리 아이들의 머릿속에 황당무계한 이야기를 심어 놓지 못하게 됩니다.〉 그러더니 인디언들에 대한 유명한 표현을 바꿔 이렇게 말하더군요. 〈좋은 SF 작가는 죽은 작가뿐입니다.[9] 그래야 상상의 세계에 가볼 수라도 있죠.〉 그러자 진행자는 물론 뒤에 있던 방청객들까지 천장이 떠나갈 듯이 웃어 댔어요. 나도 어쩔 수 없이 웃는 척은 했지만, 공격적으로 비치기 싫어 점잖게 대결했다가 진 것 같아 씁쓸한 마음이 들었죠. 이런 프로그램들은 쇼 비즈니스의 일환이며 진행자의 관심은 오로지 검투사들의 결투를 통해 시청률을 높이는 것뿐이라는 사실을 나중에 깨달았어요. 어쨌든, 녹화를 끝내고 나서 우리는 무대 뒤에서 땅콩과 칩을 안주 삼아 스파클링 와인을 한 잔씩 했어요. 무아지는 자신의 홍보 담당자에게 말하는 척하면서 계속

9 인디언 학살을 지휘했던 미국 육군 장군 필립 셰리든이 했다고 알려져 있는 〈좋은 인디언은 죽은 인디언뿐이다〉라는 말을 패러디했다.

나를 곁눈질하더군요. 그러다 시선이 한 번 마주쳤는데, 그의 눈빛에서 이글대는 증오가 읽혔죠. 진행자가 우리를 화해시킨답시고 악수를 시켰어요. 손톱을 길게 기른 손이 얼마나 차갑던지 몸에 소름이 끼쳤어요.

저녁 7시. 귀가했어요. 좁아진 관상 동맥 혈관을 넓히기 위한 운동을 했어요. 평소처럼 50분 동안 실내 자전거를 타면서 마리아 콘셉시온이 나를 위해 특별히 레몬과 꿀을 첨가해 준 단백질 음료를 마셨어요.

저녁 8시 30분. 마흔두 살 생일 파티를 했어요. 쌍둥이 형과 르 코클레를 통째로 빌려 각자 백 명 정도씩 손님을 초대했죠. 손님들과 함께 펀치를 마시면서 목을 축였어요.

저녁 8시 45분. 비스트로 한쪽에 모여 있는 상상력 길드 소속 작가들을 만났어요. 상상력 길드는 내가 다른 장르 작가들과 의기투합해 만든 단체예요. 신진 작가를 발굴하기 위해 단편 문학상을 제정해 보는 게 어떠냐는 얘기가 오갔죠. 몇 사람이 내가 출연한 프로그램을 봤다고 했어요. 다들 칭찬을 했지만, 내가 화면에 얼마나 한심하게 비쳤는지는 누구보다 내가 잘 알죠. 무아지의 공세가 훨씬 효과적으로 먹혀들었다는 걸 말이에요. 항상 공격하는 쪽이 유리한 법이죠, 나도 알아요. 매주 그 짓을 하는 무아지야 얼마나 잘 간파하고 있겠어요. 그 방면으로 아주 이력이 나서 마치 체스 선수처럼 온갖 수를 꿰뚫고 이것저것 조합해 상대를 공격하죠. 그런 그의 앞에서 나는 방어를 취하는 우를 범한 거예요. 우리 대화는 자연스럽게 이 주제로 흘러갔어요. 아무 말 없이 매를 맞을 것인가 아니면 카운터펀치를 날릴 것인가? 몇 명이 부패한 파리 문학계에 선전 포고를 하자고 했어요. 문학상 수상작의 부당 선정과 작가들이 필명으로 자기 작품에 대해 자화자찬식 비평을 발표하는 관행을 고발하자고 하더군요. 하지만 길드의 온건파들은 그러다 문단에서 영원히 퇴출당할지도 모른다고, 그나마 있는 부스러기라도 사라지면 곤란하다고 우려를 표했어요. 정의의 열망보다 두려움이 큰 탓에 후자의 입장이 더 많은 지지를 얻었죠. 우리는 키슈를 먹으면서 포도주를 마셨어요.

밤 9시. 쌍둥이 형 토마가 다가와 방송을 봤는데 형편없더라고 쓴소리를 했죠. 내가 무아지한테 바보처럼 속수무책으로 당했다고 했어요. 혈육인 자기에게까지 피해가 올지 모른다고 했죠. 우리는 해묵은 얘기까지 들추면서 한동안 언성을 높이다가 닭고기가 들어간 냄에 좋은 와인을 곁들여 먹으면서 마음을 풀었어요.

밤 9시 30분. 알렉상드르 드 빌랑브뢰즈가 뒤늦게 파티에 합류했어요. 어차피 내 독자들은 그 프로그램을 보지 않고 방청객들은 애초부터 무아지 편이니까 다시는 출연하지 말라고 하더군요. 인터넷에서는 최소한 책을 사서 읽은 사람들이 얘기를 하니까 앞으로는 인터넷 홍보에 더 신경 쓰자고 했어요. 우리는 긴배하고 나서 야채 꼬치구이를 먹었죠.

밤 10시 30분. 토마와 나는 함께 생일 케이크의 촛불을 불어 껐어요. 토마가 자기는 자정 5분 전에 엄마 배 속에서 나오고 나는 자정 15분 뒤에 나와서 쌍둥이지만 생일이 다르다는 얘기를 하자 다들 재밌어했어요. 손님들에게 생크림 케이크와 샴페인을 돌렸어요. 나와 형은 기분 좋게 술잔을 부딪쳤어요.

밤 11시. 사브리나가 음악을 틀더니 슬로 댄스를 추자며 내 손을 잡아끌었어요. 바로 옆 호텔에 방을 잡아 놨으니 이따 옛날을 회상하면서 둘만의 시간을 갖자고 속삭이더군요. 현명한 생각이 아니라고 거절해도 계속 조르기에, 옛 애인과의 재결합은 토사물을 집어먹는 것과 마찬가지라는 속담을 농담으로 던졌더니 그녀가 마시던 샴페인을 내 얼굴에 끼얹고는 형한테 다가가 춤을 추자고 하더군요.

자정. 몇몇은 여전히 흐느적흐느적 춤을 추고 있었지만 대부분은 삼삼오오 얘기를 나누고 있었어요. 만취한 빌랑브뢰즈가 다가오더니 자기 출판사는 이제 구닥다리가 된 것 같다면서, 위험을 무릅쓰고 변화하거나 도태되거나 둘 중 하나라고 결연하게 말했어요. 그렇다고 로봇에게 소설을 쓰게 할 수는 없지 않냐고 했더니, 미처 생각해 보지 않았지만 좋은 아이디어라며 그가 맞받아치더군요. 그렇게 되면 해외 시장 진출 실패를 빌미 삼아 경쟁사로 옮기겠다고 협박하는 작가들은 없지 않겠냐고 뼈 있는 농담을 하더군요. 우리는 거듭 잔을 기울였어요. 갑자기 피로감이 몰려오고 머리가 아팠지만 내가 들이켠 술에 든 황 성분 때문이라고 생각했죠. 영국식 작별(인사를 생략하고 조용히 자리를 뜨는 것)과 이탈리아식 작별 (요란하게 인사해 놓고 눌러앉아 있는 것) 사이에서 잠시 고민을 하다가 전자를 택했어요.

밤 12시 30분. 다음 날 아침에 고생하지 않으려고 숙취 해소제를 미리 먹었어요. 아티초크와 회향 성분이 들어가 간의 해독 작용을 도와주는 약인데, 형이 줘서 늘 침대 머리에 두고 복용하던 제품이죠. 이를 닦거나 씻지도 못할 만큼 피곤해서 겨우 잠옷만 걸치고 기다시피 이불 속으로 들어갔어요. 그런 다음, 불을 껐죠. 그리고 마지막으로 물과 함께 수면제를 먹었어요. 어둠 속에서 수면제를 삼킨 다음 몸을 쭉 뻗고 피로를 씻어 줄 잠에 빠져들었죠.

28

초인종이 울린다. 뤼시가 손목시계를 내려다보더니 입술을 깨물면서 문을 향해 몸을 일으킨다.

「오후 3시 예약 손님이에요.」 그녀가 가브리엘에게 설명해 준다.

몸집이 자그마한 젊은 여성이 집 안으로 걸어 들어온다. 파리한 얼굴에 광대뼈가 툭 불거진 그녀는 눈이 크고 팔다리가 유난히 가느다랗다. 그녀가 의자에 앉기 무섭게 긴 속눈썹을 내리깔고 말을 쏟아 내기 시작한다.

「매일 저녁 대화를 하는 저승의 아버지 때문에 당신을 찾아왔어요. 돌아가신 지 6개월 됐죠. 내가 큰 소리로 말을 걸면 아버지가 내 머릿속에다 대답을 해주세요. 그런데 어제저녁에 좀 이상한 일이 벌어졌어요. 아버지가 엄마 이름을 기억하시지 못해서 깜짝 놀랐어요. 그래서 유령한테도 급작스러운 기억 상실이 오는지 알아보러 왔어요.」

「당장 확인해 보죠.」

뤼시가 눈을 감고 정신을 집중한다. 가브리엘은 그녀가 파동 형태의 신호를 위로 올려 보내는 것을 감지한다. 중위 아스트랄계에 존재하는 영혼과 접촉을 시도 중인 게 틀림없다. 상대가 드라콘일까?

침묵의 대화를 마친 그녀가 고개를 끄덕인다. 그러자 콧수염을 기른 심령체 한 위(位)가 모습을 드러낸다.

「됐어요! 우리한테 오셨어요.」뤼시가 여자를 향해 몸을 틀며 말한다.

「네, 나도 느껴져요.」손님이 고개를 끄덕여 확인해 준다.「어서 오세요, 아빠…… 저예요, 실비.」

두 부녀한테는 이미 이 대화가 자연스럽다는 것을 눈치챈 뤼시가 먼저 선수를 치고 나선다. 그녀가 큰 소리로 아버지 유령에게 묻는다.

「당신은 어쩌다 아내의 이름을 기억하지 못하게 됐죠?」

「아, 나이 때문에 깜빡깜빡하는 거요.」영혼이 대답한다.

조용히 지켜보던 가브리엘이 뤼시에게 목소리를 죽여 속삭인다.

「실비한테 아버지가 어떻게 생겼는지 물어봐요.」

「자넨 누군데 참견인가?」콧수염을 기른 영혼이 따지듯 묻는다.「여기서 뭐하는 거야? 영매도 아닌 자가! 대

196

체 누구야, 자네?」

가브리엘은 뤼시의 고객이 묘사하는 아버지의 생김새가 눈앞의 영혼과 일치하지 않는다는 사실을 발견한다. 그녀가 언급하지 않은 콧수염이 있다고 가브리엘이 뤼시한테 귀띔해 준다.

「그 사람이 아니에요.」

「그 사람이 아니에요! 당신과 얘기하는 남성은 당신 아버지가 아니에요.」 뤼시가 가브리엘의 말을 그대로 전한다.

「어이, 잠깐! 당신들이 뭔데 내 정체를 폭로하는 거지?」 남자가 화가 나서 씩씩거린다.

「그럼 대체 누군데요?」 손님이 말문이 막혀 멀거니 뤼시를 바라본다.

「당신 아버지를 사칭하는 영혼이에요. 수단과 방법을 가리지 않고 산 자와 연결되려는 영혼들이 더러 있어요.」 뤼시가 안타까운 표정을 짓는다. 「권태와 무료감에 빠져 있던 떠돌이 영혼들이 어머니나 아버지, 할머니, 할아버지를 찾는 상대와 어쩌다 소통이 되면 그 사람 행세를 하는 경우가 있죠. 어차피 확인할 수 있는 신분증이 있는 것도 아니니까……」

「진짜 아버지는 내가 불렀을 때 왜 오시지 않았을까요?」

「글쎄요, 이미 환생하셨을지도 모르죠.」

「그러니까 내가 저 〈존재〉와 그동안 나눈 숱한 내밀한 이야기들, 그가 내게 해준 온갖 조언들이 다…….」젊은 여성은 혼잣말하듯 웅얼거린다. 「도대체 당신은 누구죠?」

잠시 긴장해 생각을 굴리던 영혼이 독기를 품고 말한다.

「정말 알고 싶어? 그래, 내가 6개월 동안 네 아비 행세를 한 건 맞아. 하지만 그동안 너에 대해 너무 많이 알게 돼 이젠 애착이 생겼어! 너는 절대 나한테서 벗어나지 못해!」

뤼시가 눈을 뜨면서 평소 버릇처럼 숨을 깊게 들이쉬더니 심령체의 말을 전한다.

「자, 이제 진실이 밝혀졌네요.」

「내가 어떻게 해야 하죠?」젊은 여성이 겁에 질려 묻는다.

「그와의 대화를 중단해요. 상대가 반응하지 않으면 지겨워져서 다른 희생양을 찾아 나설 거예요. 내가 이런 기생 영혼들을 잘 알아요. 이 거머리 같은 자들은 더 이상 빨아먹을 게 없으면 대상을 바꿔요.」

진실을 알게 된 손님은 충격에 휩싸여 서둘러 상담비를 내고 문을 나선다.

뤼시가 지친 기색으로 자신의 어릿광대 인형 앞에 자리를 잡는다. 가브리엘과 얘기할 준비가 됐다는 뜻이다.

「이제 영매가 일상적으로 하는 일이 뭔지 알았을 거예요. 세상의 양편을 화해시키는 거죠.」

「이렇게 민감한 일일 줄은 몰랐어요.」

「그래서 내가 오후에만, 제한된 수의 손님을 받는 거예요. 수시로 비극을 접하다 보면 심적인 고통이 너무 커요. 오늘 같은 신원 도용 사례를 지켜보게 되는 건 물론이고 협박까지 당하죠. 이 직업의 고약한 특성이에요.」

「미처 몰랐네요.」

「대로를 사이에 두고 나란히 두 개의 보도가 있는 거나 마찬가지예요. 하나는 산 자들의 통행로고 다른 하나는 죽은 자들의 통행로죠. 나는 중간에 위치해서 양쪽이 소통할 수 있게 최선을 다해요. 하지만 끝내 양쪽 다 만족하지 못하는 경우도 생기죠.」

「당신만 그 두 세계를 이어 주는 건 아니잖아요.」

「다른 영매들 말이에요? 소위 내 동료들은 95퍼센트가 허풍쟁이에다 사기꾼이죠. 괜히 저승과 연결된 척하는 사람들이에요. 산 자들을 손아귀에 넣고 주무르기 위해 그들을 이용하려는 악령과 접속하는 영매들은 더더욱 위험하죠.」

「영매의 95퍼센트가 허풍쟁이에 사기꾼이라…… 너무 과장하는 거 아니에요?」

「차라리 사람들이 영매들을 찾지 않으면 좋겠다는 생각이 들 때도 있어요. 양쪽 통행로가 분리된 채 있는 게 낫다는 생각 말이에요. 그러면 방금 당신이 목격한 그런 식의 부정적인 상호 간섭은 없어질 테니까요. 자, 이제 그만 가줘요. 당신이 관심을 가질 행사에서 내일 아침 다시 만나요.」

「엥? 뭐 말이죠?」

「당신 장례식 말이에요. 살인자가 있다면 틀림없이 식장에 나타나겠죠.」

그녀가 태블릿 PC를 가리킨다. 다음 문구가 선명히 보인다.

〈소설가 가브리엘 웰즈의 장례식, 오전 9시, 페르 라셰즈 공동묘지.〉

29

공식 증인이 된 유령

1897년 1월 23일, 미국 웨스트버지니아의 그린브라이어라는 작은 마을에서 한 소년이 조나 히스터 슈라는 여성의 시체를 발견해 즉시 주변에 알렸다. 한 시간 뒤 의사인 냅 박사가 현장에 도착했을 때는 이미 남편인 에드워드 슈가 죽은 아내 곁을 지키고 있었다. 그는 아내의 시신을 큰 시트로 감싸 끌어안고 통곡했다. 그는 시신을 살펴보려는 의사를 거칠게 밀어내며 어느 누구도 사랑하는 아내의 몸에 손댈 수 없다고 말했다. 아내가 아끼는 물건이었다면서 시신에 숄을 두르고 보닛을 씌워 놓은 다음 장례를 치를 때까지 아무도 관 속 시체에 다가가지 못하게 했다. 사람들은 모두 그의 이상한 행동이 아내를 잃은 슬픔 때문이라고 여겼지만, 조나의 어머니 메리 제인 히스터만은 예외였다. 그녀는 사위가 딸을 살해했다고 의심하기 시작했다. 그녀는 사실을 확인하고 싶어 매일 밤 잠들기 전 딸의 혼령과 접속을 시도했다. 장례를 치른 지 4주가 지난 어느 날 밤, 조나의 유령이 그녀 앞에 나타나 에드워드가 자신의 경추를 부러뜨렸다고 말한다. 시체의 목이 비틀려 있는 것을 보지 못하게 하려고 에드워드가 사람들의 접근을 막았다는 것이다. 메리 제인은 바로 검사를 찾아가 사건 수사를 요청했다. 냅 박사한테서 남편의 제지로 검시를 할 수 없었다는 얘기를 들은 검사는 유해 발굴을 지시했다. 드디어 부검을 통해 시신의 목뼈에 충격이 가해져 고개가 한쪽으로 꺾여 있다는 것이 밝혀진다. 남편인 에드워드가 즉각 유력한 용의자로 지목되면서 소송이 시작됐다. 증거가 전혀 없는 상태에서도 메리 제인 히스터는 차마 자신이 딸의 유령과 얘기를 나누었다는 사실은 입 밖에 내지 못했다. 그런데 에드워드 슈의 변호인 측에서 먼저 이 재판의 유일한 증언은 저승에서 온 희생자의 증언이라고 말했다. 고발인을 웃음거리로 만들려는 작전이었던 것이다. 하지만 변호인의 의도와 달리 배심원들은 희생자의 어머니를 정신병자로 여기기는커녕 그녀의 주장을 수긍했다. 결국 에드워드 슈는 무기징역을 선고받았다. 그는 수감된 지 3개월 만에 원인을 알 수 없는 고열에 시달리다 독방에서 혼자 숨을 거뒀다.

사람들의 흥미를 유발하기 위해 이 마을의 공동묘지에는 1981년 다음과 같은 안내 팻말이 내걸렸다. 〈여기 조나 히스터 슈가 잠들다. 1897년 세상을 떠난 그녀의 죽음은 자연사로 알려져 있었다. 하지만 그녀의 혼령이 어머니를 찾아가 어떻게 남편인 에드워드가 자신을 살해했는지 알려 주었고, 결국 그는 법의 심판을 받았다. 유령의 증언이 살인자의 유죄를 입증한 것은 지금까지 이 사례가 유일하다.〉

에드몽 웰즈,
『상대적이며 절대적인 지식의 백과사전』제12권

30

가브리엘 웰즈의 영혼이 도시 위를 유영하고 있다. 멀리 다른 심령체들의 모습이 보인다. 그들이 변태이거나 살인자, 혹은 그냥 성가신 존재일 수도 있다는 의심이 드는 순간, 살아 있었을 때나 지금이나 자신이 다른 존재와 관계를 맺는 방식이 하나도 다르지 않다는 씁쓸한 생각이 든다. 시선을 피하고 거리를 두고 웬만해선 의심을 거두지 않지.

그는 파리 동쪽의 페르 라셰즈 묘지에서 할아버지를 만나 다음 날 아침 자신이 묻힐 장소를 확인한다.

「이 녀석아, 잘 봐둬라. 내일 아침, 바로 여기다. 네 어미의 난자가 네 아비의 정자와 만나 수정되는 순간 시작된 네 세포의 증식이 이 구덩이에서 끝나는 거야.」

「제가 좋아하는 장소예요. 낭만적인 묘지죠.」

「바로 내 옆에 묻힐 거니까 우린 이웃이 되는 셈이구나.」

까마귀 한 마리가 〈이냐스 웰즈〉라고 직힌 묘비 위에 내려앉아 가브리엘을 우수에 젖게 한다.

「분위기를 가볍게 하는 데는 농담만 한 게 없지. 자, 들어 보렴.」

할아버지가 뜬금없이 말한다.

「한 사내가 무덤 앞에서 신세타령을 하면서 슬프게 울고 있었어. 〈그렇게 가면 어떡해, 어떡하냐고!〉 그 앞을 지나던 묘지 관리인이 애처로운 마음에 물었지. 〈친한 친구였나 보죠?〉 그러자 사내가 대답해. 〈아니에요, 아내의 첫 남편이에요.〉」

농담할 기분이 아닌 가브리엘이 할아버지를 빤히 바라본다.

「할아버지의 지난 생은 어땠어요?」

농담으로 받아칠 것 같던 이냐스가 돌연 정색을 한다. 그가 엄숙함과 진지함을 되찾고 말한다.

「누구한테 이런 질문을 받아 보는 게 처음이구나. 문득 인생의 결산을 위해 내가 이 순간을 아주 오랫동안 기다리고 있었다는 생각이 들어. 어떻게 보면 내 삶은 결론이…… 변변치 않은 큰 농담 같기도 해.」

서서히 모습을 드러내는 달을 향해 박쥐 떼가 몸을 솟구치며 날아오른다.

31

나는 폴란드에서 태어났단다. 우리 아버지는 목수셨
고 형제는 7남매였지. 자식들이 바보 같은 짓을 한다 싶
으면 아버지가 혁대로 후려치면서 겁을 줬어. 〈울면 더
맞는다.〉 정말 한심한 짓을 했다는 생각이 들면 우리를
문밖에 세워 놓고 추위에 떨게 했지. 어머니는 자식들을
건사하면서 집안일을 하느라 정신이 없었어. 잠옷 차림
으로 온종일 침대에 누워 불평만 해대는 친정어머니까지
돌보느라 늘 피곤해하셨지. 내 기억에 남아 있는 어머니
는 오동통하고 시큼한 땀 냄새가 나는 분이었어. 어린 나
는 그 냄새가 얼마나 좋던지. 말수가 적은 어머니가 가끔
씩 압력을 배출하듯 한숨을 내쉬곤 하셨지.

우리 가족은 인구가 몇백 명밖에 안 되는 작은 마을에
살았어. 사람들은 서로의 사정을 속속들이 알고 있었지.
마을엔 경제적인 이해관계를 따져 유리하게 짝을 지어
주는 중매쟁이들이 있었어. 주민 대부분은 글을 몰랐고

백치도 세 녕이 살았난다. 낭연히 의사가 없어서 아프면 바르샤바까지 치료를 받으러 가야 했어. 거기 가면 시장에서 이발사들이 마취제 대신 45도짜리 술을 부어 마취한 뒤 핀셋과 면도칼, 단도를 들고 수술을 해줬지. 나는 열여섯 되던 해에 달랑 가방 하나만 들고 가출을 했단다. 미운 오리 새끼여서가 아니야, 그저 부모의 세계를 떠나고 싶었던 거야. 무작정 서쪽으로 향했지. 독일을 지나 프랑스 국경을 넘어 투르쿠앵에 도착했지. 이그나스 벨로프스키에서 이냐스 웰즈가 됐어.

처음엔 탄광에서 일하기 시작했어. 그러다 직물 공장을 거쳐 사진사의 조수로 일했단다. 다행히 한 가지 재주가 있어 어디서든 일자리를 구할 수 있었지. 이 할아비가 농담은 좀 하잖니. 살 만해지니까 독일이 전쟁을 일으키더구나. 의용군에 자원입대하면 프랑스 국적을 얻을 수 있다고 했어. 의용군이라는 게 본래 외국인들과 가난한 사람들, 가벼운 정신 질환자들을 최전선에 보내 총알받이로 쓰는 거니까. 나는 여러 차례 공격에 투입됐지만 운좋게 살아남았단다. 끔찍한 참호전도 겪어 봤지. 그때도 내가 가끔 재밌는 농담을 던지면 무거운 분위기를 바꾸는 데 도움이 됐지. 독일 놈들이 어쩌나 폭격을 해대는지 다들 귀가 먹거나 정신이 돌아 버렸어. 페탱 원수의 명령에 따라 우리는 아군 탈영병들과 병역 거부자들을 사살했지. 반란의 싹을 잘라 놓는다고 말이야. 결국 폭격에서 한쪽 발을 잃었어. 그러니까 나무 의족과 지팡이를 주면 서 전투에서 면제해 주더구나. 그때부터는 선전 선동 활 동에 투입됐지. 사진사가 돼 〈아름다운 순간들〉을 포착 했어. 적진을 향해 공격하기 직전 말끔한 군복 차림으로 카술레를 먹으면서 포도주와 럼주를 돌리는 병사들의 모 습 같은 거 말이야. 거기서 어떻게 살아남았는지 지금도 믿기지 않아. 어쨌든 대단한 행운이었어. 더러 옛날이 좋 았다고 하는 사람들이 있지. 그런 얘기를 들으면 난 그들 을 과거로 보내 버리고 싶어, 정말 좋은지 가서 두 눈으 로 직접 보고 확인하라고 말이야!

1차 대전이 끝났을 때 내 나이가 스물둘이었단다. 위 의 장교 한 사람이 경찰에 들어가게 됐다며 범죄 현장을 찍을 사진사가 필요하다고 했어. 〈참호전을 숱하게 겪은 자넨 적어도 시체 앞에서 기절하진 않을 테니까〉 하면서 함께 일해 보자고 하더구나. 팀에 우스갯소리를 잘하는 사람이 하나쯤 있으면 좋겠다는 생각도 했겠지. 그렇게 나는 경찰 사진사로 일하게 됐단다. 스물셋에 월급 나오 는 직장이 생기고 프랑스 여권을 갖게 되니 결혼해야겠 다는 생각이 들더구나. 하, 그때 내 인생 최대의 실수를 했지. 프랑스 여자를 택하지 않고, 회귀 본능을 가진 연 어처럼 짝을 찾으러 고향으로 간 거야. 마을 사람들 눈에 나는 프랑스에서 금의환향한 탕아로 비쳤을 거야. 아버 지의 권유로 중매쟁이를 찾아가 〈가진 것〉을 얘기해 달라고 했지. 나보다 나이가 적고, 근친결혼의 위험이 전혀 없는 우리 가족과 아주 먼 여성들을 골라서 추리니까 딱 아홉이더구나. 그중에서 지독한 추녀 하나와 불구 하나를 제외하니까 일곱. 그중에서 다시 프랑스어를 할 줄 아는 여자로 범위를 좁히니까 둘. 그 둘 중에서 더 예쁜 마그달레나를 골랐지. 그러고 나서 딸이 숫처녀임을 보장하는 장인과 지참금에 대한 합의를 본 뒤 닷새 준비해 결혼식을 치렀단다. 옛날에는 사랑이라는 게 다 그런 거였어.

3일 밤낮으로 결혼식 피로연이 계속됐지. 그러다 마침내 우리 둘만 만취한 상태로 남겨졌을 때, 처음으로 몸을 섞었단다. 할아비한테도 첫 경험이었어. 군에 있을 때 성병이 무서워 사창가에 드나들지 않았거든. 당시에는 우리처럼 결혼을 한 뒤에 잠자리를 같이하는 사람들이 적지 않았단다. 복불복이었어. 생전 모르는 사람을 만나 죽을 때까지 사랑하고 서로에게 충실하겠다고 약속했으니까. 지금 생각하면 참 기가 막힌 일이지. 그러다 보니 이혼을 할 때야 겨우 상대방의 본색을 알게 되는 경우가 허다했어. 우리 아버지가 하신 말씀이 있지. 〈사랑은 지능에 대한 상상력의 승리고 결혼은 경험에 대한 기대감의 승리다.〉 하여튼 나름 유머 감각이 있는 양반이셨어! 어쨌든 나는 첫날밤에 대해 그다지 좋은 기억이 없단다…….

한 달 뒤 함께 파리로 이사를 했고 나는 직장으로 복귀

했지. 살아 보니 네 할미는 감당하기 쉬운 사람이 아니었어. 이유야 아주 단순해. 고약한 성격의 소유자였거든. 한 가지 더, 사소하지만 뒤늦게 알게 된 사실이 있어. 네 할머니는 내 농담에 웃어 주지 않았단다.

자식을 다섯 낳았는데, 셋은 어려서 병으로 죽고 네 아버지와 고모만 남았단다. 나 때문에 아기를 낳다 몸이 망가졌다고 원망하듯 네 할미는 점점 괴팍한 성격이 돼가더구나. 그래도 나는 네 할미한테 충실했단다.

직장에서 할아비가 큰 공을 세운 적이 있어. 범죄 현장에서 찍은 사진들을 인화하다 사건 해결에 결정적인 단서를 발견한 거야. 내가 동료들보다 날카로운 눈, 일명 웰즈의 눈을 가졌다는 사실을 상사에게 각인시키는 계기가 됐지. 얼마 뒤 그 상사가 총격으로 사망하자 사건을 잘 아는 내게 수사를 맡아 보라는 제안이 왔어. 드디어 재능을 보여 줄 기회가 왔던 거야. 코넌 도일의 열혈 팬으로서 관찰이야말로 사건 해결의 열쇠라고 믿었던 나는 약점 — 가령 할아비는 심문과 심리 파악에는 상대적으로 약한 편이었단다 — 을 없애려고 애쓰기보다는 강점을 부각시키는 쪽을 택했지. 지문이나 탄피, 범죄 현장에서 발견된 단서들에 대한 관찰을 통해 사건을 해결했어.

멋진 커리어를 끝내고 예순 살에 정년퇴직을 했지. 그때부터 내 삶이 지옥으로 변하더구나. 네 할머니와 날마다 얼굴을 맞대야 했으니까. 마그달레나는 갈수록 공격적인 사람이 돼갔지. 입만 열면 잔소리에 불평이었어.

네 할미의 싫은 소리가 듣기 싫었는지 자발성 난청이 오더구나. 청력을 상실하니까 네 할미와만 단절되는 게 아니라 바깥세상과도 단절됐어. 그런데 말이야, 역설적이게도 덜 들리니까 더 보이기 시작하더구나. 그때부터 다시 사진에 몰두해 인생 최고의 사진들을 찍었단다. 작품들을 앨범에 차곡차곡 모으면서 후대가 이 사진들을 발견해 나를 유명하게 만들어 줄지도 모른다는 생각을 했지. 그래서 완벽한 작품집을 만들기 위해 최선을 다했어. 컬러의 시대가 왔지만 할아비는 여전히 흑백을 고집했단다. 비상하는 새, 바람에 날리는 머리카락, 동작 중인 운동선수처럼 주로 움직이는 모습을 렌즈에 담았어. 내게 사진은 변화의 순간을 정확히 포착하는 예술이었거든. 그러다 갑자기 심장 마비가 와 병원에 입원하니까 사는 게 사는 게 아니더구나. 온종일 침대에 누워 있으니 욕창이 생기고 폐에 물이 차고 숨을 쉬기도 힘들었어. 아기처럼 기저귀를 차다가 나중에는 요도 카테터를 몸에 삽입했지.

견디다 못해 자살을 시도했는데 그것도 실패로 돌아갔어. 병원에서 재발을 막으려고 내 발목과 손목을 묶어 놓았지. 한계에 봉착했다고 판단해 네 할미한테 죽게 내버려 두라고 애원했어. 하지만 담당의는 나를 살릴 수 있다고 자신했고, 마그달레나는 내 뜻과 무관하게 연명 치료를 허락했단다.

멈추는 순간을 스스로 결정하지도 못하는 삶이 무슨 의미가 있을까? 그게 과연 진보일까? 거지라면 다리 위에서 뛰어내리기라도 하지, 나는 몸이 묶인 채 꼼짝도 못했어! 손발이 묶인 채 화끈거리는 등을 침대에 붙이고 온종일 누워만 있는 모습을 한번 상상해 봐. 그런 나를 내려다보면서도 네 할미는 〈여보, 꼭 나을 테니 걱정 말아요, 최고의 의사들이 최고의 의료 서비스를 해주고 있어요〉 하고 입버릇처럼 말했지. 최악의 의사들을 만나지 못한 게 한스러웠어, 정말이야! 손에 묶인 가죽끈을 풀어 의사들의 목을 조르고 싶었단다. 라디오를 듣는 게 하나뿐인 낙이었어. 세상과 통하는 유일한 창을 통해 내 몸 못지않게 세상도 퇴락하고 있다는 소식이 온종일 들려왔지. 내 몸에서 악취가 너무 심하게 나면 간호사가 와 스펀지에 소독약을 묻혀 대충 닦아 주고 갔어. 할아비는 젊은 나이에 자다가 죽은 네가 얼마나 부러운지 몰라. 이건 진심이야. 너는 노화라는 점진적인 피폐의 과정을 겪지도, 사랑이라는 미명하에 네 일상을 형벌로 만들어 버리는 사람을 만나지 않아도 됐잖니. 할아비는 그렇게 3년을, 3년을 살아 있었어! 윗사람들과 동료들 앞에서 나 같은 쓰레기를 삶에 묶어 두는 재주를 자랑해 보이는 멍청이 의사 놈 덕에 말이야. 내 몸은 뼈만 앙상하게 남았고 분노가 응축된 얼굴에는 주름이 자글자글했지. 마누라라는 마귀할멈이 꽃을 들고 병실로 들어오면 깨물려고 달려들기 일쑤였어.

그러던 어느 날, 한쪽 손목에 묶인 가죽끈이 평소보다 헐거운 걸 발견하고 손을 뺐어. 양손을 차례로 빼고 나서 발목에 감긴 끈도 풀어 버렸지. 그러고는 내 몸과 연결된 줄과 호스를 모두 뽑아 버린 다음 바닥으로 몸을 날렸는데 가벼운 상처만 나고 말더구나. 그래서 몸을 질질 끌면서 바닥을 기기 시작했지. 다리로는 몸을 지탱할 수가 없었으니까. 지금도 그 축복받은 날의 기억이 생생하단다. 나는 죽을힘을 다해 서랍장을 기어 올라가 창턱에 닿았어. 즉시 허공을 향해 몸을 던졌지. 사람들에게 발견되었을 때 내 얼굴에는 환한 미소가 번져 있었어. 마누라를 향해 가운데 손가락을 도발적으로 치켜올리고 있었단다.

그렇게 내 영혼은 핍진해진 육신의 껍데기를 떠났단다. 그러고 나서 지금의 이 외양을 선택해 되찾았지. 예순 살의 내 모습, 정년퇴직하던 날의 그 모습 그대로를 말이야. 무엇보다 기술에 의존하지 않고 완벽한 청력을 되찾았단다.

병원 침대에 묶인 채 마지막 날들을 보냈으니 심령체가 되어 처음 하늘로 날아올랐을 때의 기분이 어땠겠니. 한 마리의 독수리 같았단다. 나흘 밤낮을 쉬지 않고 날아다녔어. 그때 느낀 쾌감은 이루 말할 수가 없었단다. 그걸 위해서라면 처량한 마지막도 감내할 만한 가치가 있었다는 생각까지 들었지. 나는 나비로 탈바꿈하는 애벌레였던 거야. 진액을 흘리며 끈적끈적한 몸으로 거친 숨을 내쉬면서 바닥을 기어가는 더러운 애벌레. 죽음이 나를 번데기에서 꺼내 해방해 줬던 거지.

떠돌이 영혼이 내 운명이라는 생각이 들더구나. 누구의 간섭도 받지 않아도 됐지. 다른 사람들의 결정에 자신의 행복을 의지하는 사람은 불행해지기 마련이란다. 어느 누구에게도 종속되면 안 돼, 의사들에게는 더더욱.

내 경험상 죽음에는 장점이 한두 가지가 아니란다.

실없는 소리 같지만 모기에 물리지 않아 얼마나 좋은지 몰라.

겨울에 춥지 않고 여름에는 일사병에 걸릴 일이 없단다.

여기 오면, 장님들은 눈을 뜨지.

여기 오면, 앉은뱅이들은 벌떡 일어나지.

여기 오면, 불면증도 변비도 다 사라진단다.

요새 젊은이들 표현을 빌자면 한마디로 〈쿨한〉 곳이야.

그런데 시간이 가니까 슬슬 지루해지더구나. 그래서 관심 둘 곳을 찾기 시작했지. 그렇게 찾은 게 **바로 너야**.

너는 좋은 시절에 태어났어. 침대다운 침대에서 잠을 자고 유모차를 타고 다녔잖니. 크리스마스에는 선물다운 선물을 받고 건강하고 균형 잡힌 음식을 먹고 자랐지. 그 덕에 키가 이 할아비보다 훨씬 크잖아. 게다가 너를 사랑해 주고 절대 때리지 않는 부모 밑에서 자랐지. 아파서 찾아가면 약을 주는 의사들이 가까이 있고 마취를 하고 너를 수술해 주는 치과의사들이 있고 제대로 교육받은 교사들이 있었지.

무엇보다 너는 전쟁과 가난, 배고픔을 겪지 않아도 되는 시대를 살았어. 할아비는 네가 꿈을 실현할 수 있다는 걸 직감하고 이야기와 책과 사건 수사에 재미를 붙이게 만들어 줬지. 물론 머릿속 이야기들을 글로 끌어낸 건 네 스스로 한 일이지만. 할아비가 죽었을 때 너는 열세 살 어린애에 불과했어. 그래서 네가 멋진 이야기에 대한 열정을 계속 키워 나가도록 꿈을 통해 영향을 주기로 마음먹었지. 사람한테는 유전적 요인 못지않게 후천적 요인도 중요해서, 부모와 교사, 직장 상사, 때로는 조상들의 혼령까지 영향을 줄 수 있단다.

네 형을 보렴. 같은 쌍둥이라도 토마는 과학을, 너는 문학을 업으로 삼았지. 네 형은 이성을 앞세우지만 너는 상상력에 더 의지하지. 씨앗 하나가 전혀 다른 두 개의 열매를 맺은 셈이야.

네가 첫 책을 냈을 때 이 할아비가 너보다 더 기뻤을 거야! 너를 통해 내 꿈을 실현했으니까. 그 뒤로 한시도 네 곁을 떠난 적이 없단다. 네가 글을 쓰다 가끔 트랜스 상태에 빠진다고 느끼는 건 나 때문이야. 내가 너를 추동하고 너에게 영감을 불어넣기 때문이지. 네 강연도 빠지지 않고 다 들었고, 네 원고의 진척 과정도 어깨 너머로 지켜봤지. 할아비는 네 첫 번째 독자였어.

네가 얼마나 자랑스러웠는지 몰라! 가끔 심령체 친구들을 붙잡고 〈자네들, 우리 손주 책을 읽고 있는 독자들 뒤에서 같이 한번 읽어 보시게〉 하면서 자랑했지. 덕분에 저승에도 네 팬이 꽤 많이 있단다. 어디 평범한 팬들인 줄 아니? 코넌 도일한테도 이 할아비가 네 책을 읽어 보라고 권유했단다……

네가 죽음을 맞을 때 나는 당연히 네 곁에 있었단다. 성가시게 하기 싫어 즉시 다가가지 않고 너를 기다렸지. 네가 어떻게 반응할지도 몰랐으니까. 그러다 네가 젊은 여배우를 훔쳐보는 걸 보고 다가가도 되겠다는 생각이 들더구나. 너는 역시 놀라지 않고 나를 친구처럼 받아들였어. 네 반응에 얼마나 안도했는지 몰라. 이제 네 존재의 최고의 순간이 시작되고 있단다.

내일 아침 네 장례식에 갈 마음의 준비는 됐니? 날씨가 무척 화창할 것 같구나.

제2막

일대 변화

32

거무튀튀한 하늘이 차가운 장대비를 내리쏟는다.

까마귀들이 비에 홀딱 젖은 날갯죽지를 파닥거리며 장례 행렬을 내려다본다. 가브리엘도 까마귀 떼에 섞여 장례식장을 찾은 사람들을 유심히 살피고 있다.

조문객들이 차례로 모습을 나타낸다.

쌍둥이 형 토마와 부모님, 삼촌들과 사촌들.

편집자 알렉상드르 드 빌랑브뢰즈와 함께 온 출판사의 총서 담당자들과 직원들.

주치의 프레데리크 랑망과 친구인 생물학자 블라디미르 크로스.

상상력 길드 소속 작가들.

친분이 있는 동료 작가들과 유머 작가들, 가수들과 배우들.

옛 여자 친구들.

일면식도 없는 기자 두 명.

통신사에 보낼 사진을 찍기 위해 열심히 플래시를 터뜨리는 것 같은 사진사 세 명.

무명 독자들로 보이는 일반인 60여 명.

모두 어깨를 움츠린 채 우산을 받쳐 들고 걷고 있다.

「봐, 내가 사람이 많을 거라고 했지.」 이냐스 웰즈가 조문객들을 내려다보며 말한다.

「이런 추운 날씨에 조문객들이 고인에 대한 덕담을 주고받는 속에 치러지는 장례식, 아, 정말 끔찍해요.」

행렬의 맨 뒤에 빨강색 꽃무늬 우산을 한쪽으로 비껴쓴 검은 정장 차림의 뤼시가 보인다.

「그녀가 왔네요…….」 가브리엘이 감격해 말한다.

「이렇게 많이 찾아와 주니 얼마나 고마운지.」

「고작 백여 명이에요.」

「저길 보렴. 너를 위해 일부러 걸음을 한 떠돌이 영혼도 백여 위는 되는 것 같구나!」

가브리엘이 고개를 들자 저만치 떨어져서 이쪽을 바라보고 있는 떠돌이 영혼들이 눈에 들어온다. 그들도 무명 독자들처럼 주눅이 든 듯 조심스러워한다.

「코넌 도일은 안 보이네요?」

「뭘 믿고 그렇게 기고만장이니?」

「아니, 그게, 저는, 지난번에 할아버지가 코넌 도일하고…….」

「됐다. 내가 코넌 도일 얘기를 해줬더니 저승 사람들이 다 너한테 관심을 가진다고 착각하는 모양이구나! 정신 차리렴. 네가 대단한 건 맞지만, 그래 봤자…… 일개 프랑스 작가야. 내가 코넌 도일이 네 작품을 읽었다고 했지 좋아했다고는 하지 않았어. 그래, 솔직히 말하마. 코넌 도일은 네 소설에 폭력과 섹스가 지나치다고 생각하더구나.」

하나같이 검은 옷을 차려입은 조문객들이 큰 구덩이 앞에서 걸음을 멈추고 빙 둘러선다. 장의업체 직원들이 삼각 받침대 위에 비스듬히 관을 올려놓는다. 관 뚜껑에는 가브리엘 웰즈의 이니셜인 GW가 새겨져 있고 그의 명성을 만든 백조 그림이 그려져 있다. 검정 양복을 입은 남자 둘이 구덩이 앞에 단을 설치하더니 보면대를 세우고 가브리엘의 사진을 올려놓는다.

짧은 묵념이 끝나자 토마가 연단에 올라가 마이크 앞에 선다.

「지금 저는 왼팔이 떨어져 나간 심정입니다.」 그가 비통하지만 결연한 목소리로 말문을 연다. 「저희 형제가 늘 사이가 좋았던 건 아니지만 저는 가브리엘을 항상 흠모했어요. 한번은 작가가 책을 한 권 쓰려면 시간이 얼마나 걸리는지 물어본 적이 있어요. 그랬더니 가브리엘이 〈30초, 아이디어를 찾는 시간이지〉 하고 대답하더군요.」

추도사를 듣던 조문객들 사이에서 작은 웃음소리가
터져 나온다.

「저는 동생이 낸 책들의 표지가 다 별로라고 생각했어
요. 그런데 다시는 서점 진열창 너머로 그것들을 볼 수
없다 생각하니 벌써 그리워지네요. 그의 차기작을 전시
하려고 했던 자리를 서점들에서 당분간 비워 두면 어떨
까요? 저는 오늘부터 동생의 옛 작품들을 다시 읽으며 그
를 추억하려고 합니다. 특히 젊었을 때 발표한 단편들을
요. 그의 책 속에 있는 혁신적인 아이디어들은 앞으로도
계속 다른 작가들에게 귀중한 영감을 주리라 믿습니다.
어디 작가들뿐이겠어요. 미래에 대한 직관이 담긴 가브
리엘의 작품들은 과학자들에게도 상상력의 단초를 제공
할 것입니다. 그의 작품이 앞으로 오래도록 읽혔으면 좋
겠어요. 그의 기억이 오래도록 우리 곁에 살아 있길 바랍
니다.」

박수가 터지고 간간이 흐느낌이 들린다.

이번에는 알렉상드르 드 빌랑브뢰즈가 연단에 오른다.

「보통 사람들은 괴벽과는 거리가 있죠. 그런데 가브리
엘은, 보통 사람이 아니었어요. 그를 보는 순간, 저는 이
친구가…… 그냥 미치광이구나, 생각했습니다.」

청중 사이에서 다시 나지막이 웃음이 터져 나온다.

「우리 편집자들의 일은 바로 그런 〈쓸 만한〉 미치광이
들을 발굴하는 것이죠. 제가 한 일은 그의 광기가 책이라

는 모양을 갖추게 길을 만들어 준 게 다입니다. 실타래에서 실을 풀 듯 그가 아이디어로부터 이야기를 끌어내게 도와줬을 뿐이죠. 그는 남의 조언에 귀를 기울일 줄 아는 겸손한 성품의 소유자였습니다. 아예 처음부터 다시 시작하라고 제가 여러 번 요구했는데, 그때마다 군말 없이 시키는 대로 하더군요. 한번은 저한테 이런 말을 했어요. 〈한 가지 고백할 게 있어요. 나는 편집자도 인쇄소도 독자도 없는 무인도에서 혼자 살게 되더라도 지금처럼 소설을 쓸 거예요. 글을 쓸 때가 가장 행복하거든요. 꿀벌이 꿀을 만드는 게 일이듯 저한테는 글을 쓰는 게 일이죠.〉 그래서 제가 우스갯소리를 했죠. 〈그럼 자네가 편집자인 나한테 돈을 줘야겠군그래.〉」

분위기가 점차 편안하게 바뀌어 간다.

「가브리엘은 몽상가였습니다. 내면이 복잡한 사람이었죠. 사실 그는 거기서 극히 일부만, 보여 줘도 〈괜찮은〉 것만 꺼내 썼어요. 그가 지금보다 오래 살아서 자신의 내면세계 전체를 드러내 보여 줬다면, 우리 모두 당혹감을 느꼈을지 모릅니다. 그는 결코 긴장을 놓지 않았어요. 독자들이 지루해할까 봐 병적일 정도로 두려워했죠. 제가 그동안 숱하게 얘기했어요. 독자는 둘만 있어도 생각이 다른 법이다, 하나가 재미있다고 하면 다른 하나는 따분해한다, 이게 게임의 법칙이다, 어차피 모든 사람의 마음에 드는 건 불가능하다고 말이에요. 하지만 그는 세

대와 나라를 뛰어넘어 모든 독자가 공감할 수 있는 보편적인 언어를 찾고자 했어요. 물론 교만하다고 볼 수도 있지만, 그런 생각이 그에게 도달해야 할 목표를 주었죠. 비록 불가능한 목표라고 해도 말이에요. 세월이 가면서 그도 결국 소수에게만 이해받는 현실을 받아들였을 거예요.」

빌랑브뢰즈가 입을 가리고 잔기침을 하고 나서 숨을 한 번 크게 들이쉰다.

「가브리엘은 자격을 갖춘 유일한 평론가는 시간뿐이라고 생각했어요. 저도 같은 생각입니다. 졸작들이 사라지고 걸작들만 남게 하는 건 결국 시간의 일이죠. 가브리엘 웰즈는 42년의 짧은 생을 살았지만 그의 작품은 그보다 더 오래 살아남을 것입니다.」

몇 사람이 고개를 끄덕이며 공감을 표시한다.

「가브리엘은 신작을 막 탈고하고 삶을 마쳤어요. 『천 살 인간』이라는 제목의 6백 페이지짜리 대작이죠. 풍부한 과학적 연구 성과를 바탕으로 이 소설을 통해 미래의 인간이 어떻게 천 년을 꽉 채울 때까지 존재를 연장할 수 있는지 이야기했다고 그가 귀띔해 줬어요. 말이 나온 김에 소식을 전하죠. 원고가 입수되는 대로 곧 가브리엘의 신작을 출간할 계획입니다.」

기자 몇이 열심히 그의 말을 받아 적는 사이 알렉상드르 드 빌랑브뢰즈는 자리로 돌아가 앉는다.

사브리나 덩컨이 몸을 일으켜 연단을 향해 다가온다.

「저는 가브리엘 웰즈를 사랑했습니다.」

그녀가 한동안 말을 잇지 못한다.

「저는 가브리엘을 사랑했습니다.」 그녀가 슬픔을 누르며 한 번 더 말한다.

「그는 경청할 줄 아는 남자였어요. 마치 스펀지 같았죠. 얘기할 때 제 말을 메모했다가 소설에 그대로 갖다 쓰곤 했어요. 등장인물의 입을 통해 나오게도 했죠. 남의 생각을 도둑질하는 거 아니냐고 농담 반 진담 반 얘기했더니 그가 진지한 표정으로 이렇게 대답하더군요. 〈무에서 유를 창조하는 예술가는 없어. 우린 플로리스트 같은 사람들이야, 꽃을 만드는 게 아니라 이 꽃 저 꽃 모아 멋진 꽃다발을 만들지.〉」

여배우가 좌중을 뚫어져라 응시한다.

「저는 그와 3년의 시간을 함께 보냈어요. 겨우 소설을 한 권 낸 그가 직업 작가가 될 수 있다는 확신도 없을 때였죠. 가까이서 그를 지켜본 애인으로서, 저는 가브리엘만큼 자기 일에 몰입하는 사람을 거의 본 적이 없어요. 그는 아침에 일어나면 꿈부터 메모하고 나서 8시부터 12시 30분까지 어김없이 카페에 나가 글을 썼죠. 매일, 휴가 중에도, 심지어는 몸이 아플 때도요. 글을 많이 못 쓰고 죽을까 봐 두려운 사람 같았어요. 그는 자신이 갖고 태어난 재능을 충분히 쓰지 못할까 봐 두려움을 느끼며

〈내 글재주와 뛰어난 편집자, 대중 독자, 내가 누리는 이 행운에 걸맞은 삶을 살아야 해〉라고 수시로 말했죠.」

잠시 숨을 고르는 그녀에게 대답이라도 하듯 우르릉 우르릉 천둥이 친다.

「마지막으로, 그를 만나 볼 기회가 없었던 분들을 위해 한 말씀 드릴게요. 일상 속 가브리엘 웰즈는 정말 재밌는 사람이었죠. 늘 소재를 가리지 않고 농담을 했어요. 어떤 상황에서도 웃음거리를 찾아내고 자기 자신도 서슴없이 희화했죠. 그가, 제가 너무도 사랑했던 그가 저 위에서 이 말을 듣고 있길 바랍니다.」

그녀의 마지막 말이 가브리엘의 가슴을 울린다. 이번에는 상상력 길드 소속 작가들이 연단으로 올라오더니 제일 덩치 큰 남자가 대표로 마이크를 잡는다.

「가브리엘이 기성 문단을 변화시키고자 하는 작가들과 의기투합해 우리 단체를 만들었습니다. 각자 다른 스케줄 때문에 정기적인 만남이 쉽지 않았는데 가브리엘의 죽음으로 비로소 이렇게 한자리에 모이게 됐군요. 저희는 오늘을 계기로 다양한 장르 문학이 꽃필 수 있는 토양을 만들기 위한 투쟁을 다시 이어 갈 생각입니다.」

박수갈채 속에 작가들이 연단을 내려가자 가브리엘의 아버지가 자리에서 일어난다.

「가브리엘의 묘비문은 내가 아들과 나눈 대화를 떠올려 정한 겁니다. 아들놈이 자기가 정말 좋아하는 책이라면서 필립 K. 딕이 쓴 『유빅』 얘기를 들려준 적이 있어요. 〈나는 살아 있고 당신들은 죽었다〉라고 묘비에 써진 무덤을 주인공이 찾는 장면이 소설에 나온다고 하더군요. 가브리엘이 그때 이렇게 말했어요. 〈너무 강렬한 문장이에요! 자신들이 죽었다는 걸 깨닫지 못하고 스스로 살아 있다고 믿으며 추모를 위해 무덤을 찾는 사람들이 하는 착각, 이거야말로 정말 엄청난 착각 아닐까요?〉 가브리엘은 그의 소설 중 가장 덜 알려진 『죽은 자들』의 첫머리에 이 문구를 인용하기도 했죠.」

장의업체 직원들이 조문객들 쪽으로 향하게 묘비를 들어 올린다.

〈나는 살아 있고 당신들은 죽었다.〉

정언(定言) 같은 글귀를 곧이곧대로 이해한 조문객 몇 명이 팔을 꼬집어 보고 나서 안도의 미소를 짓는다. 점점 많은 심령체들이 조문객들 주위로 몰려드는 모습이 저승에 있는 가브리엘의 눈에 들어온다. 비명 같은 천둥소리가 지축을 흔든다.

구덩이와 나란히 놓여 있던 관이 천천히 구덩이 속으로 미끄러져 내려간다.

식이 끝나자 가브리엘의 아버지가 마침 〈마지막 희망의 카페〉라는 간판을 내건 카페로 가 고인과의 추억담을 나누면서 한잔할 것을 제안한다. 조문객들이 묘지 앞에 있는 카페를 향해 걸어가기 시작한다. 차마 자리를 뜨지 못하는 독자들 몇몇이 슬그머니 무덤 앞으로 다가오더니 꽃과 편지, 그리고 백조를 상징하는 갖가지 물건을 내려 놓는다.

가브리엘도 궁금한 마음에 카페로 향한다.

토마가 알렉상드르 드 빌랑브뢰즈에게 다가가는 게 보인다. 토마를 본 알렉상드르가 정중하게 인사를 한 뒤 애도를 표시한다. 토마가 갑자기 상대의 말을 자르며 격앙된 어조로 말한다.

「『천 살 인간』의 출판은 불가능할 겁니다, 드 빌랑브뢰즈 씨.」

「이유가 뭐죠, 웰즈 씨?」 청천벽력 같은 소리를 들은 편집자가 묻는다.

「내가 원고 파일과 복사본 파일들을 모두 폐기했어요. 출력본 두 부까지 태워 없애 버렸죠. 나는 쌍둥이 동생의 작품이 사후에도 남아 있는 게 싫어요. 동생이 죽었는데도 당신이 계속 그의 책을 출판하는 걸 원하지 않아요. 그건 고인을 욕되게 하는 상업주의적 짓거리예요.」

33

일본 소쿠신부쓰 승려들과 죽음

우리는 누구나 자기 죽음의 순간을 완벽히 통제하고 싶어 한다. 이런 열망은 일본 진언종 승려들에게서 극에 달해, 고도한 죽음의 기술을 만들어 내게 했다.

진언종은 13세기 일본 북부 지방에서 한 밀교 승려에 의해 만들어졌다. 이 종파의 창시자인 홍법 대사는 스스로를 동굴에 가둔 채 명상하면서 최후의 순간을 맞기로 결심했다. 한참 뒤에 동굴로 스승을 찾아간 제자들은 그의 몸이 썩지 않고 미라로 변해 있는 것을 발견했다. 그들은 자신들도 명상을 통한 깨달음에 도달함으로써 육신이 썩지 않게 된 스승의 기적을 재현하길 바랐다. 그들은 〈소쿠신부쓰〉, 즉신불(卽身佛)이 되고자 했다.

이런 상태에 도달하기 위해 승려들은 아주 엄격한 식단을 따랐다. 살을 최대한 빼기 위해 솔잎과 목피, 알곡으로만 연명했다. 그러다 때가 되면 스스로 가로세로 1미터 크기의 땅속 석관에 들어가 가부좌를 틀고 참선을 시작했다. 바깥으로 연결된 대나무 대롱 하나를 통해 공기가 들어왔고 또 다른 대롱으로 알곡들이 떨어졌다. 땅속에 있는 승려들이 아침마다 종을 쳐서 살아 있다는 것을 알리면 밖에서 대롱으로 알곡을 부어 주었다. 아침에 더 이상 종소리가 들리지 않으면 관 속의 승려가 죽었다고 판단해 동료들이 대롱 두 개를 빼고 관 뚜껑을 닫은 다음 흙을 덮어 주었다.

3년이 지나면 관 뚜껑을 다시 열어 명상에 의한 미라화가 이루어졌는지 확인했다. 대개는 실패로 끝났다. 그러면 관을 완전히 봉인하고 무덤을 만들어 주었다. 드물게 성공해 소쿠신부쓰가 된 승려의 시신은 땅에서 꺼내 씻긴 후 옷을 입혀 전시하고 숭배했다. 1200년부터 현재까지 소쿠신부쓰가 된 승려의 사례는 모두 24건이 확인됐다.

이집트의 미라와 다르게 장기가 몸속에 들어 있는 상태에서 방부 처리도 없이 〈자연적인〉 미라화가 일어난 것은 경이로운 일이다. 어떻게 박테리아나 세균, 벌레 등을 통한 시신의 부패가 일어나지 않았는지를 과학적으로 설명하기는 불가능하다.

에드몽 웰즈,
『상대적이며 절대적인 지식의 백과사전』 제12권

34

구름이 걷히고 맑은 하늘이 서서히 드러난다. 묘지와 조금 떨어진 카페에서 조문객들이 잔을 기울이는 사이 떠돌이 영혼들과 무명 독자들은 하나둘 자리를 뜬다. 두 위의 영혼만이 아쉬운 듯 무덤을 맴돌고 있다.

「울고 계시네요, 할아버지! 유령도 울 수 있는지 몰랐어요!」

「우는 것뿐 아니라 뭐든 다 할 수 있단다. 입김을 내불고, 침 튀기면서 말하고, 가래침을 뱉고, 담배도 피울 수 있지…… 모두 네 상상에 달렸어. 그건 그렇고, 너무 감동적인 장례식이어서 눈물을 주체할 수가 없더구나.」 노인이 감격한 목소리로 말한다.

「토마의 추도사는 마음에 안 들었어요.」

두 남자의 시선이 대리석 묘비에 새겨진 묘한 글귀에 머문다.

「있잖니, 가브리엘? 흔히들 죽음은 실패이고 출생은

승리라고 생각하지. 죽음은 무조건 부정적인 것과 연결 짓고 출생은 긍정적인 것으로 여기지. 하지만 객관적으로 바라보면 정반대야. 죽음은 우리를 모든 육신의 고통에서 해방해 주는 거니까. 우리는 순수한 영혼이 되지. 가벼워지는 거야. 반대로, 곰곰이 따져 보면 태어나는 게 그리 좋은 건 아니야. 정신의 가족을 떠나 네가 전혀 모르는 낯선 사람들이 모인 육신의 가족에 안착하는 일이니까. 태어나서 한참 동안은 혼자 일어서지도 말하지도 못하잖니. 옷을 입고 음식을 먹고 이동하기 위해 부모에게 의존할 수밖에 없어. 그렇게 절대적인 역할을 하는 부모가 너를 세뇌하거나, 네가 그들의 몽매함을 문제 삼으면 매질을 서슴지 않는 외골수 광신주의자가 아니라는 보장이 없지. 네가 정신적 이유로 거부하는 붉은 고기와 술을 억지로 먹이려는 부모를 만날 수도 있어. 그러면 너는 직관적으로 유해하다고 느끼면서도 억지로 먹을 수밖에 없지. 너를 사랑하는 부모 밑에서 태어나도 크게 달라지는 건 없어. 태어나 최소한 13년 동안은 가족과 선생님, 친구들에 의해 네 정신적 틀이 형성되니까.」

「글쎄요, 한 번도 그런 관점에서 생각해 본 적이 없어요…….」

「저승에서 살다 보니 갈수록 그런 확신이 드는구나. 죽음은 해방인 반면 출생은 자신을 꽃피우기 힘든 억압적 세계로 들어가는 일이라는 믿음이 확고해져. 결국 내

가 진정 누구인지 깨닫지 못한 채 실패한 삶을 살 위험이
큰 거지.」

「그건 할아버지 관점이고 저는 아직 거기에 이르진 못
했어요. 계속 얘기해 보세요.」

「어쨌든 나는 그런 믿음 때문에 지금까지 환생을 거부
하고 있단다. 여기서 지내는 것도 과히 나쁘지 않거든.
자, 철학적인 얘기는 이만하면 됐고, 혹시 카페에서 흥미
로운 얘기 좀 들었니?」

「토마가 제 원고를 없앴대요.」

「그래서 억울하니?」

「아니요, 꼭 그렇진 않아요. 어차피 그 책에 대해 회의
가 많았거든요.」

「네 작업에 의구심을 갖는단 말이냐?」

「당연하죠. 새 책을 쓰기 전에 늘 불안에 시달리고, 집
필에 들어가서도 잘못된 선택을 할까 봐 두려운걸요. 마
지막에 가서는 작업 전반에 대한 거부감까지 생겨요. 과
연 내가 쓸 만한 것을 꺼내 썼는지, 대중에게 보여 줘도
괜찮은 건지 걱정이 되죠.」

「나는 네가 더 강한 사람인 줄 알았는데!」

「스스로를 의심하는 게 단점이라고 생각하진 않아요.
어쨌든, 『천 살 인간』은 실패작 아닌가 하는 고민을 하고
있었어요. 그러니 그게 사라졌다고 억울해할 일은 아니
죠. 다만, 이 사실을 전혀 모르는 토마가 원고를 없앤 건

아무리 생각해도 찜찜하고 납득이 안 돼요.」

그들은 무덤에서 시선을 거두지 못한다.

「제 살인 사건 수사는 어떻게 돼가요?」 가브리엘이 침묵을 깨고 묻는다.

「지난밤에 유능한 정보원 하나를 찾아가 만났는데, 그자가 저승에서 떠도는 소문이 있다고 하더구나. 그걸 듣자니 모든 수사의 기본 원칙 하나가 머릿속에 떠올랐어.」

「무슨 원칙인데요?」

「〈여자를 찾아라.〉」

「구체적으로 말씀해 보세요.」

「그 소문에 의하면 네 죽음에는 여자가 있었다는 거야. 그런데 정보를 흘리는 자들이 그 이상은 말은 아낀다는 구나. 그게 다인 것 같기도 하지만.」

「정보의 출처가 어딘데요?」

「글쎄 그걸 모르겠어. 정보원도 내가 방금 너한테 말한 것만큼만 얘기해 줬으니까. 어쨌든 이 수사에 새롭게 접근할 필요가 생긴 것 같구나. 내가 여자들을 어떻게 보는지는 너도 알잖니. 내 눈에 여자는 이브의 사과 이래 뱀의 유혹처럼 경계해야 할 대상이야. 네 할미와 같이 산 세월 동안 이 생각은 하나도 바뀌지 않았지.」

「이 정보를 뤼시에게 알려 줘야겠어요.」

「더군다나 범죄에 쓰인 무기가 독약이잖니. 전형적으로 여자들이 사용하는 무기지. 단도나 권총을 선호하는 남자들과 달리 여자들은 상대가 등을 돌렸을 때 슬쩍 가루약 한 봉지를 타는 쪽을 택하니까.」

　「여자라고 하니까 금방 머릿속에 떠오르는 사람이 한 명 있어요.」

　구름 사이로 해가 발끈 나오더니 하늘에 무지개가 걸쳐진다.

　까마귀 한 마리가 가브리엘의 묘비 위에 와 앉는다. 입도 대지 못하게 시체를 처리한 인간들을 원망해서인지 새가 똥을 찍 하고 갈기더니 하늘로 다시 날아오른다.

35

「나는 절대 그를 독살하지 않았다고 맹세해요.」

「그럼 당신 집에서 나온 이 많은 독약 제조법들은 다 뭐야?」

「난 결백해요!」

「당신은 독살자야. 당신 집 부엌 쓰레기통에서 생체 실험에 사용한 게 틀림없는 동물 사체들이 발견됐어. 뻣뻣하게 말라 버린 토끼와 생쥐, 쥐가 무더기로!」

「거짓말이야!」

「모든 증거가 당신을 가리키고 있어.」

「아니야, 난 결백해요, 맹세할 수 있어요!」

「이젠 고문밖에 방법이 없겠군. 결국 실토할 수밖에 없을 거야. 너희들이 이 여자의 사지를 붙잡고 있으면 내가 자백할 때까지 입에 물을 들이부으마.」

「안 돼애애애!」

「끌고 가!」

「내가 독살하지 않았다고 맹세해요!」

울음을 터뜨리는 젊은 여자를 교도관들이 무지막지하게 잡아끌고 법정 지하에 있는 방으로 데려간다.

「……컷! 완벽해!」

감독의 한마디로 일제히 긴장이 풀린다. 여배우가 가짜 눈물을 닦아 낸다.

「사브리나, 최고였어요.」

「고마워요.」

「지금부터는 고문 신을 찍을 준비를 하고 분장을 해줘요. 나무와 쇠로 된 물건들을 고문에 사용할 텐데 혹시 그런 재질에 알레르기는 없어요?」

「세트가 너무 춥지 않고 분장이 흘러내리지만 않으면 돼요. 한 시간 뒤에 촬영에 들어갈 수 있게 준비를 마칠게요.」

뤼시 필리피니는 여배우가 촬영을 준비 중인 대기실로 찾아간다.

「경찰입니다. 필리피니 경위라고 하는데, 몇 가지 여쭤봐도 될까요, 마드무아젤 덩컨?」

경찰 배지를 내미는 그녀의 자세에서 권위가 느껴지고 딱딱한 목소리는 아주 그럴듯하게 들린다.

「경찰이시라고요? 무슨 일이죠?」

「저, 그보다 먼저 영화광으로서 궁금해 그러는데, 무슨 촬영이죠?」

「루이 14세 시대에 악명을 날린 독살자 브랭빌리에 후작 부인을 소재로 만드는 역사 영화예요. 그 사건 알아요?」

「아, 아니요…….」

「그 불쌍한 여인은 애인이었던 생트크루아의 장교 고댕의 사주를 받아 아버지와 두 남동생, 그리고 여동생을 죽였어요. 두꺼비 등의 돌기에 들어 있는 독성 물질을 사용해 독살했죠. 그녀는 강제 결혼한 여성들이 남편에게서 벗어나기 위해 만든 일종의 비밀 결사 조직의 일원이기도 했어요.」

뤼시 필리피니는 심령 대화를 하던 중에 브랭빌리에 후작 부인의 떠돌이 영혼과 이미 만난 적이 있다는 얘기를 굳이 꺼내지 않는다.

「그런데 무슨 일로 오셨다고 했더라, 경위님?」

「가브리엘 웰즈의 장례식에 온 당신을 봤고 추도사도 귀 기울여 들었어요. 지금 그의 죽음이 자연사가 아닐 수도 있다는, 구체적으로 말하자면 독살일지도 모른다는 의심이 제기되고 있어요. 그래서 혹시 당신이 사건 해결에 실마리가 될 만한 단서를 가지고 있는지 알아보러 왔죠.」

「가브리엘이 살해당했다고요?」

사브리나가 경악을 금치 못한다.

「사건 수사를 위해 이 사실은 일단 비밀로 해주셨으면

해요.」

「그러니까 당신 생각에는 그게…… 나일지도 모른다? 배우와 배우의 극중 역할을 혼동하진 말아야죠.」그녀가 비아냥대듯 말한다. 「중세에는 진짜처럼 악역을 연기한 배우가 사람들 손에 죽은 일도 있었다고 들었지만, 그동안 세상이 진보하지 않았나요…….」

「용의자보다는 증인으로 당신을 심문하러 왔어요. 당신이 가브리엘 웰즈를 잘 아니까, 그와 제일 오래 사귄 사람이니까. 그래서 말인데, 혹시 그의 측근 중에 그를 죽이고 싶을 만큼 미워한 사람이 누구였을까요?」

소품 담당자가 고문 장면에 쓸 사슬을 종류별로 들고 오자 여배우는 고리가 가장 작은 걸로 고른다.

「가브리엘은 편집증 환자였어요. 아무도 자신을 이해하지 못한다고 생각하고 자신을 미워하는 사람이 많다고 믿었죠.」

「두 분이 자주 싸웠나요?」

「단 한 번도 싸우지 않았어요. 가브리엘은 갈등을 못 견디는 사람이었어요. 사귀기 시작할 때부터 〈싸우는 순간 우리는 끝이야〉 하고 말했죠. 그 메시지 하나는 확실했어요.」

「질투심이 많았나요?」

「놀랍게도 그렇지 않았어요. 내가 싫은 걸 남에게 하고 싶지 않다고 입버릇처럼 말했죠. 누가 자기를 독점하

려고 하는 걸 참을 수 없기 때문에 자기도 남에게 그러지
않는다고 했어요.」

「당신이 그를 떠난 건가요?」

「우연히 빌리 그레이엄이라는 미국 배우를 알게 됐어
요. 미국 진출이 소원이었던 내게 놓칠 수 없는 기회였죠.
그런 내 마음을 잘 알던 가브리엘이 〈당신이 그와 행복
했으면 좋겠어, 미국 진출도 잘되길 바라〉 하면서 덕담
을 건네더군요. 냉소가 아니라 그의 진심이었어요. 사실
나는 은근히 그가 질투심에 불타 한바탕 난리라도 치길
바랐는데, 그는 걱정하지 말라고 했어요. 싱겁게 헤어지
고 나니 그가 나를 정말로 사랑했는지 의문이 들더군요.
그런데, 나중에 그레이엄이 여자보다 남자에게 끌린다는
걸 알게 됐죠. 그와 잠자리 한번 못 해보고 내 미국 진출
도 결국 좌절됐어요. 지금 생각해 보면 분명히 낌새가 있
었는데…… 좀 더 세심하게 관찰하지 못한 탓이죠.」

그녀가 느닷없이 뤼시에게 윙크를 날린다.

「배우라는 직업은 특이한 사람들도 많이 만나게 될 것
같아요.」 뤼시가 다시 말을 받는다.

의상 담당자가 다가와 사브리나가 옷을 벗게 도와준
다. 잠시 후 분장사가 오더니 한참 동안 색조를 고른 끝
에 파우더를 그녀의 맑은 피부에 펴 바르기 시작한다.

「당신이 아는 가브리엘 웰즈의 다른 애인들도 많았
겠죠?」

「가브리엘은 워낙 여자를 좋아했어요. 넬로 특성이 있는 이야기를 쓰다 보니 저절로 로맨틱해진 것 같아요. 애인을 새로 사귈 때마다 흥분해서 빨리 결혼하고 아이를 낳겠다고 했어요. 그때마다 내가 상담사를 자처해 흥분을 가라앉혀 줬죠. 그는 바람둥이라기보다는 탐험가에 가까웠어요. 한번은 내가 우스갯소리로 섹스 장면을 잘 쓰려고 여자를 만나는 거 아니냐고 물었더니 그가 크게 웃으면서 틀린 말은 아니라고 하더군요. 내가 그의 여러 작품에 등장하는 걸 보면 그런 것 같아요. 백조 형사 시리즈 2권인 『백조의 밤』에 나오는 여주인공 에스메랄다가 바로 나죠. 관계 도중 여자가 자신의 성적 판타지를 얘기하는 장면은 우리 경험을 그대로 옮긴 거예요. 예전에 내가 가브리엘에게 〈자, 이제 확인해 볼까, 내가 들려주는 성적 판타지가 내 몸에 들어와 있는 당신 성기의 정력에 영향을 미치는지 안 미치는지〉 하고 말했던 걸 그대로 썼더군요.」

뤼시 필리피니는 민망해져 급히 물을 들이켜다 사레가 들린다.

「망측해라!」

「내가 말을 할 때마다 내 몸속에 들어와 있는 그의 몸에서 미세한 변화가 느껴졌어요. 이야기의 재미를 판별하는 최고의 방법을 내가 발명해 낸 셈이라고 그가 칭찬했죠! 그러다 보니 사랑을 나눌 때마다 그를 놀라게 해줄

241

보다 과감한 판타지를 상상해 내려고 애쓰게 되더군요…….」

사브리나가 이 말 끝에 뤼시를 향해 유혹적인 눈빛을 던진다. 얼굴이 새빨갛게 달아오른 뤼시가 호흡을 가다듬으려고 애를 쓴다.

「가브리엘은 소년 같았어요. 사랑을 나눌 때 항상 감격하고 어린애처럼 감사해하는 느낌을 줬죠. 그 모습이 내 모성 본능을 일깨웠어요. 작품을 쓸 때마다 특정한 여성을 떠올린다고 하더군요. 모든 창작의 동기는 결국 공작이 꼬리를 펴는 것이나 구관조가 노래를 부르는 것처럼 구애가 아니겠냐고 가브리엘은 말했죠. 자연에서의 아름다움은 다 짝짓기와 관련이 있다는 말을 자주 했죠. 꽃의 색깔이 아름다운 것은 벌을 유인해 꽃가루를 퍼뜨리기 위해서라고 말이에요. 〈우리 흔적을 시간 속에서 연장시킬 수 있는 방법은 사랑과 예술 두 가지뿐이다〉라고 그는 입버릇처럼 말했어요.」

사브리나가 빙그레 웃는다. 요란한 망치 소리가 들려온다. 고문실 세트를 설치하는 목수들의 작업이 끝나 가는 모양이다.

감독이 열린 문틈으로 얼굴을 들이민다.

「저기, 사브리나, 사슬 대신 밧줄을 쓰는 건 어때요?」

「그래요, 그것도 나쁘진 않겠네요. 너무 세게 조르지만 않으면 돼요. 내가 쉽게 자국이 나는 피부라서 스크린에 선명히게 비칠 거에요.」

「소품 담당한테 당부해 놓을게요.」

여배우가 〈형사〉를 향해 몸을 돌린다.

「우리가 어디까지 얘기했죠, 경위님?」

「가브리엘 웰즈에게 적이 많았나요?」

「별로 없었어요. 그의 분야에는 경쟁자라고 할 만한 사람이 없었죠. 그는 자신만의 영역을 개척했기 때문에 다른 사람에게 해를 끼칠 이유가 없었어요. 다른 작가의 독자를 빼앗아 온 게 아니라 전체 독자 수를 늘리는 데 기여했죠.」

「그를 비방했던 평론가 장 무아지는 예외가 아닐까요. 가브리엘 웰즈를 제거해야 한다고 사방에 떠들고 다닌 그가 혹시 생각을 행동에 옮긴 걸까요?」

「내가 가브리엘과 사귄다는 게 알려지자마자 그가 문자를 보내, 나 같은 여배우가 왜 그런 하찮은 작가에게 시간을 낭비하느냐고 했죠. 대놓고 웰즈와 헤어지고 자신에게 오라고 했어요. 답장을 하지 않아도 끈질기게 문자를 보내 나를 유혹하려고 했죠. 저돌적이라고 해야 하나…….」

「가브리엘이 죽고 나서 연락한 적이 있나요?」

「한두 번이 아니에요! 요 며칠 사이 횟수가 더 늘었죠. 스토킹으로 고소할까 생각 중이에요.」

「무아지가 살인자일 수도 있을까요?」

분장사가 가느다란 붓을 들고 여배우의 유륜을 색칠하기 시작한다. 뤼시가 황급히 시선을 돌리는 모습을 사브리나가 재미있어하며 쳐다본다.

「영화 촬영장에는 처음인가 봐요?」

「아, 네.」

「눈 감아 봐요.」

사브리나가 상반신을 일으키더니 뤼시의 입술에 입을 맞춘다.

「이런 것도 우리 직업이에요. 일체의 금기에 도전하는 거. 게다가 돈도 받죠.」

그녀가 다시 뤼시를 향해 몸을 숙이더니 이번에는 더 길게 입술을 포갠다. 분장사는 무심한 얼굴로 열심히 붓을 놀릴 뿐이다. 뤼시가 얼굴이 홍당무가 되어 거친 숨을 내뿜는다. 여배우가 흡족해하며 미소를 짓는다.

「우리가 무슨 얘기를 하고 있었더라? 아, 맞아, 무아지. 그는 행동보다는 말이 앞서는 사람이죠.」

「그럼, 누가 용의자일까요?」 뤼시가 정신을 가다듬기 위해 애를 쓰며 묻는다.

거울을 들여다보던 사브리나가 몸을 홱 돌린다.

「그의 쌍둥이 형인 토마. 토마 역시 가브리엘과 사귀는 걸 알면서도 나를 유혹했죠. 그는 동생이 가진 걸 늘 부러워했어요. 가브리엘의 명예, 돈, 성취, 즉 나까지 포함한 모든 것을.」

사브리나가 스마트폰을 꺼내 오래선 토마에게 받은 문자 메시지를 읽어 준다.

〈도저히 못 참겠어. 매일, 매시간, 매분, 매초, 당신 생각뿐이야. 당신의 침묵은 내게 가장 끔찍한 형벌이야. 가브리엘은 당신이 마땅히 받아야 할 사랑을 주지 않는 이기주의자야. 그는 자기 자신밖에 사랑하지 않아.〉

분장 담당자가 매니큐어를 꺼내더니 여배우의 발톱을 칠하기 시작한다. 조수 한 명이 다가와 그녀에게 에너지 음료를 건넨다.

「형사시니까 자기 직업을 누구보다 잘 알겠죠. 하지만 나 역시 배우로서 범죄 영화를 꽤 찍다 보니 경험을 통해 이런저런 걸 알게 됐어요. 영화 속에는 항상 등장인물 중 하나가 이런 질문을 던지는 장면이 나오죠. 이 사건으로 가장 이득을 보는 사람이 누굴까?」

「누굴 염두에 두고 있는 거죠?」

「토마 웰즈.」

잠시 후, 고문 장면을 촬영할 세트로 이동하기에 앞서 조수들이 사브리나에게 목욕 가운을 걸쳐 주고 연어 샌드위치로 간단히 요기하게 한다.

「수사가 잘되길 바랄게요. 난 이제 사지가 묶이러 가야겠어요. 그게 내 일이에요. 근무 조건이 이러니저러니 불평하는 사람들을 보면, 참!」

그녀가 뤼시를 향해 손 키스를 날린다.

「가브리엘의 죽음은 너무나 안타까운 일이에요. 그런데, 우리끼리 얘기지만 당신은 딱 그가 죽도록 사랑했을 타입이에요. 누구한테 그의 우상이었던 여배우 헤디 라마와 판박이라는 얘기 못 들었어요?」

36

헤디 라마

헤디 라마(본명은 헤트비히 에바 마리아 키슬러)는 보통 할리우드 여배우가 아니라 배우인 동시에 미래를 내다보는 과학자였다.

그녀는 1914년 오스트리아 빈에서 태어났다. 아버지는 우크라이나 출신 은행가였으며 어머니는 헝가리 출신 피아니스트였다. 유명 연출가 막스 라인하르트가 〈세계 최고의 미인〉이라고 평가한 그녀는 열여섯 되던 해에 배우의 길을 걷기 위해 집을 떠났다. 헤디 라마는 열아홉 살에 오스트리아와 체코 합작 영화인 「엑스터시」에 출연하면서 유명해졌다. 이 영화에서 남편에게 사랑받지 못해 애인을 만나는 주부 역할을 맡은 헤디 라마는 영화 역사상 최초로 전라로 오르가슴 연기를 펼쳐 화제가 되었다. 교황청에서 이 영화를 비난하고 나서자 그녀는 도리어 국제적인 명성을 얻었다. 10여 편의 영화와 연극에 출연한 뒤 그녀는 무솔리니, 히틀러와 교류하는 오스트리

아 출신의 무기상 프리드리히 만틀과 결혼했다. 4년 뒤,
억압적인 남편에게서 벗어나기로 결심한 그녀는 자신을
감시하던 하인에게 약을 먹인 후 옷을 빼앗아 입고 도망
쳤다. 그녀는 나치가 세력을 얻고 있던 유럽을 떠나 미국
으로 향한다. 그녀는 대서양을 횡단하는 여객선 노르망
디호에서 미국인 영화 제작자 루이스 B. 메이어를 만나
당시 세계 최대의 영화 제작사인 메트로 골드윈 메이어
(MGM)와 7년 독점 출연 계약을 체결했다. 그녀는 할리
우드에 정착해 당대 최고의 남자 배우였던 스펜서 트레
이시, 존 웨인, 그레고리 펙 등과 호흡을 맞추며 열다섯
편가량의 장편 영화에 출연했다. 1949년, 그녀는 성경을
소재로 한 영화 「삼손과 델릴라」에서 빅터 머추어와 호
흡을 맞추며 전성기를 구가했다. 유명 잡지들로부터 세
계 최고의 미인이라는 평을 받은 이 요염한 바람둥이는
여섯 번 결혼했고 많은 유명인들을 애인으로 삼았다. 스
튜어트 그레인저, 존 케네디, 장피에르 오몽, 하워드 휴
스, 로버트 카파, 에롤 플린, 오슨 웰스, 찰리 채플린, 클
라크 게이블, 빌리 와일더가 대표적인 그녀의 연인이었
다. 헤디 라마는 〈서른다섯 살 이하의 남자는 배워야 할
게 너무 많은데 나는 그런 남자를 가르치고 있을 시간이
없다〉, 〈애정과 독립성을 동시에 원하는 나에게 결혼은
간단한 문제가 아니다〉 등의 유명한 말을 남겼다.
1957년에 제작된 그녀의 마지막 영화 「더 피메일 애니

멀」은 대실패작이었나. 할리우드 명예의 거리에 자신의 이름을 새긴 별까지 있는 스타 여배우는 이때부터 서서히 나락으로 떨어진다. 에로틱한 회고담을 출간해 대중에게 충격을 던지고 성형에 중독되더니 급기야 절도죄로 체포되기까지 한다. 결국 그녀는 85세의 나이에 대중에게 잊혀 가난과 고독 속에 홀로 죽음을 맞는다. 그녀가 오랜 배우 활동 기간에 유일하게 받은 상은 〈골든 애플 어워드〉 중에서도 촬영장에서 성질을 부리기로 악명 높은 여배우에게 주어지는 상이었다.

그런데, 1980년대에 들어와 그때까지 군사 기밀로 분류돼 있던 그녀의 새로운 면모가 밝혀져 세간의 주목을 받았고, 죽은 그녀에게 명성을 안겨 주었다. 그녀는 1941년에 무선 조종 어뢰의 송수신기 주파수를 바꿔 적의 잠수함 공격을 피하게 하는 통신 기술을 발명했다.

군 전문가들은 처음에는 이 발명을 진지하게 여기지 않아 시험조차 해보지 않고 서랍 속에 묵혀 두었다. 냉전 시대를 맞아 쿠바 미사일 위기가 최고조에 달한 1962년에야 이 기술을 시험적으로 사용했는데, 그 결과는 대성공이었다. 1980년, 이 주파수 도약 특허가 기밀 해제되자 민간 기업들은 즉시 기술의 상용화에 나섰다. 오늘날 〈라마 기술〉은 휴대폰 통신과 GPS, 군의 암호화된 통신, 우주선과 지상 간의 통신, 와이파이에 광범위하게 적용되고 있다. 1997년 헤디 라마는 뒤늦게 미국 전자 통신

재단에서 주는 상을 받았고, 2014년에는 미국 최고의 발명가들을 선정해 회원으로 추대하는 미국 발명가 명예의 전당에 입성했다.

에드몽 웰즈,
『상대적이며 절대적인 지식의 백과사전』 제12권

37

「무슨 생각을 그렇게 골똘히 하는 거냐?」 이냐스가 옆
에서 함께 날고 있는 가브리엘에게 묻는다.

「아무리 생각해도 뤼시가 헤디 라마와 놀라울 정도로
닮았어요.」

「네가 그 여배우한테 그토록 끌리는 이유를 나는 도저
히 모르겠구나. 어느 모로 보나 메릴린 먼로나 그레타 가
르보, 그레이스 켈리만 못한 것 같은데.」

「할아버지는 금발 여자를 좋아하시잖아요, 각자 취향
이 다른 거죠. 그 얘긴 그만해요.」

「아, 딱 지금에 어울리는 근사한 농담이 하나 생각났
어. 아흔아홉 살 먹은 노부부가 이혼을 하려고 공증인을
찾아가. 그들을 보더니 공증인이 묻지. 〈이렇게 오래 기
다려서 이혼하시는 이유가 뭐예요?〉 그러자 그 부부가
대답하길…….」

「됐어요…… 죽은 뒤로는 예전만큼 농담할 정신이 아

니에요.」

「저런, 모든 걸 상대화시켜 바라볼 수 있는 최적의 시간이 바로 죽고 난 뒤인데.」

「그냥 〈지금〉 농담할 정신이 아니라고 해두죠. 제 살인 사건을 수사하는 게 최우선이니까.」

가브리엘이 한숨을 내쉬면서 뚱해 있는 할아버지의 비위를 맞춘다.

「알았어요…… 얘기하세요, 농담의 결론이 뭔지.」

「아니, 됐어, 이미 늦었어, 나 삐졌어.」

「아이참, 할아버지, 여러 말 하게 하지 마세요. 얘기하지 않고는 못 참는 거 알아요.」

「틀렸어, 참을 수 있어. 그리고 네 말이 맞아, 우린 무엇보다 임무에 집중해야지.」

「제발요. 얘기해 주세요.」

「이제 하다 만 농담의 위력을 깨달았지? 궁금해 죽겠지?」

「얼른 얘기하세요.」

「좋아, 네가 정 그렇다면……. 그 부부가 공증인에게 이렇게 대답하지. 〈아이들한테 상처를 주기 싫어서 다 죽을 때까지 기다렸어요.〉」

가브리엘은 애틋하게 할아버지를 바라본다. 농담이 할아버지를 살렸어, 농담은 할아버지보다 강해, 할아버지는 죽고 나서도 농담 덕에 살고 있는지도 몰라. 농담 덕에 이혼하지 않고 할머니를 견디며 살 수 있었던 거야. 할아버지 입에서 나오는 농담들이 진짜 이냐스 웰즈가 누구인지 말해 주고 있는 건지도 몰라.

할아버지와 손자는 두 마리 새처럼 파리 상공을 날아 리옹역에 내린다.

「9년 전 4월 13일 금요일에 리옹역에 도착한 도망자의 흔적을 어떻게 찾죠? 만만치 않겠어요.」

막막해진 가브리엘이 잔뜩 풀이 죽어 말한다.

「내가 누군지 잊고 있구나. 수사의 달인인 이냐스 웰즈 경위 아니냐. 네가 찾는 사미 다우디가 세상 이편에 있든 저편에 있든 반드시 찾아낼 거야. 할아빌 믿어.」

두 떠돌이 영혼이 역 대합실을 휘돌고 있다. 이냐스가 SNCF[10] 유니폼을 입은 직원들에게 차례로 다가간다.

「뭘 찾으시는 거예요?」

「나이 많은 알코올 중독자 직원을 찾고 있단다. 9년 전에 여기 있었다면 지금쯤 나이가 〈지긋〉하겠지. 그리고 우리가 영향을 미치려면 〈알코올 중독자〉여야 해. 전에도 설명했지만 우리는 오라에 구멍이 뚫린 사람들에게만 영향력을 행사할 수 있단다. 오라가 밀폐돼 있으면 불가능해.」

「그러면 마약 중독자도 되겠네요.」

「맞아. 하지만 마약 중독자보다는 알코올 중독자 직원

10 프랑스 전국의 철도망을 총괄하는 조직.

253

을 찾는 게 빠를 거야.」

「오라가 밀폐되지 않은 사람으로 누가 더 있어요?」

「정신 질환자, 몽유병 환자, 유체 이탈 중인 사람, 초월
명상 중인 사람이 있지. 믿어 봐, 여기선 술 마시는 직원
을 찾는 게 제일 빠를 테니.」

이냐스와 가브리엘은 리옹역의 사무실들을 샅샅이 뒤
진다. 광대뼈 주위 정맥이 파랗게 드러나고 눈은 심하게
충혈된 상태로 동공이 확대됐으며 손을 떨고 있는 직원
을 찾아 매표소 창구들을 서성거려 보지만, 그들이 찾는
사람은 눈에 띄지 않는다.

드디어 이냐스가 화장실에서 몰래 위스키를 병째로
마시는 직원을 한 명 발견한다.

「됐어, 한 명 찾았다!」 그가 손자를 향해 외친다. 「어서
이쪽으로 오렴!」

남자의 오라에 대리석 같은 검은 무늬가 생기고 군데
군데 구멍이 뚫려 있는 게 보인다.

이냐스가 구멍 하나를 통해 그의 몸으로 들어가 뇌를
만진다.

순간 남자가 딸꾹질을 하더니 눈빛이 변한다.

「뭐 하시는 거예요?」

「이 사람의 생각을 들여다보는 중이야. 운이 좋아 전
체 컴퓨터에 접근이 가능한 직원을 찾은 것 같구나. 전산
관리 담당 직원이야.」

이냐스가 남자의 뇌척수막 속으로 손가락을 쑥 집어넣는다.

남자가 뒤뚝거리며 걸어가 자신의 컴퓨터 앞에 앉더니 키보드에 접근 코드를 친다. 이냐스가 그에게 영향을 주어 사미 다우디라는 이름과 9년 전 4월 13일 날짜를 검색 엔진에 입력하게 만든다.

그 이름에 해당하는 승객이 문제의 날짜 오전 11시에 제네바행 기차표를 구입했다는 정보가 스크린에 올라온다.

「우리 대단한 애인 양반께서 여자 친구가 체포되기 바로 며칠 전에 스위스로 도망을 치셨군.」 이냐스가 짧게 말한다.

38

뤼시 필리피니가 눈꺼풀을 깜박거려 맞장구를 친다.

「사람들이 나한테 인사를 건네지 않는 이유가 궁금해
서 널 찾아왔단다.」 그녀의 앞에 있는 노인이 묻는다.

「얼마나 됐어요?」

「3일.」

「3일 전에 무슨 일이 있었죠?」

「병원에서 퇴원했어.」

「병원엔 왜 가셨어요?」

「눈 수술을 받았지. 수술이 아주 잘됐어.」

「아니, 그렇지 않아요.」

「내가 아직 병원에서 진정제를 맞고 꿈을 꾸고 있다는
거냐?」

「아니요, 돌아가셨어요.」

헐렁한 아프리카 전통 의상을 입고 안경을 쓴 남자가
당혹감을 드러낸다.

「확실하니?」

「네, 마마두. 올라가게 도와드릴까요, 아니면 혼자 가실 수 있겠어요?」

「아니, 나는…… 네가…… 미안하지만 네 말을 못 믿겠다. 농담이겠지. 요 영악한 뤼시! 자, 난 그만 집에 가야겠다, 할 일이 있어.」

노인이 상상의 외투를 걸치고 문을 여닫는 시늉을 하며 밖으로 나간다.

뤼시가 고개를 흔든다. 그녀가 흐느끼더니 이내 긴 울음을 토한다. 검은 고양이 한 마리가 다가와 뺨에 흘러내리는 눈물을 핥아 준다.

「잘 지냈어요?」 가브리엘이 조심스러워하며 주변을 맴돈다. 「혹시 내가 방해가 되지 않을까요?」

헝클어진 머리를 매만지면서 냉정함을 되찾으려고 애를 쓰는 중인 뤼시가 여전히 입술을 꾹 다물고 있다.

「세네갈 출신의 당신 은인이었던 분이죠?」

「눈 수술을 하면서 마취에 문제가 생긴 모양이에요.」

그녀가 억지로 미소를 지어 보인다.

「방금 봤죠. 자신의 상태를 즉시 깨닫지 못하는 사람이 당신 혼자가 아니에요. 아마 죽은 사람 중 3분의 1은 자기가 살아 있다고 믿을걸요.」

그녀가 어릿광대 인형을 의자에 앉혀 놓는다. 그녀와 가브리엘 사이에는 이제 익숙한 행동이다.

「3분의 1이요?」

「그들 중 대다수가 자신들은 살아 있고 우리가 죽었다고 생각하죠.」

가브리엘이 못 믿겠다는 듯 입을 삐죽 내민다.

「당연한 거예요. 우리의 〈육체적〉 상태에 관해 알려 주는 기계가 있는 게 아니니까. 저마다 〈자신의 상태〉가 살아 있는 것이라고 주관적으로 믿을 뿐이죠.」

「이런 관점에서 보면 당신 묘비에 새겨진 문구가 그럴듯해요. 많은 사람에게 실제로 해당되는 얘기죠.」

「이번과 비슷한 이유로 사자들이 당신을 찾아와 귀찮게 할 때가 많은가요?」

「지난주처럼 한밤중에 그런 일이 생기면 정말 최악이죠. 한 여자분이 새벽 4시에 찾아와 〈우리 딸과 얘기를 하고 싶어요〉라고 하더군요. 눈을 비비며 일어나 보니 주름이 자글자글한 백발의 여자가 맨발에 잠옷 차림으로 눈앞에 서 있었죠. 보자마자 조짐이 좋지 않았어요. 영혼들은 보통 서른 살 때 외모를 되찾고 차림도 깔끔하게 신경 쓰는데 그분은 달랐거든요. 이름을 물어보니 기억이 나지 않는대요. 어디 사는지 물어봐도 모른다고 했죠. 알츠하이머를 앓았던 거예요. 그 병을 앓다 죽은 사람은 기억을 회복하는 데 몇 달씩 걸리기도 해요.」

「그 말을 들으니까 생각나는데, 내 시체에서 피를 뽑으려고 병원에 갔던 날 얼굴이 없는 심령체를 몇 위 봤어요…….」

「자신의 얼굴 형태조차 기억하지 못하는 영혼들이었을 거예요.」

「머리가 바람이 들어간 풍선처럼 매끈해서 깜짝 놀랐어요.」

뤼시가 몸을 일으켜 창가로 걸어간다.

「당신 사건의 첫 번째 용의자를 만나고 왔어요.」 그녀가 갑자기 화제를 돌린다. 「사브리나 말이에요. 대단한 여자더군요! 미모도 미모지만 놀라운 캐릭터의 소유자였어요. 한때 그런 카리스마 넘치는 여자와 살았던 걸 행운으로 여겨요.」

「여배우들은 특별한 존재죠. 그들은 항상 유혹하는 자세로 살아요. 일상으로 들어가 보면 간단히 말할 수 있는 문제가 아니지만, 어쨌든 밖에서 보는 사람에게 강렬한 인상을 줄 수 있다는 건 인정해요.」

「특이한 게 한 가지 있었어요. 그녀가 독살자로 몰려 고문받는 장면을 촬영할 준비를 하고 있더군요.」

「자백을 했나요?」

「영화 속에서는 어떨지 모르겠지만 적어도 나랑 얘기할 때는 당신을 아주 좋아한다고 했어요. 한 번도 당신에게 해를 끼치겠다는 생각을 해본 적이 없대요. 은근히 당신과의 재결합을 바라는 것 같았어요. 당신을 운명의 남자로 생각하고 있더군요. 내가 당신이었으면 망설이지 않고 그런 멋진 여자와 결혼했을 거예요.」

그건 값비싼 성형 수술에 몇 시간씩 공들여 화장을 하고 머리를 매만진 결과라고, 지금의 당신이 백배 더 아름답다는 말을 하려던 가브리엘은 그 말을 목구멍으로 꿀꺽 삼킨다.

「그녀는 당신 형을 의심하고 있어요.」

「그게 사실이에요?」

「자기를 비롯해 당신이 가진 모든 걸 토마가 질투했다고 사브리나가 말했어요.」

고양이들이 그녀의 장딴지에 대고 몸을 비비며 애교를 부린다. 가브리엘은 문득 고양이 털을 쓰다듬을 때의 감촉이 몹시 그리워진다.

「자기가 떠났으면서, 내가 다른 여자를 만나 행복한 걸 알더니 사브리나가 다시 돌아오겠다고 했죠.」

「나와는 다르네요.」 뤼시가 그의 말을 자른다. 「나한테 사랑은 사미 하나뿐이에요. 이건 절대 변하지 않을 거예요. 물론 당신 눈에는 내가 외롭게 보이겠죠, 사미와의 추억에 매여 있는 게 어리석게도 보일 테고…….」

그는 굳이 대답하지 않는다. 한참 정적이 흐르고 나서야 뤼시가 다시 입을 연다.

「이상한 일이죠? 진정한 영매들은 정상적인 삶을 살수 없는 것 같아요. 사자와 소통하는 내 동료들은 대개가 사회 부적응자들이에요. 나처럼 고양이와 함께 독신으로 살거나 시골에서 고립된 생활을 하죠. 적극적인 성생활을 하는 사람도 드물어요. 죽은 자들과 접속하는 데 에너지를 모두 쓰다 보니 산 자들과 접속할 에너지가 모자라는 것처럼 말이에요.」

「그 말을 들으니 어릴 때 읽었던 동화가 생각나네요. 왜, 안데르센의 〈인어 공주〉를 보면 남자를 사랑하게 되면서 공주가 자신의 능력을 잃어버리잖아요.」

「그래서 내가 다른 남자를 만날 생각을 한 번도 하지 않았나 봐요. 그건 그렇고, 당신 수사는 어떻게 돼가요?」

「다우디 말이에요? 흔적을 찾았어요. 그는 제네바로 갔어요. 내일 우리가 거기로 가서 수사를 펼칠 생각이에요.」

「〈우리〉라뇨?」

「할아버지와 같이 수사를 벌이고 있거든요.」

그녀가 어깨를 으쓱 추어올린다.

「그 농담 제조기 양반 말인가요? 성공만 한다면 누구랑 수사하든 상관없어요, 당신 마음대로 해요.」

어느새 밤이 깊었다. 정화를 마친 뒤 20여 분 명상을 한 뤼시가 잠자리에 들 준비를 한다.

「잘 자요, 가브리엘.」

「잘 자요, 뤼시.」

고양이 한 마리가 갸르릉거리기 시작한다. 뤼시가 팔꿈치를 괴고 몸을 일으키며 말한다.

「자는 동안 날 몰래 훔쳐보지 말아요.」

「그걸 어떻게 알았어요?」

「고양이들이 보초를 서고 있잖아요. 그들은 당신을 본다는 걸 잊지 말아요.」

가브리엘이 침대 위로 솟구치더니 마치 오페라 댄서처럼 빙그르르 한 바퀴 돌고 나서 지붕을 통과해 밖으로 나간다. 그는 양팔을 활짝 펼쳐 도시 상공을 유영하면서 문득 행복감에 젖는다. 이 짧은 순간만은 누가 자신을 죽였을까 하는 질문이 그를 괴롭히지 않는다.

대신 궁금증에 마음이 달뜬다. 대체 우주는 어떤 비밀스러운 장치에 의해 작동하고 있는 걸까…….

39

가브리엘 웰즈는 불로뉴 숲 폭포에 내려선다. 물을 쏘아 올리는 동굴을 향해 다가가려는 순간, 그의 존재를 감지한 박쥐들이 부드러운 날개를 퍼덕이며 일제히 하늘로 날아오른다.

멀리 심령체들이 보이지만 그는 다가가지 않는다.

「헤이, 달링, 같이 산책할까? 혹시 사랑을 찾는 중이야?」 뒤통수 쪽에서 강한 브라질 악센트가 들려온다.

가브리엘이 소스라치며 몸을 돌리자 목이 깊게 팬 옷을 입은 크로스드레서가 서 있다. 옛날에 일할 때 입던 옷을 떠돌이 영혼이 돼서도 계속 입고 있는 모양이다.

「내가 죽은 사연 좀 들어 볼래? 1999년 12월 26일, 눈폭풍이 온 날이었어. 그날도 일을 하다가 그만 내 위로 쓰러지는 나무에 깔리고 말았어. 구조대원들이 도착했을 때는 나무 밖으로 핸드백을 든 손과 다리만 겨우 나와 있었지.」

그녀가 이를 드러내며 시원스럽게 웃는다.

사람들이 스스로 만든 자신의 신화에서 벗어나지 못한다는 건 익히 알고 있었지만 그 신화의 영속을 위해 죽어서도 청중을 찾는 줄은 미처 몰랐던 가브리엘은 애틋한 표정으로 그녀의 말에 귀를 기울인다.

얘기를 들어 줄 영혼이 나타난 걸 본 다른 브라질 출신 크로스드레서들이 반갑게 달려와 저마다 사연을 털어놓는다.

「난 포주한테 뺨을 맞다 뒤로 자빠져 돌에 머리를 부딪쳤잖아.」

「난 성형외과 의사가 소독하지 않은 기구를 쓰는 바람에 감염이 됐어.」

가브리엘은 그들을 보며 권태야말로 떠돌이 영혼들에게 가장 큰 고통일지도 모른다는 생각을 한다. 할 일 없이 빈둥거리다 보면 지나간 일만 되씹게 돼 있지. 그러다 보면 당연히 자신이 살아온 얘기를 보듬어 꾸미고 멋지게 부풀려 가공하는 게 중요해질 수밖에.

그는 불로뉴 숲을 뒤로하고 북쪽을 향해 날아올라 페르 라셰즈 묘지에 있는 자신의 무덤을 찾아간다.

그는 묘석에 내려앉아 자신의 묘비에 새겨진 문구를 다시 새겨 읽으면서 생각에 잠긴다. 〈이보다 더한 자조가 있을까.〉

내 평생이 자조가 아니었을까.

단 하나 쓸 만한 유머가 있다면 그건 바로 자기 자신에 대한 비웃음일지도 몰라. 하지만 자신에게 닥치는 일을 무조건 비극으로 받아들이는 인간에게 이건 결코 쉬운 일이 아니지. 그래, 삶은 한 편의 희극에 불과할지도 몰라. 아니, 그것까지도 아닐 거야, 삶은 그냥저냥 맥 빠지지 않게 끝나는 한마디 농담에 불과할지도 몰라. 대단원?

그는 관 속에 들어가 아직 거의 훼손되지 않은 자신의 육신을 바라본다. 매장 직전에 수지 성분을 신경 계통에 넣어 방부 처리를 한 덕에 그의 몸은 본래 형체를 그대로 간직하고 있다. 벌레나 세균, 심지어 곰팡이조차 보이지 않는다.

이 육신이 전부인 줄 알았으니…….

산 자들에게 소리쳐 경고해 주고 싶다. 〈당신들은 정신을 가진 육체가 아니라 육체를 가진 정신이다.〉

이 생각을 떠올리는 순간 그의 얼굴에 희미한 미소가 번진다. 그에게는 명명백백한 의미를 지닌 이 문장이 남들에게는 수수께끼처럼 다가오겠지.

생각이 널을 뛴다. 〈지금 내가 《단지》 가브리엘 웰즈에 그치는 것이 아니라면, 그렇다면 대체 나는 누구란 말인가?〉

그는 관에서 나와 뤼시가 하던 동작을 기억해 명상 자세를 취한다.

생각이 가지를 뻗기 시작한다.

내 작품은 내 죽음을 초월해 살아남아야 한다.

형이 내 마지막 소설의 원고를 폐기한 이유를 알아내야 한다.

누가 날 죽였는지 밝혀내야 한다.

불현듯 자기 연민에 휩싸이지만 그는 이내 마음을 다잡는다.

이 모든 건 필연이었을 거야. 이 모든 것에는 반드시 의미가 있을 거야. 스스로에게 측은지심을 느껴선 안 돼. 이런, 가브리엘, 약해져선 안 돼, 네가 누구였는지 똑똑히 기억하라고!

하지만 엉뚱한 생각이 대답으로 돌아온다.

나는 더 이상 아무것도 아니야.

이때 이냐스 웰즈가 나타나더니 자신의 시체에 다가가 잠시 묵념한다. 그의 시신은 가브리엘의 것에 비해 보존 상태가 썩 좋지 않다.

「산 자들이 거의 찾지 않는 평범한 묘지에 묻혔으면 어쩔 뻔했니. 페르 라셰즈는 최고로 멋진 곳이야. 그렇게 생각하지 않니? 이웃이 얼마나 좋은지 모른단다. 따라오렴.」

그가 손자를 위해 관광 가이드를 자처한다.

「여기가 밴드 도어스의 보컬이었던 짐 모리슨의 무덤이란다. 방문객이 가장 많지. 팬들이 수시로 다른 무덤들에서 해골을 꺼내 이 무덤에 갖다 놨어. 죽어서도 그를 대석할 자가 없다는 뜻으로 말이야. 혹시 네 무덤에도 그런 짓을 할까 봐 걱정할 필요는 없단다. 얼마 전에 감시 카메라가 설치됐거든.」

「그는 지금 주변에 없어요?」

「얼굴을 보기가 힘들어. 콘서트를 구경 다니느라 늘 바쁘더구나. 특히 하드 록을 좋아한대. 한때는 너바나에 푹 빠져 있더니 요즘은 반 헤일런에 미쳐 있는 것 같더라.」

이냐스가 가브리엘을 조금 떨어진 무덤으로 데리고 간다.

「여긴 프랑스 심령술의 창시자인 알랑 카르데크의 무덤이란다. 보다시피 짐 모리슨 다음으로 방문객들이 많이 찾는 무덤이지. 꽃이 떨어질 때가 없어.」

「그는 만나 볼 수 있어요?」

「지금 브라질에 가 있어. 그야말로 그를 숭배하는 나라지. 떠돌이 영혼들이 대부분 그렇듯 그도 자기를 가장 잘 기억해 주는 곳에서 지내.」

이번에는 이냐스가 언론인 빅토르 누아르의 무덤을 가리키며 설명을 단다.

「페르 라셰즈를 통틀어 사후에도 성기가 발기 상태인 청동 조각이 있는 곳은 이 무덤뿐이란다. 봐, 거기가 닳아 반들반들하지. 여자들이 몰래 앉아 몸을 비벼 대니까 이렇게 된 거야. 마침 저기 한 명 오네.」

모자와 베일로 얼굴을 가린 여자가 다가오더니 그의 무덤에 앉아 성교를 흉내 낸다.

「저러면 임신이 된다는구나.」

이냐스가 그를 유명 작가들의 무덤으로 안내한다. 장 드 라퐁텐, 몰리에르, 오노레 드 발자크, 알프레드 드 뮈세, 마르셀 프루스트, 오스카 와일드.

「작가한테 이보다 이상적인 이웃들이 더 있을까…….」

이때, 도발적인 모습의 짐 모리슨이 외양과 어울리게 입을 비죽거리면서 나타난다. 그들을 보더니 어깨를 으쓱한다. 그가 자신의 무덤을 향해 걸어가더니 인상을 찡그리면서 근처에 있는 감시 카메라를 향해 혀를 쏙 내밀고는 상상 속의 기타를 잡고 「디 엔드」를 부르기 시작한다.

이냐스는 자신과 손자 둘만을 위한 즉흥 콘서트에 감동한 표정이 역력하다. 하지만 함께 노래를 듣는 가브리엘은 우수에 잠겨 있다.

「네 마지막에 대한 생각을 아직 떨쳐 버리지 못했니?」 할아버지가 손자에게 묻는다.

「할아버지라면 안 그러시겠어요? 참, 〈여자를 찾아라〉 외에 혹시 도움이 될 만한 다른 루머는 못 들으셨어요?」

「루머 말고 추가 정보가 하나 있단다. 직감도 있고.」

「말씀해 보세요.」

「네 형 말이야…… 너희가 어릴 때 죽은 사람과 얘기

할 수 있는 기계를 만들려고 했던 거 기억나니? 이름이
뭐였더라?」

「네크로폰이요.」

「그래, 이 사건과 연관이 있는지는 모르겠지만 수사하
다 보니 토마가 1년 전부터 그 기계를 진짜로 만들고 있
더구나. 마치 말이야…… 이건 좀 확대 해석일 수도 있는
데…… 그 기계를 테스트할 기회가 조만간 오리라는 걸
아는 사람처럼 말이야.」

「뤼시한테 전할게요. 토마를 심문해 봐야겠네요.」

「사미 다우디에 대한 정보부터 먼저 알려 주렴. 지금
제네바 현지답사를 다녀오는 길이야. 거기서 쉽게 그의
흔적을 찾을 수 있을 것 같아.」

할아버지와 손자는 파리 남동쪽을 향해 날아오른다.
가브리엘은 쌍둥이 형 토마를 떠올린다. 예전에 둘이 서
로를 얼마나 좋아했는지, 그러다 또 얼마나 원수처럼 미
워하게 됐는지를. 둘 사이에는 늘 지적인 상호 작용이 있
었다는 것을. 서로 다르지만 상호 보완적인 관계였다는
것을.

〈토마가 오로지 과학 실험을 하기 위해 나를 죽였을
수도 있을까?〉

순간 기괴한 생각이 그의 뇌리를 스친다.

〈마침내 나와 진정한 대화를 하기 위해?〉

40

죽은 사람을 소생시키는 과학자

볼로냐의 물리학 교수였던 조반니 알디니는 과학의 힘으로 죽은 사람을 소생시키려고 시도한 여러 과학자 중 한 명이었다. 그는 다리 신경에 전기를 흘려보내 개구리를 움직이는 실험을 한 뒤 이를 바탕으로 1780년에 갈바노미터를 발명한 루이지 갈바니의 조카였다.

전기가 보편적인 생명 에너지라는 믿음을 가진 알디니는 전기를 이용해 시체를 소생시키는 실험을 하기로 마음먹었다.

그는 유럽의 궁정들을 돌면서 놀라운 소생 시연을 펼쳐 오스트리아 황제로부터 철관 훈장을 받았고, 여러 유수의 과학 아카데미에 회원으로 임명되기도 했다.

1803년 1월 18일, 알디니는 런던 왕립 의과 대학의 저명한 회원들이 지켜보는 가운데 소생 실험을 펼쳐 더욱더 유명해졌다. 그는 아내와 자식을 살해해 사형 선고를 받고 뉴게이트 교도소에서 교수형이 집행된 26세의 조지 포스터를 실험 대상으로 삼았다. 포스터의 시신은 알디니의 실험 장소로 옮겨졌다.

알디니가 동료 과학자들 앞에서 시체의 손에 전극을 붙인 다음 전기 충격을 가하자 시체가 눈을 번쩍 뜨면서 입을 벌렸다. 두려움에 휩싸인 관객들 중에는 토하거나 기절하는 사람들도 나왔다.

좌중을 공포로 몰아넣었다는 사실에 흡족해하며 알디니는 결정적 쐐기를 박았다. 그는 포스터의 귀와 직장에 전극을 연결하고 전압을 높여 다시 전기를 흘려보냈다. 그러자 시체가 마치 관절 인형처럼 사지를 움직이기 시작했고, 경악한 영국 과학자들 사이에서 박수갈채가 터져 나왔다. 이 시연은 영국 소설가 메리 셸리에게 영감을 주어 『프랑켄슈타인』을 탄생시키게 했다.

주: 프랑켄슈타인은 또 다른 과학자이자 의사였던 요한 콘라트 디펠한테서 아이디어를 얻어 만들어진 인물이다. 요한 콘라트 디펠은 1673년 독일 다름슈타트 인근의 프랑켄슈타인 성에서 태어났다. 그는 젊어서 프러시안 블루, 간질을 치료하는 프랑켄슈타인 오일, 촌충 치료제 등 여러 놀라운 발견을 했고 의학, 화학, 생물학에 걸쳐 70권에 이르는 저서를 집필하기도 했다. 하지만 개신교를 맹렬히 비난했기 때문에 이단으로 취급돼 투옥되었다. 그는 교도소에서 나온 뒤 연금술에 눈을 돌렸고, 죽

은 사람의 영혼을 다른 몸에 이식하는 실험을 하며 여생을 보냈다. 그러나 수년간의 실험에도 불구하고 단 한 번도 성공을 입증하지 못했다. 그는 135세까지 살 수 있는 생명의 묘약을 찾아냈다고 주장했지만, 이런 발표를 한 지 1년 뒤 60세라는 평범한 나이에 세상을 떠났다.

에드몽 웰즈,
『상대적이며 절대적인 지식의 백과사전』제12권

41

생각에 잠긴 프랑스 철학자 르네 데카르트의 거대한 입상이 파동 물리학 연구소(LPO) 입구에서 방문객을 맞는다. 아래쪽 명판에는 그의 유명한 경구인 〈나는 생각한다, 고로 존재한다〉가 쓰여 있다.

뤼시 필리피니는 파리 〈합리주의〉 과학의 산실에서 이 문구를 만났다는 사실이 여간 재미있는 게 아니다. 명판 밑에 깨알 같은 글씨로 낙서가 휘갈겨져 있다. 〈나는 생각하지 않는다, 고로 존재한다.〉[11]

그녀는 위조 경찰 신분증을 제시해 첫 번째 신분 확인 절차를 무사히 통과한다. 그런 다음 한눈에 봐도 보안이 철저한 사무실 한 곳으로 들어가 토마 웰즈를 찾아왔다고 말한다. 웰즈는 연구실에서 회색 가운 차림으로 뤼시

11 〈나는 생각한다, 고로 존재한다*Je pense donc je suis*〉에서 동사 〈생각하다*penser*〉에 부정의 접두사를 붙여 만든 말장난. 이렇게 만들어진 〈생각하지 않는다*dé-penser*〉는 〈소비하다*dépenser*〉라는 동사로 읽힐 수도 있다.

를 맞는다. 옷가슴 주머니에 꽂힌 여러 자루의 볼펜이 뤼시의 눈길을 끈다.

「또 당신이에요? 경찰이 왔다고 했는데. 자, 결정해요, 당신은 영매인가요 아니면 경찰인가요? 둘 다 아닐 수도 있겠지만.」

뤼시가 자리부터 찾아 앉는다.

「당신이 화장 절차를 밟지 않은 건 천만다행이에요.」 그녀가 말문을 연다. 「당신 쌍둥이 동생은 성분이 복잡하고 사용이 까다로운 복합 물질로 독살됐어요. 살인자가 화학에 조예가 깊다는 증거죠.」

「아직 내 질문에 대답하지 않았어요. 당신은 경찰인가요, 영매인가요?」

「나는 가브리엘의 죽음에 대한 진실을 알고 싶은 사람이에요.」 뤼시는 조금도 위축되는 기색이 없다. 「내 직업이 뭔지가 당신한테 왜 중요하죠?」

그녀가 혈액 검사 결과가 적힌 종이를 내민다.

「당신이 죽였어요?」

「**내가? 가브리엘을 죽여요?** 내가 꿈에서라도 그런 생각을 할 수 있다고 믿는 거예요? 다른 사람도 아닌 내 동생을!」

「당신은 부검을 거부하고 화장을 고집했어요. 게다가 그의 마지막 원고를 폐기까지 했죠……. 용의자로 지목하기에 충분해요. 늘 형제 사이가 좋지 않았고 서로 질투심과 석대삼을 삿고 있었다는 여러 사람의 증언은 굳이 덧붙일 필요도 없고요.」

토마 웰즈가 어이없다는 표정으로 뤼시를 쳐다보더니 웃음을 터뜨린다.

「누가 그런 소리를 하던가요?」

「내 나름의 수사를 통해 내린 결론이에요.」

「저승에서요?」

그녀는 대답할 필요를 느끼지 않는다. 토마 웰즈가 생각을 모으려는 듯 숨을 크게 들이쉰다.

「가브리엘이 독살됐다고 지금 진지하게 얘기하는 거예요?」

그녀는 크로스가 치명적인 독약 성분이라고 설명해 준 화학식을 가리킨다. 토마의 눈길이 뤼시가 내민 서류의 상단에 찍혀 있는 연구소 이름으로 향한다.

「크로스? 분석을 한 사람이 가브리엘의 친구인 블라디미르라고요? 좋아요. 그렇다 칩시다. 살해됐을 가능성이 있다고 칩시다.」

「이 독약이 인체에 작용하는 데 24시간이 걸린다고 해요. 그러니까 가브리엘의 죽음을 부른 살인 행위는 그가 죽기 전날 있었던 거죠. 바로 당신 생일날. 그날 저녁 당신은 가브리엘이 사용한 접시와 잔에서 가까운 위치에 여러 번 있었어요.」

「정말로 나라고 믿는 모양이군요!」

뤼시의 얘기가 길어질 것으로 보이자 토마가 수화기를 들더니 비서에게 최소한 30분 동안은 방해하지 말라고 부탁한다.

「마드무아젤 필리피니.」그가 한결 차분해진 목소리로 말을 건넨다. 「내가 어떤 사람인지 당신이 알기는 해요?」

뤼시가 대답 대신 평소 버릇처럼 나지막한 한숨을 내뱉는다. 그녀가 의자에 깊숙이 몸을 파묻으며 경청할 자세를 취한다.

42

　물리학을 향한 내 열정은 일곱 살 되던 해, 어느 휴가
지에서 물수제비를 뜨다가 발견한 거예요.

　심심하고 지루해서 강에 돌멩이를 던지며 놀고 있었
는데, 어느 순간 각도가 빗나갔는지 돌이 튀지 않고 물속
으로 가라앉더군요. 돌멩이가 수면에서 멀어지면서 동심
원이 만들어졌어요. 나는 돌이 물과 닿은 자리에서 시작
해 점차 물결이 퍼져 나가는 모양을 한참 동안 넋을 놓고
바라봤죠. 조금 이따 돌멩이 두 개를 동시에 던졌더니 물
결 파동이 서로 만나면서 간섭을 일으키더군요.

　마치 계시의 순간 같았죠. 이때부터 나는 파동에 매료
됐어요. 시간이 지나면서 물에서 빛으로, 그리고 소리로
관심을 넓혀 갔죠. 내가 물에 돌멩이를 던지고 나서 본
것처럼 모든 것은 파동이에요.

　파동에 대한 내 흥미를 공유하고 싶었지만 몽상에 젖
어 있던 동생과는 쉽지 않았어요. 나는 가브리엘의 선생

님들이 생활 기록부에 적은 〈몽상가 기질이 강한 학생〉이라는 표현이 딱 맞는다고 생각해요. 가브리엘과 나 사이는, 글쎄, 어떻게 표현하면 좋을까? 서로 다르지만 상호 보완적인 관계였어요. 그가 바람을 맞으며 공중에서 휘도는 깃털에 가까웠다면 나는 대지에 깊이 뿌리내린 사람이었죠. 그가 산만하다면 나는 초지일관하는 성격이었어요. 어릴 때는 둘도 없는 친구 사이였다가 어른이 되면서 각자의 길을 가게 됐죠. 의견이 달라 수시로 싸우긴 했지만 그래도 우린 여전히 떼려야 뗄 수 없는 사이였어요.

당신도 알다시피 가브리엘은 미국 여배우 헤디 라마를 흠모했어요. 미모 때문이었죠. 반면 나는 그녀의 지적 능력을 높이 샀어요. 혹시 헤디 라마가 파동을 이용한 미사일 유도 시스템을 발명했다는 사실 알아요? 그녀의 발명에서 영감을 얻어 나도 어릴 때 비슷한 기계를 만든 적이 있죠.

나는 크고 작은 모든 파동을 감지할 수 있는 기계를 발명하고자 하는 야망이 있어요. 우리 눈은 지극히 제한적인 빛 파동밖에 잡지 못해요. 가령 자외선이나 적외선은 잡을 수 없죠. 반면 고양이 같은 동물은 우리보다 두 배 많은 파동을 잡을 수 있어요. 소리도 마찬가지예요. 우리는 초저주파나 초음파는 잡지 못하죠. 우리 인간들은 이렇듯 좁은 창문을 통해 세계를 지각하면서도 우리의 지각 범위에 들어오는 것만이 중요한 파동들이라고 단정 짓고 있죠.

나는 파동이 세계에 대한 우리의 지각을 넓혀 준다고 믿고 있어요. 우리는 새로운 감각들을 발견해야 해요. 짐 모리슨이 밴드의 이름을 도어스라고 짓는 데 영향을 미친 올더스 헉슬리의 표현처럼 〈인식의 문〉을 열어야 해요. 나는 우리에게 지금은 없는 무수한 정보를 미래에 어떻게 지각할 수 있는지 상상하곤 해요. 요새 나는 군의 재정 지원을 받아 우주 파동과 유사한 큰 파동들을 연구하고 있어요. 잠수함에 메시지를 보내는 데 필요한 기술을 개발하기 위한 목적이죠. 돈과 명예를 좇은 동생과 달리 나는 파동 외에는 관심이 없어요. 한때 우리가 같은 흥미를 가졌던 적도 있죠. 내가 파동에 미쳐 있는 걸 안 가브리엘이 〈독서 쾌감 탐지기〉를 만들어 달라고 한 적이 있어요. 어렵게 시제품을 만들기도 했죠. 독서 중인 사람의 정맥에 연결해 기분이 좋을 때 생성되는 호르몬인 엔도르핀의 변화를 측정하는 기계였어요.

가브리엘은 열댓 명의 대학생에게 내 기계를 시험했어요. 그 실험 결과에 관심이 있는 사람은 아마 가브리엘뿐이었을 거예요. 사람들이 보통 어려운 소설을 읽을 때 자부심을 느끼고, 쉬운 소설을 즐겁게 읽었다고 얘기하는 걸 부끄러워하기 때문에 결코 간단한 실험이 아니라고 내가 얘기해 줬죠. 각종 문학상들이 세간의 주목을 받고 장르 문학은 무시되는 현상도 그것과 무관하지 않다고. 나부터도 추리 소설이나 SF 소설을 읽으면 재밌는 걸 알지만 시간 낭비라고 여겨 피하게 되거든요. 그 시간에 과학 관련 저술이나 읽지, 하면서 말이에요.

우리 형제는 서로에게 자극이 되는 관계였어요. 내가 가브리엘한테 〈주인공이 장내 미생물인 이야기를 써 봐!〉 하고 도전 과제를 던지면 그는 〈악취를 감지하는 기계를 만들 수 있겠어?〉 하고 받아쳤죠.

내가 가이드라인을 주면 가브리엘이 단편을 쓰고, 또 나는 그가 요구한 시제품을 열심히 만들었어요. 우리는 과학과 숫자, 현실을 처리하는 좌뇌와 문학과 상상력을 좌우하는 우뇌의 관계처럼 서로 다르지만 상호 보완적이었죠.

학교에서는 물론 내가 유리했어요. 학교 제도는 몽상가들을 육성하는 곳이 아니니까. 가브리엘은 내성적이고 소심한 성격 때문에 친구가 별로 없고 여자 친구는 더더욱 없었어요. 하지만 자신만의 자리를 찾아 운동장의 인기 있는 〈이야기꾼〉이 되었죠. 나는 그의 변신을 곁에서 지켜봤어요. 가브리엘은 마치 땅에서는 주저주저하면서 어설프게 움직이다가 날개를 펼치며 날아오르는 순간 익숙한 듯 우아하게 공중을 선회하는 한 마리의 앨버트로스 같았죠. 그렇게 활공하는 가브리엘을 우리 가족 모두가 격려해 줬어요.

그때부터 벌써 가브리엘을 싫어하는 사람들이 있었죠. 특히 교사 몇몇은 괴물, 뱀파이어, 외계인, 좀비 등이 등장하는 가브리엘의 이야기를 끔찍하다고 싫어했어요. 가브리엘 때문에 심기가 불편해진 사람도 많았죠. 〈헛소리하는 녀석〉을 두들겨 패주겠다고 달려드는 학교 깡패들이나 무지막지한 녀석들이 한둘이 아니었어요. 내가 번번이 동생을 지켜 주진 못했어요. 어떤 때 뒤늦게 달려가 보면 녀석이 흠씬 두들겨 맞고 뻗어 있었죠. 돌이켜 보면, 타고난 성격 탓도 있지만 그런 어릴 적 경험 때문에 가브리엘의 편집증이 더 심해진 것 같아요. 물론 그 경험 덕에 창의적인 사람이 된 것도 사실이지만. 어쨌든 가브리엘은 편집증 때문에 상상 속에서 출구를 찾아야 했고, 그게 그가 쓴 소설의 자양분이 되었죠. 가브리엘은 늘 다른 사람들이 자기를 이해하지 못한다고 생각해 이해받지 못하는 사람들의 이야기를 쓰고 싶어 했어요. 아마도 독자들은 그런 그의 주인공들에게 동질감을 느꼈을 거예요.

기자 시절에 가브리엘은 내게 취재 내용을 많이 들려줬어요. 나는 그때마다 그 내용을 바탕으로 소설을 써보라고 권했어요. 취재한 내용을 기사로 내보낼 수 없다면 허구의 이야기로 세상에 알려 보라고 했죠. 편협한 사고를 지닌 편집장 밑에서 기자로 근근이 살아가지 말고 전업 작가가 되어 보라고 제일 먼저 권유한 게 나예요. 진실은 소설 속에 존재하고 거짓은 신문 속에 존재한다는 사실이 최고의 역설이 아니겠냐고 나는 늘 말했죠. 나는 동생을 격려해 주고 정보도 많이 제공해 줬어요. 그래서 백조 형사 시리즈에는 내 연구 결과와 우리가 나눈 대화 내용이 많이 등장하죠. 가브리엘이 『죽은 자들』을 쓰고 싶다고 할 때 내가 적극적으로 말렸어요. 해리 후디니와 코넌 도일 얘기가 생각났거든요. 셜록 홈스를 창조한 도일과 뛰어난 마술사였던 후디니는 원래 절친한 친구 사이였어요. 그런데 도일이 테이블 터닝 같은 심령술에 매료되고 후디니는 심령술 사기를 고발하는 일에 팔을 걷어붙이면서 사이가 틀어져 결국은 철천지원수가 됐죠. 나는 가브리엘에게서 코넌 도일을, 그리고 나 자신에게서는 해리 후디니를 보았던 거예요.

『죽은 자들』은 내 예상대로 실패했어요. 하지만 동생은 조금 더 진지한 소설을 써야겠다는 교훈을 얻기는커녕 자신이 언론의 몰이해의 피해자라고 생각하더군요. 병적인 편집증 때문에 냉정한 사고가 불가능했던 거예요. 우리는 그때부터 소원해져 몇 년 동안 얼굴도 보지 않았어요. 하지만 우리는 언제나 연결돼 있었어요. 나는 그의 성공을 내 성공으로 여겼죠. 우리 사이는 가끔씩 사랑싸움을 하는 부부 같았어요. 싸우면서도 나는 동생을 사랑하지 않은 적이 없어요. 가브리엘이 죽었다는 소식을 들었을 때 처음에는 믿지 않았어요. 건강의 적신호가 켜졌거나 최악의 경우 뇌졸중일 거라고 생각했죠. 살릴 수 있다고 믿었어요. 그런데 냉동 서랍에 든 동생을 눈으로 확인하는 순간, 억장이 무너졌어요. 동생이 죽고 난 후 나는 스스로 불완전한 존재라는 느낌을 떨칠 수가 없어요. 매 순간 동생을 생각해요. 당신 주장처럼 가브리엘이 살해된 게 사실이라면 내가 제일 먼저 발 벗고 나서 당신을 돕겠어요. 〈내게〉 그런 짓을 한 인간 같지도 않은 놈이 누군지 꼭 밝혀내겠어요.

뤼시가 상대를 뚫어지게 쳐다본다.

「아직 대답해 주지 않았어요. 부검을 못 하게 한 이유가 뭐죠?」

「내가 그의 장례식에서 했던 왼팔의 비유를 다시 들자면, 살아 있는 내 몸의 일부 같았던 게 난도질당하는 게 싫었어요.」

「그렇다면 왜 화장을 하려고 한 거죠?」

「그의 죽음을 돌이킬 수 없다는 걸 인식하는 순간, 그가 사라졌으면 좋겠다는 생각이 들었어요. 합리적으로 설명하기는 불가능해요. 다만 그때 내가 했던 생각은, 내 몸의 연장인 그가 땅속 2미터 아래 관에서 썩는 게 싫다는 것뿐이었어요.」

「그런데 뭐가 당신 생각을 바꾸게 했죠?」

토마가 무슨 말을 하려는 듯 입술을 달싹이더니 몸을 일으켜 찻잔을 들고 온다.

「현미 녹차 좀 드릴까요? 제아무리 합리주의자라도 꿈은 꾸죠. 이상하게 들리겠지만 꿈에 중요한 의미를 부여하기도 해요. 가브리엘이 사망하던 날 밤에 꿈에서 그와 얘기했다는 느낌을 받았어요. 그가 무슨 말을 했을까요?」

「자신을 화장하지 말라고요?」

「그뿐만이 아니에요. 『천 살 인간』을 탈고했는데 전혀 마음에 들지 않는다고 했어요. 그러더니 자기 컴퓨터에서 원본 파일을 찾아 삭제하고 복사본 파일도 폐기하라면서 방법을 일러 주더군요. 알렉상드르 드 빌랑브뢰즈야 당연히 가브리엘의 미발표 원고로 돈 벌 궁리를 하겠지만, 나는 사후에도 그의 작품 세계의 일관성이 유지되길 바랐어요. 생텍쥐페리의 미완성 유작인 『성채』가 편집자의 돈벌이 수단으로 전락해 아무렇게나 출간된 나쁜 선례를 알고 있으니까요. 사랑하는 동생의 유지를 받들기 위해 내가 최선이라고 생각하는 선택을 한 거예요.」

「그 원고를 읽어 봤어요?」

「아니요. 초고는 만족스럽지 않아 완전히 폐기했다고 들었어요. 가브리엘은 두 번째 버전에 대해선 더욱 회의적이었죠. 내가 새 소설에 필요한 자료 조사를 함께 했었기 때문에 그 심정을 이해할 수 있어요. 가브리엘한테 내가 이집트의 땅속에 사는 벌거숭이두더지쥐 얘기를 해줬었죠. 여왕을 중심으로 군집을 이루어 사는 이 벌거숭이두더지쥐는 어떤 질병에도 대항할 수 있는 면역력을 지니고 있고 암에도 걸리지 않아요. 비슷한 다른 포유류보다 수명이 열 배는 길죠.」

뤼시가 열심히 수첩에 정보를 받아 적는다.

「과학적 연구 성과를 SF에 접목하는 게 『천 살 인간』 집필을 시작한 가브리엘의 비밀스러운 의도였죠. 나는 동생한테 멕시코 도롱뇽인 아홀로틀 얘기도 해줬어요. 이 도롱뇽은 뇌를 비롯한 몸의 모든 부위가 재생 능력을 갖고 있죠.」

「아홀로틀? 어떻게 쓰죠?」

토마가 철자를 불러 주고 나서 다시 말끝을 단다.

「내가 『천 살 인간』을 위해 가브리엘한테 준 세 번째이자 마지막 과학 정보는 갈라파고스거북이에 관한 것이었어요. 갈라파고스거북이는 늙지 않는 특성이 있죠. 외부의 공격을 받아야만 죽어요.」

「뒷북치는 소리 같지만 흥미진진하게 들리네요. 읽어 봤으면 좋았을 텐데.」

「서사의 완성도가 떨어지는 게 문제였어요. 가브리엘이 소재에 압도당했던 거죠. 아니면 내가 준 자료에 빠져 허우적거렸거나. 내가 던져 준 세 개의 아이디어를 가지고 가브리엘은 뜨거운 불 앞에 선 사람처럼 곤혹스러워했죠. 평소에 그는 만족스러울 때까지 서사를 최소한 열 번은 고쳐 써요. 매번 처음부터 다시 쓰죠. 이번에는 그렇게 하고도 전혀 만족스럽지 않았던 모양이에요. 여전히 〈쓸 만하지〉 않다고 판단한 거죠. 나한테 그런 뜻을 분명히 알렸어요.」

영매가 고개를 끄덕인다. 질문을 다 마치고도 그녀는 자리에서 일어날 생각을 하지 않는다.

「이번에는 내가 당신에 대해 좀 알아봅시다. 일단, 동생하고 잤어요?」

녹차를 마시던 뤼시가 사레가 들려 캑캑거린다.

「당신이 내 동생과 친구라고 했지만 나는 둘이 언제 만났는지도 몰라요. 그런데 가브리엘이 헤디 라마에 미쳐 있었다는 걸 알기 때문에, 그녀와 꼭 닮은 당신을 보니 충분히 가능하다는 생각도 들어요.」

그녀가 대화를 끝내려는 듯 의자에서 몸을 일으킨다.

「좋아요. 그건 그렇고, 두 번째 질문인데, 당신은……〈영매〉로서 여전히 가브리엘과 연결돼 있어요?」

「그럼요. 함께 대화하죠.」

「자주 해요?」

「매일요.」

「그 말은 가브리엘이 완전히 사라지지는 않았다는 뜻인가요?」

뤼시가 다시 의자에 앉더니 설탕 그릇에서 하얀 설탕을 한 조각 집는다.

「이건 설탕이에요. 그렇죠?」

그녀가 자신이 마시던 차에 설탕을 집어넣고 따뜻한

물에서 용해되는 모습을 바라본다.

「자, 이제 내가 당신한테 하나 물어볼게요. 설탕이 사라졌나요?」

시연을 흥미롭게 여긴 토마가 그녀를 향해 계속 이야기하라는 제스처를 취한다.

「대답은 아니다, 예요. 설탕은 형태만 바뀌었을 뿐이죠. 딱딱한 흰색 정육면체 상태였던 것이 용해돼 투명한 액체 상태로 변한 거예요. 하지만 우리에게 그걸 지각하게 해주는 감각이 있어요. 바로 미각이죠. 이와 같은 원리예요. 우리의 영혼이 눈으로 지각 가능한 상태에서, 다른 형태의 감각을 발전시킨 사람들만 지각 가능한 비물질 형태로 바뀌는 거예요.」

「괜찮은 비유라는 건 인정하죠.」

뤼시가 잠시 침묵을 지키면서 차를 음미한다.

「당신이 믿지 않는다는 걸 알아요. 유령이나 산타클로스, 점성술…….」

토마가 그녀의 말을 중간에 자른다.

「멍청이들만 생각을 바꾸지 않아요. 나는 합리주의자이지만 나 스스로에 대한 문제 제기를 할 줄 아는 사람이에요.」

「뭐가 당신 생각을 바꿔 놓을 수 있을까요?」

「당신.」

그가 뤼시의 얼굴에서 시선을 떼지 않은 채 말한다.

「한 사람이 이토록 많은 시간과 에너지를 들여 어떤 죽음의 미스터리를 풀려고 하는 데는 분명 이유가 있을 거예요. 게다가 당신은 미치광이로 보이지도 않아요. 자신을 영매라고 주장하는 한 아름다운 여성이 뻔히 자신의 생각에 적대적인 줄 아는 사람을 만나러 위조된 경찰 신분증을 가지고 찾아왔어요. 이 정도면 이미 내 입장을 재고해야 하는 충분한 이유가 돼요.」

「그를 죽인 사람이 당신이 아니라면, 그럼 누굴까요?」

「당신은 내가 살인 사건의 수혜자라고 했어요. 이제 그 질문을 다시 던져 보죠. 살인 사건으로 〈진짜〉 이득을 보는 자가 누굴까요? 대답은 명확해요. 가브리엘의 편집자죠. 예전에 동생이 쓴 〈사후의 명예〉라는 단편이 있어요. 초라한 커리어를 가졌던 한 작가의 이야기죠. 어느 날 주인공인 작가의 부고가 실수로 신문에 실리게 돼요. 그러자 그는 뒤늦게 유명세를 누리죠. 편집자가 재빨리 그의 전 작품을 다시 출간하자 책들이 금세 판매 상위권에 진입해요. 작가는 실수가 있었다는 사실을 알리고 싶어 하지만 기회를 놓치기 싫었던 편집자는 그를 말리죠. 작가는 뜻을 굽힐 수밖에 없었어요. 그의 책들은 계속 많이 팔려 나가요. 도저히 더는 숨어 살 수 없다고 생각한 작가가 기자들 앞에서 모든 것을 고백하기로 결심하자, 편집자가 그를 정말로…… 살해하죠.」

「가브리엘이 그런 소설도 썼어요?」

「예언적인 작품이었던 셈이죠. 돌이켜 생각해 보면 동생은 이상적인 삶을 살았던 것 같아요. 명예, 돈, 그리고 늙기 전 찾아온 죽음. 다 가졌죠.」

「하지만 그는 이해받지 못한다고 생각해서 괴로워한 걸요.」

「내가 전에 동생한테 저평가된 재능 있는 작가와 과대평가된 재능 없는 작가 중 어느 게 나은지 물어본 적이 있어요. 가브리엘이 파안대소하더니 자기는 아카데미 프랑세즈에 들어가지 못하고 공쿠르상을 받지 못해도 유행을 좇는 작가는 되기 싫다고 하더군요.」

토마가 자신의 책상에 놓인 컴퓨터 자판을 두드려 신문 기사 하나를 스크린에 띄운다.

「이리 와서 읽어 봐요. 알렉상드르 드 빌랑브뢰즈가 참 부지런하기도 하네요.『천 살 인간』을 출간할 수 없다는 걸 깨닫자『죽은 자들』을 재출간했어요. 출간 당시에는 실패였던 이 책이 가브리엘이 죽고 나서 현재 판매 순위 3위에 등극했어요. 편집자 입장에서 〈좋은 작가는 죽은 작가〉죠. 진짜예요. 내 말을 여전히 못 믿는 것 같은데, 그럼 이걸 봐요.」

그가 또 다른 페이지를 가리킨다. 스크린 상단에 큰 활자로 떠 있는 제목이 뤼시의 눈길을 끈다.

〈나는 미래의 가상 작가를 발명할 계획이다.〉

「방금 올라온 속보예요. 알렉상드르 드 빌랑브뢰즈가

가브리엘 웰즈 버추얼이라는 소프트웨어 개발 계획을 발표했어요. 새로운 소프트웨어가 가브리엘 웰즈의 문체를 그대로 살려 『천 살 인간』을 쓰게 될 거라는군요.」

기사를 훑고 있는 뤼시에게 갑자기 토마가 말한다.

「내가 문외한인 심령술의 세계에 대해 배울 겸 당신 수사에 도움도 줄 겸 나중에 지금보다 좋은 분위기에서 다시 만나고 싶어요. 언제 식사라도 한번 같이 할까요?」

43

심령술에 빠진 작가 코넌 도일과
회의주의자 마술사 해리 후디니

코넌 도일은 1859년 영국에서 태어났다. 대학에서 의학을 전공한 그는 탐정 셜록 홈스를 등장시킨 첫 장편 『주홍색 연구』로 일약 유명해졌다. 그는 사소해 보이는 조그만 단서들을 관찰하는 것만으로 수수께끼를 풀어 나가는 새로운 인물 유형을 창조해 냈다.

코넌 도일은 직접 경찰 수사에 참여하기도 했다. 그는 관찰과 추리를 통해 동물 상해죄로 복역 중이던 인도계 영국인 조지 에달지와 살인죄로 사형을 선고받은 유대계 독일인 오스카 슬레이터의 무죄를 입증했다.

순식간에 인기 작가가 되어 최고의 영예를 누린 그는 셜록 홈스라는 인물에 점차 싫증을 느끼다 1893년에 발표한 소설 「마지막 사건」에서 그를 죽인다. 이 작품에서 셜록 홈스는 숙적인 모리아티 교수와 함께 라이헨바흐 폭포로 떨어진다. 하지만 홈스의 죽음에 대한 대중의 원성이 쏟아지자 급기야 영국 여왕까지 나서 그를 다시 살려 달라고 요청한다. 코넌 도일은 1901년 발표한『바스 커빌가의 개』에서 홈스를 다시 등장시킨다.

스코틀랜드의 가톨릭 학교에서 수학한 코넌 도일은 원래 종교에 회의적인 사람이었다. 하지만 그에게 벌어진 일련의 비극적 사건들이 그를 바꿔 놓았다. 1906년, 그는 첫 번째 아내 루이자를 결핵으로 잃었다. 1918년에는 아들 킹즐리가 같은 병으로 세상을 떠났다. 그의 남동생 더프는 폐렴으로 죽고, 매제 두 명과 조카 두 명도 1차 대전 중 사망했다. 많은 죽음을 경험한 도일은 장기간 우울증에 시달리다 심령술의 힘을 빌려 저세상의 가족들과 소통을 시도했다. 이 암울한 시기가 지나고 도일이 발표한 셜록 홈스 시리즈에는 그가 심취해 있던 심령술의 영향이 짙게 배어 있다. 러시아에서는 이런 작품들을 〈오컬티즘을 전파〉한다며 금서로 지정하기도 했다. 이 시기에 도일은 해리 후디니와 운명적인 만남을 하게 된다.

1874년 헝가리 부다페스트의 유대인 가정에서 태어난 후디니는 미국으로 건너가 마술사로 이름을 날린다. 처음에는 지역 축제를 돌며 마술을 선보였던 그는 복잡한 탈출 마술을 시도하면서 점차 명성을 얻기 시작한다. 가령 그는 검을 삼키는 묘기에서 아이디어를 얻어 식도에 만능열쇠를 감추고 있다가 시카고 교도소에서 30분 만에 탈출에 성공하기도 했다. 코넌 도일은 후디니에게 큰 감명을 받고 그가 초현실적인 능력의 소유자라고 믿었다. 그런데 도일은 죽은 가족과의 소통이 가능하다고 믿었던 반면, 1913년에 사랑하는 어머니를 잃고 수차례 대화를 시도했지만 실패한 경험이 있는 후디니는 죽은 사람과 소통한다고 주장하는 자들은 모두 사기꾼이라고 생각했다.

도일이 신비주의에 빠져드는 사이 후디니는 신비주의의 가면을 벗기는 일에 팔을 걷어붙였다. 그는 1920년부터 대중을 기망하는 영매들의 정체를 고발하는 실험을 진행하기 시작했다. 그가 팔다리를 묶어 신체를 구속한 상태에서 능력을 보여 줄 것을 주문하자 성공한 영매는 단 한 사람도 없었다. 후디니는 이후에도 지속적으로 자신의 시간과 돈을 바쳐 사기꾼 영매들의 정체를 폭로하고 조롱하는 일에 앞장섰다.

하지만 도일은 그의 이런 마녀사냥을 못마땅하게 여겼고, 절친했던 두 사람은 점차 소원해지다 결국 철천지원수가 되었다. 영매들과 신지학자들의 살해 협박에 시달리던 후디니는 1926년, 52세의 나이로 핼러윈에 세상을 떠났다. 세계 최고의 마술사로 인정받던 후디니의 죽음은 아이러니하게도 사소한 사건이 발단이었다. 우연히 배를 가격당해 장 출혈이 생긴 그는 40도의 고열에 시달리면서도 계획된 마술 공연을 취소하지 않고 무대에 올랐다. 그는 아픈 상태에서 공연을 계속하다가 결국 관객들이 보는 앞에서 쓰러졌다. 그런데 후디니는 이미 자신이 죽을 때를 대비해 아내인 베스와 약속을 해둔 상태였다. 그는 아내에게 이렇게 말했다. 〈내가 죽으면 기일마다 최고의 영매들을 불러 모아요. 내가 떠돌이 영혼이 됐다면 당신을 찾아와 《로자벨, 믿어요》라고 당신이 즐겨 부르던 노래의 가사를 인용해 말할게요. 영매들 중에 그 말을 하는 사람이 있으면 도일이 맞았다는 증거예요. 내가 저승에서 당신에게 말을 걸 수 있다는 뜻이니까.〉 후디니의 아내는 남편이 세상을 떠나고 10년 동안 매해 그와의 약속을 지켰지만 결과는 실망스러웠다. 그녀는 남편의 열 번째 기일에 사람들을 향해 말했다. 〈그는 모습을 나타내지 않았어요. 내 마지막 희망은 물거품이 됐어요. 굿나잇, 해리.〉

끝까지 신비주의에 대한 믿음을 버리지 않고 심령술을 옹호하던 코넌 도일은 1930년, 71세의 나이에 심장마비로 세상을 떠났다.

에드몽 웰즈,
『상대적이며 절대적인 지식의 백과사전』 제12권

44

한동안 곡예비행의 재미에 빠져 있던 가브리엘은 할아버지와 함께 처음으로 고속 장거리 비행에 나선다. 참새와 새매, 갈매기가 되어 하늘을 날았던 그는 이제 앨버트로스로 변해 얼굴을 앞으로 쭉 내밀고 마찰도 바람도 일으키지 않는 공기를 가르고 있다. 할아버지와 손자는 길을 잃지 않기 위해 파리-리옹 고속 철도 노선을 따라 하늘을 난다.

「지금 시속이 아마 3백 킬로미터가 넘을 거야.」 이냐스 웰즈가 손자를 보며 말한다.

「우리의 최대 속도는 얼마죠?」

「그런 건 없단다. 떠돌이 영혼이 되면 생각의 속도로 움직이니까. 어떤 것에도 제약을 받지 않지.」

「그럼 순간 이동을 해도 되지 않아요?」

「아직은 우리의 생각이 그럴 준비가 안 돼 있어. A 지점에서 B 지점으로 가는 건 지리적 이동에 의해 실현돼야 한다고 믿고 있지.」

「그러다 회까닥할 수도 있을까요?」

「그럴 가능성도 있겠지. 어쨌든 아직 시도하는 유령을 본 적이 없어.」

그들 아래로 도시와 시골, 산간벽촌의 풍경이 번갈아 펼쳐진다.

「이론적으로는 결국 지금보다 더 빨리 나는 게 가능한 거네요?」 가브리엘이 속도를 높이며 앞으로 치고 나 간다.

「사고나 추락의 위험이 조금도 없으니 비행의 즐거움 이 배가되지.」

「저는 이렇게 나는 게 너무 좋아요, 진짜 좋아요!」

그들은 기차를 따라 터널 속을 날아 알프스산맥을 넘 는다. 보행자들과 차들이 빽빽이 뒤섞여 있는 제네바 시 내가 눈에 들어온다.

「이제 어떻게 사미 다우디의 흔적을 찾죠? 이번에도 알코올 중독자가 타깃이에요?」

그들은 제네바 경찰청 건물을 발견하고 내려가 돌아 다니다 전산실로 들어간다. 산 자들을 하나씩 유심히 살 피며 오라에 구멍이 뚫린 사람을 찾기 시작한다.

드디어 한 명 눈에 들어온다.

「성채에 구멍이 뚫렸군. 이 오라는 아예 거름망처럼 생겼어!」

「어떻게 이럴 수 있죠?」

「정신 분열증 환자야. 자, 이번엔 네 차례야!」

가브리엘은 대상에 가까이 다가가 환한 빛을 내며 그를 감싸고 있는 수증기층에 생긴 얼룩과 구멍, 밀폐 불량 지점을 세심하게 확인한다. 그러고 나서 정수리에서 가장 가까운 구멍을 골라 손가락을 집어넣는다.

남자의 정신이 느껴지는 순간, 마치 전류원에 연결된 것 같은 묘한 느낌이 든다.

이냐스가 손자를 재촉한다. 가브리엘은 할아버지가 하던 대로 똑같이 스위스 경찰에게 컴퓨터를 켜게 한다. 마치 어린아이의 손을 잡고 아끼는 장난감을 보여 달라고 말한 기분이다.

가브리엘이 정신을 집중해 남자에게 사미 다우디라는 이름이 들어가 있는 파일들을 찾아보라고 암시하자 금방 스크린에 파일이 하나 뜬다. 사진 위에 〈실종〉이라는 단어가 적혀 있고, 아래에는 몇 줄의 설명이 달려 있다. 입국은 했지만 출국이 확인되지 않았으며, 행정 서류나 금융 거래 전산 기록이 전혀 남아 있지 않은 프랑스 국적자라고 쓰여 있다.

사미 다우디는 스위스 도착 당일 저녁 제네바의 에델바이스 클리닉에서 마지막으로 모습이 포착됐으며, 범죄를 저지르지 않아 수배된 적은 없다고 나와 있다.

「할아버지, 에델바이스 클리닉이라는 이름을 들어 보

신 적 있어요?」

「물론이지. 유명 스타들이 성형 수술을 위해 찾는 병원이란다. 위치도 알고 있어. 자, 따라오렴.」

그들은 경찰청을 나와 레만 호수의 북쪽 가장자리를 날아 지난 세기에 지어진 한 고풍스러운 건물에 도착한다. 건물은 커다란 공원에 둘러싸여 있고, 공원을 빙 둘러 다시 철조망이 쳐져 있는 높은 담장이 서 있다. 〈접근 금지〉 푯말이 군데군데 붙은 담장을 지키는 보안 요원들과 경비견들의 모습이 보인다.

그들은 담장을 통과해 건물 입구에 도착한다. 병원 이름이 된 흰색 꽃이 출입구를 장식하고 있다. 내원객들을 안심시키려는 용도인 듯한 〈**익명 보장**〉이라는 문구가 시선을 끈다.

「아무래도 사미 다우디의 흔적을 찾기가 쉽지 않을 것 같아요.」 가브리엘이 걱정스러운 눈으로 할아버지를 바라본다.

「여긴 병원이니까 당연히 우리한테 정보를 줄 수 있는 떠돌이 영혼들이 있을 거야.」

그들은 제일 먼저 영안실로 향한다. 역시나 20여 위의 떠돌이 영혼이 불나방처럼 천장을 빙글빙글 맴돌고 있다.

「여러분, 방해해서 미안합니다. 혹시 지금으로부터 9년 전에 살아서 4월 13일 금요일에 여기 도착한 한 남자를 기억하는 분이 계신가요? 키가 훌쩍 크고 검은 머리에 좀 소심해 보이는 사람이었는데.」 이냐스가 포문을 연다.

「그 정도 정보로 한 사람을 찾을 수 있다고 생각하는 겁니까?」 한 심령체가 비아냥거린다.

「입버릇처럼 〈괜찮겠어요?〉 하고 말하는 사람이었어요.」

「그런데 우리가 당신을 꼭 도와줘야 하는 이유라도 있나요?」

「우리와 각별한 관계인 여자 영매가 한 명 있어요.」

「그 영매가 어떻다는 거죠?」

「좋은 환생 제안을 많이 가진 영매예요.」

심령체들이 통 흥미를 보이지 않는다.

「관심이 없나 본데요.」 떠돌이 영혼들 간에는 연대 의식이 없는 것 같아 가브리엘이 실망스러운 목소리로 말한다.

이때 한 젊은이가 끼어든다.

「당신들의 묘사에 부합하는 것 같은 사람을 하나 알아요. 그는 얼굴을 성형하고 수염을 기르더니 이름도 바꿨죠. 조금 내성적이지만 친절한 사람이었어요. 당신들 말대로 〈괜찮겠어요?〉 하는 말을 입에 달고 살았죠. 제 조건을 들어주면 그의 이름을 알려 드리죠. 당신들 친구라는 그 영매가, 여기가 아니라 저 아래에서 나서 줬으면 하는 일이 있어요.」

세 심령체는 다른 떠돌이 영혼들이 듣지 못하게 따로 모여 얘기를 나눈다. 젊은이가 말을 이어 간다.

「우선 제가 여기 오게 된 사연부터 말씀드릴게요. 열아홉 살 때였어요. 지방도를 천천히 운전해 가고 있었는데, 갑자기 뒤에서 지그재그로 차 한 대가 달려오더니 제 차를 앞질러 바로 앞으로 끼어들었어요. 제가 탄 차가 미끄러지며 계곡으로 굴러떨어져 불이 붙었죠. 저는 안전벨트에 몸이 껴 화염 속에 갇혀 있었어요. 구조대원들이 신속하게 현장에 도착해 저를 구조한 뒤 중화상 환자들을 담당하는 과가 있는 이 병원으로 이송했어요. 여기서 8개월을 버텼죠. 모르핀 주사 없이는 통증을 견디지 못했어요. 아주 가끔 정신이 맑을 때가 있었는데, 그때 당신 친구와 마주쳤죠. 저는 서서히 죽어 가고 있었어요, 고통은 이루 말할 수가 없었죠.」

「자네한테 연명 치료를 했군? 나쁜 놈들!」

젊은이가 고개를 끄덕이고 나서 말을 계속한다.

「반면 사고를 일으킨 운전자는 찰과상 하나 입지 않았어요. 경찰들이 그자를 체포해 음주 측정기를 불게 했더니 만취 상태가 나왔죠. 더군다나 그 운전자는 이미 음주 상태에서 행인을 친 전력까지 있는 사람이었어요. 하지만 유능한 변호사 덕에 징역 3개월을 선고받고 집행 유예로 풀려났어요. 6개월 면허 정지를 받았지만 지키지도 않았죠.」

「우리가 복수해 주길 바라요?」

「그건 저한테 중요한 게 아니에요. 제가 하고 싶은 건 엄마 얘기예요. 엄마는 제가 죽고 나서 그 음주 운전 살인자에게 중형을 요구하며 단체를 만드셨어요. 재발을 막아야 한다고 생각하셨죠. 엄마는 자신이 만든 단체의 자원봉사자들과 함께 지금도 여전히 전단을 돌리고 탄원서를 제출하고 엄마의 요구를 관철시키기 위해 정치인들을 만나고 계세요.」

「좋은 일 아닌가요?」

「아니요. 엄마는 불행해요. 엄마를 사랑하기 때문에 저는 엄마가 행복해졌으면 해요. 그런데 엄마는 〈위험한 미치광이가 저지른 살인 사건〉에서 벗어나지 못하고 계세요. 그 운전자 생각만 하고 그때 일만 떠올리면서 잠도 못 자죠. 대부분의 시간을 이 일에 쏟고 계세요. 아버지는 견디다 못해 엄마를 떠났어요. 음주 운전에 반대하는 엄마의 그런 모습이 많은 사람들에게 극단적으로 비치고 있죠. 이제 그만 엄마가 제 죽음에서 벗어났으면 해요. 엄마의 이름과 주소를 알려 드릴 테니 영매한테 엄마를 찾아가서 저 대신 얘기를 좀 해달라고 부탁해 줘요. 제가 살인자를 용서했으니 엄마도 그만 용서하라고. 돌이킬 수 없는 일을 돌이키려 하지 말고 엄마의 행복을 찾으라고 말이에요.」

「약속할게요!」 가브리엘이 얼른 대답한다.

「제가 시켜서 왔다는 걸 엄마가 알려면 일종의 〈인증 키〉가 필요할 거예요. 세 개를 얘기해 드릴 테니 잘 기억해 두세요. 하나, 제 애칭은 룰루였어요. 둘, 제가 어릴 때 갖고 놀던 기린 인형의 이름은 알베르틴이에요. 셋, 유치원에 다닐 때 제 단짝의 이름은 뱅상이었어요. 이걸로도 충분하겠지만 혹시 그렇지 않으면 제가 토마토를 끔찍이 싫어했다는 얘기도 덧붙이세요.」

「우리도 사미 다우디가 개명한 이름을 알아야 그 키를 가지고 사람을 찾지.」 이냐스가 은근슬쩍 뚱겨 준다. 「그것 때문에 여기 왔는데 좀 빨리 알려 주면…….」

「물론이죠. 죄송해요. 그의 이름은 이제 세르주 다를랑이에요. 제가 알기로는 수술을 하고 다시 파리로 돌아갔어요.」

두 탐정은 알프스산맥을 넘어 파리로 돌아가기 위해 벌써 하늘을 날고 있다.

45

뤼시 필리피니는 손님과 함께 있다. 장신에 거구인 상대는 구레나룻을 기른 모습이 지난 세기에서 튀어나온 듯한 분위기를 풍긴다.

「역사학자인데, 나폴레옹과 얘기를 나누러 왔어요. 부탁해요.」

그는 마치 패스트푸드점에서 치즈를 추가한 햄버거를 주문하듯 이 말을 내뱉는다.

영매가 시금털털한 표정으로 어깨를 으쓱 추어올리더니 눈을 감고 정신을 집중한다.

그녀가 청을 넣자 드라콘이 직접 가서 전직 황제를 찾아 데려다준다.

「감히 누가 짐을 보자고 청하느냐?」 나폴레옹이 쩌렁쩌렁한 목소리로 묻는다.

뤼시가 그대로 전하자 감동한 기색이 역력한 손님이 즉시 대답한다.

「저는 당신의 숭배자입니다.」

「폐하라고 부르거라. 네가 말을 붙이는 상대가 누구인지 정녕 모르는 것이냐?」

뤼시가 떠돌이 영혼의 말을 토씨 하나 빠트리지 않고 덤덤하게 전한다.

「그리고 이 고양이들은 어디로 좀 치우거라! 짐은 고양이가 딱 질색인 사람이다. 짐이 고양이 공포증이 있는 것도 모른단 말이냐?」 나폴레옹이 말끝을 단다.

「고양이가 왜 싫으시죠?」 뤼시가 어이없어한다.

「저것들은 야행성인 데다 길들일 수도 조련할 수도 없지. 신의와는 거리가 멀고 성생활도 제멋대로야. 짐은 사람을 따르고 복종하는 개를 더 좋아한다.」

영매가 마지못해 고양이들을 물러나게 하자 손님이 다시 나폴레옹에게 말을 붙인다.

「폐하, 폐하께서 하신 전략적 선택들에 관해 제가 궁금한 게 있습니다. 결정적인 워털루 전투의 지휘를 마세나 장군이 아닌 그뤼시 장군한테 맡기셨던 이유가 무엇입니까?」

「마세나는 주관적 판단에 너무 의존하는 사람이었네. 그러니 예측 불가능했지. 맹목적으로 복종하는 자가 필요했던 짐의 입장에서는 그뤼시에게 더 믿음이 갈 수밖에. 하지만 돌이켜 생각해 보면 그자가 멍청이라는 사실을 인정할 수밖에 없네. 전쟁에 이기기 위해선 똑똑하진 못해도 충성을 맹세하는 자보다, 충성을 맹세하진 않아도 똑똑한 자를 선택하는 게 훨씬 낫지.」

뤼시가 가교 역할을 하는 덕에 두 남자 사이에 진지한 대화가 오간다. 역사학자는 황제가 내린 군사적, 정치적 선택에 대해 구체적인 질문들을 던진다. 러시아 원정을 떠난 이유가 무엇인지? 앙갱 공작을 죽이라고 한 이유가 무엇인지? 조제핀 황후에 대한 속마음은 무엇인지? 〈사랑에서 유일한 승리는 도망치는 것이다〉라고 말한 의도가 무엇인지? 꿀벌을 문장으로 선택한 이유가 무엇인지?

자신의 굴곡진 역정을 훤히 꿰뚫어 알고 있는 역사학자에게 감탄한 듯 나폴레옹이 성실히 답변해 준다.

「폐하를 모시지 못한 게 천추의 한입니다! 지금이라도 분부하실 게 있으면 하십시오. 최선을 다해 그 뜻을 받들겠습니다.」

「짐을 진정으로 숭배한다면 짐의 시신에 무슨 일이 일어났는지 알아보거라. 영국인 수집가들이 개인 골동품 박물관에 보관하려고 내 시신을 가져갔다는 얘기는 여기서 들었다만……. 진실을 알 길이 없구나. 그리고 이승에 있는 사람이니 부탁하겠네, 앵발리드에서 짐의 시신 행세를 하고 있는 집사의 시신을 치워 주게!」

역사학자가 몸을 일으키더니 최선을 다해 유지를 받들겠다고 약속하고 나서 발뒤축을 구르면서 완벽한 군대식 인사를 한다.

「150유로예요.」

역사학자가 뤼시에게 돈을 건네고 몇 번이나 허리를 굽히면서 뒷걸음질로 걸어 밖으로 나간다.

「자, 이제 짐은 무엇을 하면 되느냐?」 나폴레옹이 섭섭한 듯 묻는다. 「너를 통해 짐을 알현하려는 자가 더 없느냐?」

「아…… 없는데요! 그만 가셔도 됩니다, 폐하.」 뤼시가 시큰둥하게 대답한다.

「알았다. 이만 가보마. 짐의 뜻을 받들려고 찾아오는 숭배자가 있으면 주저 말고 연통을 넣거라.」

나폴레옹이 떠나고 나서야 뤼시는 가브리엘의 존재를 감지한다.

「대단한 심령술이었어요.」 가브리엘이 칭찬을 던진다.

「여전히 살아 있는 듯이 행동하면서 모든 사람을 자신의 밑에 두고 부리려는 혼령들이 정말 짜증 나요! 나폴레옹이 딱 그런 경우죠! 게다가, 당신도 봤죠, 고양이를 얼마나 싫어하는지.」

그녀가 한 손으로 머리를 쓸어 넘기더니 비타민을 여러 알 입에 털어 넣는다.

「나폴레옹이 생조르주 기사가 꾸민 복수극의 희생양인 건 맞아요. 나폴레옹의 집사였던 치프리아니의 시체를 주인의 시체로 꾸며 바꿔치기하라는 아이디어를 영국인들에게 준 게 생조르주 기사였으니까요.」

「생조르주 기사는 누구죠? 무슨 이유 때문에 그토록 나폴레옹을 증오했어요?」

「그는 과들루프섬 태생의 혼혈이었어요. 작곡가이자 군인이고 펜싱 선수였죠. 조제핀의 친구, 아마도 연인이었을 거예요. 질투를 느낀 나폴레옹이 그의 작품을 모조리 없애라고 명령했죠. 그러니 나폴레옹의 혼령으로부터 사과를 받지 않는 한 생조르주 기사의 혼령이 진짜 시신을 찾지 못하게 방해할 수밖에요. 이 문제를 전에 친구인 내무 장관 발라디에와 얘기한 적이 있는데, 그도 시신이 뒤바뀐 건 알지만 매년 황제의 무덤에 묵념하기 위해 앵발리드를 찾는 1백만 명의 관람객들을 포기할 순 없다고 했어요.」

「흥미로운 이야기네요. 당신은 기자들이 가장 궁금해하는 역사의 이면에 접근할 수 있는 특권을 가졌군요. 역사책에 서술된 내용과 반드시 일치하지는 않는, 실제로 벌어진 일을 죽은 사람들의 증언을 통해 들을 수 있으니까요.」

「우리가 저승에서 접근이 가능한 상당수의 진실은 대부분 대중에게 알려지지 않는 편이 나은 것들이죠.」

「당신만 알고 있으려고요?」

「뭐, 나한테 도움이 되는 거라면……. 나는 아래와 위의 미치광이들을 모두 맞닥뜨려야 해요. 양쪽을 화해시키려다 괜히 그들의 신경증만 악화시키는 게 아닌가 하는 생각이 들 때도 있죠. 그들은 하나같이 자기 문제가 세상에서 가장 심각하다고 굳게 믿고 있어요. 내가 처리하는 건 사소한 일이라고 여기죠. 전에도 말했지만 이 두 세계가 소통하지 않는 편이 차라리 낫다는 생각이 들어요.」

「그렇게 부정적으로 볼 필요 없어요. 당신은 아주 멋진 직업을 가졌어요.」

「아침부터 저녁까지 투덜대고 불평하는 사람들 얘기를 들어 주는 직업인걸요…….」

「아니요, 공식적인 거짓말에 진실을 주입하는 직업이에요. 당신 덕분에 분명히 행복해지는 사람들이 있을 거예요. 당신의 도움을 받아 위로 올라가는 떠돌이 영혼들이야 말할 필요가 없겠죠.」

뤼시 필리피니가 크게 들숨을 쉬며 가슴을 부풀린다. 말은 고맙지만 전적으로 동의하지는 않는다는 뜻이다. 그녀가 문을 열어 고양이들을 방 안으로 들인다. 고양이들이 다가와 그녀의 장딴지에 대고 몸을 비벼 댄다.

뤼시가 고양이들을 차례로 쓰다듬으면서 한결 차분해진 목소리로 말한다.

「당신 쌍둥이 형을 만났어요.」

「말해 봐요.」

「당신 편집자를 의심하더군요.」

「우연은 아니죠…….」

「그가 함께 식사를 하자고 하더군요.」

「이런, 오래 못 기다리고 작업에 들어갔군요.」

뤼시가 푹 파인 네크라인에 레이스가 달린 섹시한 검정 드레스를 손가락으로 가리킨다.

「사람마다 수사 방식이 다른 법이에요. 그건 그렇고, 사미에 대한 당신의 수사는 어떻게 돼가고 있어요?」

「그가 성형 수술을 받고 개명한 것까지 확인했어요. 위험한 사람들한테 쫓기고 있었다는 걸 뒷받침하는 증거죠.」

「그래서 나한테 연락을 못 했군요. 내가 아무리 찾아도 찾을 수가 없었던 게 그 이유 때문이군요.」

「다시 파리 지역으로 들어온 것 같아요. 할아버지와 같이 찾으면 금방 주소를 알아낼 수 있을 테니 조금만 기다려 봐요.」

뤼시는 믿기지 않는 소식을 듣는 순간 가슴이 달음박질치는 것을 느낀다. 가브리엘은 순수한 행복의 파동이 영매를 통과해 지나가는 것을 감지한다. 그녀의 오라가 진동을 일으키며 금빛으로 환하게 빛난다.

가브리엘은 자신이 갈수록 에너지의 움직임을 잘 포착할 수 있음을 느낀다. 후각을 잃어버린 대신 오라를 눈으로 보고 존재의 기운을 느낄 수 있는 능력인 〈기(氣)감각〉을 갖게 된 덕분이다.

「그의 개명 후 이름이 세르주 다를랑이에요.」

뤼시는 눈을 지그시 감고 소리가 주는 울림을 음미한다.

「세르주…… 다를랑…….」

연인의 새 이름을 입에 담는 것만으로 그녀의 오라는 진달래 빛을 띤다. 가브리엘이 그녀를 다시 현실로 끌어낸다.

「그럼, 당신은 내일 내 편집자를 만나 수사를 해요. 나는 당신 연인에 관해 계속 알아볼 테니까. 한 가지 더 얘기할 게 있어요. 우리가 당신 연인에 관한 정보를 얻으려고 자동차 사고로 목숨을 잃은 청년과 약속을 하나 했어요. 당신이 청년의 어머니를 만나 이제 그만 복수를 포기하라는 그의 뜻을 대신 전해 주기로 했어요.」

이때, 짧게 초인종 소리가 들린다.

「손님이 오기로 돼 있어요?」

「아니요…….」

그녀가 인터폰 수화기를 든다.

「누구세요?」

「경찰입니다.」

그녀가 문을 열자 검은색 레인코트 차림의 키가 훤칠한 두 사내가 문턱에 모습을 드러낸다.

「당신이 영맵니까? 좀 들어가도 될까요?」

「무슨 일이시죠?」

「살인 사건 때문에 왔습니다.」

46

하일브론의 유령

1993년 5월 26일, 16년 동안 유럽 전역의 언론을 떠들썩하게 할 범죄 수사가 개시됐다. 독일 이다오버슈타인에서 한 은퇴자 여성이 시체로 발견된 게 발단이었다. 그녀는 철사에 목이 졸려 숨진 채 집에서 발견되었다. 시체에 외상은 있었지만 절도의 흔적은 없었고, 증인이나 살해 동기도 발견되지 않았다.

과학 수사대는 현장에서 발견한 DNA를 토대로 범인이 여성이라고 밝혔다. 하지만 범인의 성별 외에는 신원을 확인할 수가 없었다.

2001년 3월, 동일한 DNA가 심각한 외상을 입고 머리가 깨진 상태로 숨진 한 골동품상에게서도 발견되었다. 피해자가 우람한 덩치의 남성임을 감안하면, 이러한 범행을 단독으로 저지른 여성은 괴력의 소유자일지도 모른다고 대중은 추측했다.

2007년 4월 25일, 독일 하일브론에서 두 명의 경찰이

총상을 입는 사건이 발생했다. 범인은 총을 쏜 뒤 현장에서 달아났다. 머리에 총을 맞은 22세의 미셸 키제베터는 사망했고 동료인 25세의 마르틴 아르놀트는 3주 동안 혼수상태에 빠졌다. 마르틴은 의식은 회복했지만 기억 상실증에 걸려 자신과 동료를 공격한 범인의 얼굴을 기억해 내지 못했다. 현장에서 DNA를 수집한 경찰은 그것이 이전의 사건들과 동일한 DNA라는 결론을 내렸다. 언론에서는 이 연쇄 살인범을 〈하일브론의 유령〉이라고 부르기 시작했다. 대중은 범인이 곧 체포되리라 기대하며 사건에 관심을 기울였지만 검거는 쉽게 이루어지지 않았다…….

급기야 경찰에서는 지지부진한 수사에 도움이 될 만한 정보를 제공하는 사람에게 2만 유로를 주겠다고 현상금을 내걸었다. 인터폴도 수사에 나섰다. 독일 일간지 『빌트』는 이 사건을 〈희대의 범죄 미스터리〉라고 불렀다. 30명이 넘는 수사관과 2백여 명의 경찰이 이 여성 연쇄 살인마의 DNA가 발견된 독일과 프랑스, 오스트리아의 여러 사건 현장에서 수사를 펼쳤다. 1천4백 가지 가능성이 제기됐다. 그러나 마치 경찰을 비웃기라도 하듯 〈하일브론의 유령〉의 DNA 흔적은 다른 살인 사건 현장에서도 계속 발견되었다. 긴장이 고조되자 현상금은 30만 유로로 인상되었다.

2009년 3월, 이 사건은 뜻밖의 평범한 단서에 의해 새로운 국면을 맞았다. 한 수사관이 이 DNA의 유전 정보를 지닌 사람의 신원을 확인한 것이다. 주인공은 다름 아닌…… 과학 수사대가 DNA 수집 시 사용하는 면봉을 만드는 공장의 여직원이었다. 그녀의 조작 실수로 완벽한 무균 상태여야 하는 면봉에 흔적이 남았던 것이다.

이 사건은 결국 한 〈연쇄 살인마〉의 소행이 아니라 여러 명의 살인자가 저지른 개별 살인 사건들이었던 것으로 결론이 났다.

〈하일브론의 유령〉은 자신에게 흥미를 느끼는 사람들의 상상 속에만 존재하는 묘수를 부렸던 것이다.

에드몽 웰즈,
『상대적이며 절대적인 지식의 백과사전』제12권

47

그녀의 관자놀이 핏줄이 발딱발딱 뛴다. 낯빛이 파랗
게 변한다. 그녀가 허브 성분 알약을 몇 알 꺼내 재빨리
물과 함께 삼킨다. 고양이들이 높은 곳으로 뛰어올라 이
빨을 드러내고 공격 자세를 취한다. 주인에게 부정적인
감정 변화를 일으킨 낯선 방문객들에게 언제든지 달려들
준비를 하고 있다.

「당신은 전과자죠, 마드무아젤 필리퍼니?」 금발의 형
사가 다짜고짜 윽박지르듯 말한다.

「이 사람 알아요?」 이번에는 갈색 머리 형사가 묻는다.

그가 내민 것은 윌리엄 클라크의 사진이다.

「그럼요. 고객인걸요.」

「이 사람이 오늘 아침 자신 소유의 메리냐크 성에서
목을 매단 채 발견됐어요.」

「그 일이 저와 무슨 상관이죠?」

「그의 아내에 따르면 남편이 당신을 찾아갔다가 혼란

스러운 상태로 돌아왔고, 그날 밤에 자냐가 일어나 다른 방으로 가서 목을 맸다는 거예요.」

「그럼 자살이군요…….」

「그의 아내는 당신이 그를 세뇌해서 자살을 유도했다고 믿고 있어요. 그래서 당신을 상대로 고소장을 접수했어요. 높은 자리에 있는 친구들이 많아 고소가 받아들여졌고, 우리는 상부의 지시를 따르는 중이에요.」

뤼시가 고개를 끄덕인다. 〈상부〉라는 단어에 그녀가 한쪽 눈을 찌긋한다.

「무슨 일이 일어났는지는 알겠는데, 저와는 아무 관계가 없어요. 그분이 상담차 찾아와서는 유령을 없애 달라고 했어요. 요청을 들어 드리려고 애를 썼지만 워낙 그 성에 오래전부터 자리 잡은 유령이라 실패했죠.」

갈색 머리 형사가 신경을 곤두세운다.

「그러니까 그가 유령을 제거해 달라고 당신한테 부탁을 했는데 당신은 실패했고, 그는 돈을 내고 나서 겁에 질려 나갔다…….」

「그냥 조금 실망했을 뿐이에요, 그 이상은 아니에요.」

「자, 요약하자면, 그가 집으로 돌아간 뒤 2층에 올라가 잠자리에 든다, 그런데 갑자기 우울감이 밀려와 생을 마감하기로 결심한다. 당신은 사건을 이렇게 보는 건가요?」

고양이들이 몸을 일으켜 세우며 거칠게 하악거리기

시작하자 영매가 간단한 몸짓으로 진정시킨다.

「아마도 그랬겠죠.」

「당신의 행위가 심신 미약자에 대한 위력 사용으로 간주될 수 있다는 사실을 인지하고 있나요?」 금발 형사가 묻는다.

「살인이 아니잖아요.」

「엄연히 법의 처벌을 받는 범죄죠. 당신한테 전과가 있고 클라크 부인이 〈높은 분들〉을 알기 때문에 성가신 일이 생길 수도 있어요. 좀 더 협조적으로 나오는 게 좋을 거예요.」

말을 이어 가던 금발 형사는 고양이 한 마리가 다가오자 몸을 움찔하며 무서워하는 기색을 보인다.

「당신에 대해 이런 유의 고소가 접수된 게 처음이 아니더군요. 이 동네 여자 영매 하나가 불공정 경쟁을 한다고 당신을 상대로 민원을 접수한 사실도 우리가 확인했어요.」

「그게 다가 아닙니다.」 갈색 머리가 나선다. 「〈주술 행위〉, 〈집단 동물 사육〉, 심지어 〈악마적 존재들과의 거래〉라는 명목으로 접수된 민원도 있어요.」

「마지막에 말씀하신 민원의 접수자가 누구죠?」

「이 길 끝에 있는 성당의 구마사(驅魔師) 신부님이 당신이 악마들을 끌어들인다고 주장하고 있어요.」

「지금이 중세도 아닌데 종교 재판을 하려 드네요.」

「개별 접수된 민원들은 법적 효력은 없어요. 하지만 모두 취합해 덩어리로 살펴보면 당신이 이 동네 골칫거리라는 결론이 나오죠. 더군다나 이번 메리냐크 성 사건은 마침 정부에서 사교(邪敎) 집단 퇴치 캠페인을 벌인다는 결정을 내린 상황에서 벌어졌어요. 정부에서는 심신 미약을 악용하는 사교 집단들에 철퇴를 가하겠다고 벼르고 있죠.」

뤼시는 언론이 어떤 사건에 주목하느냐에 따라 정부의 입장이 관용과 강경 대응 사이를 왔다 갔다 한다는 사실을 새삼 깨닫는다. 그녀 자신도 유명 록 스타가 약물 남용으로 사망하는 사건이 터지는 바람에 최대 형량을 선고받지 않았던가. 나비 효과지. 그녀는 정신을 가다듬으려고 애를 쓴다. 고양이 한 마리를 손짓으로 불러 무릎에 앉히고 나서 형사들의 심중을 꿰뚫어 보려고 애를 쓴다.

「좋아요. 클라크 부인이 〈높은 분들〉을 안다는 것, 또 형사님들은 상부의 지시를 따를 뿐이라는 것, 다 알겠어요. 그런데 순전히 우연 같지만 형사님들이 모시는 내무 장관께서 주기적으로 저를 찾아와 상담을 하시죠…….」

이 말에 형사의 어조가 급격히 바뀐다.

「발라디에 장관님 말이에요?」

「그래요, 그분. 대통령이나 장관처럼 막중한 책임을 가지고 어려운 선택을 해야 하는 분들은 보이지 않는 힘의 영향력을 무시하기 힘들죠. 역사적으로 왕과 국가수반, 권력자치고 점성가나 영매, 심령술사를 곁에 두지 않은 사람이 없어요. 노스트라다무스가 카트린 드 메디시스 여왕의 영매였다는 건 잘 알려진 사실이죠. 저 역시 발라디에 장관의 영매예요.」

「그래, 그렇다 칩시다. 그럼 당신 말은, 클라크 씨의 자살은 당신의 심령술과 아무 관계가 없다는 뜻이에요?」

거만하던 표정이 온데간데없어진 금발 형사가 묻는다.

「제 의견을 말씀드리자면, 메리냐크 남작의 유령이 직접 그를 자살로 몰아넣은 게 확실해요.」

「뭐라고요?」

「클라크 씨가 바로 이 자리에서 그분한테 어깃장을 부렸거든요. 전 주인인 메리냐크 남작은 자신이 7대째 성에 대한 소유권을 갖고 있다고 주장했죠.」

「*17대째!*」 보이지 않는 곳에서 목소리가 들려온다.

「어머, 여기 계셨어요?」 뤼시가 대답한다.

가브리엘이 목소리를 향해 몸을 돌리자 낯익은 심령체가 서 있다.

「무슨 말을 할지 궁금해서 왔는데, 주저 없이 불어 버리는구면.」 심령체가 언성을 높인다.

「미안한데요, 방금 나한테 물은 거예요?」 금발 형사의 목소리에서 불안감이 묻어난다.

「아니요, 형사님한테 한 말이 아니에요. 마침 성의 유령이 여기 와 계세요.」

금발 형사가 불편한 심기를 드러내며 목소리를 낮춰 동료와 얘기를 주고받는다.

뤼시는 눈을 감고 정신을 집중한다.

연인과의 재회를 꿈꾸던 그녀를 감쌌던 영롱한 빛들은 어느새 모두 사라지고 없다.

「남작님, 영매를 구박하지 말고 도와주실 순 없어요?」

보다 못해 가브리엘이 끼어든다.

「누군데 끼어드는 거요? 당신 누구요?」

「저 아가씨의 저승 친구입니다.」

「아 그렇군, 내 일에 끼어들지 마시오.」

「지금 영매가 〈남작께서〉 저지른 범죄를 뒤집어쓰게 생긴 것 같아 드리는 말씀이에요. 그녀는 오랜 수감 생활 탓에 사법 제도에 대한 트라우마가 생겼어요.」

상대가 온화함이라고는 없는 눈빛으로 가브리엘을 쳐다본다.

「성의 정당한 소유자를 놔두고 도둑놈의 편을 들지 말았어야지.」

「아휴, 합리적으로 좀 생각하세요……. 남작님은 죽었어요! 그리고, 성이 그렇게 소중하면 왜 여기 와 계세요? 여기서 뭘 하시는 거예요?」

「그게 궁금하신가? 소일하는 중이네. 자네도 노련한 유령이 되면 알 걸세. 더 이상 시간을 계산하지 않아도 되면 소일거리를 찾는 게 가장 고민이지.」

가브리엘은 시간의 무한성이 지닌 단점을 새삼 헤아리며 잠시 생각에 잠긴다.

「클라크 씨에게 자살을 종용하셨어요?」

「그 영국인은 통 잠이 없더군. 오라에 구멍이 숭숭 뚫려 있었소. 심리적 보호막에 틈이 생긴 걸 확인하고 그가 자신의 모순을 직시하게 만들어 준 것뿐이오. 진실과 마주한 충격이 그를 죽음에 이르게 한 거지. 스스로 선인인 줄 알다 강탈자에 불과하다는 걸 깨닫는 순간 벌어진 일이오.」

귀를 찌르는 듯한 남작의 날카롭고 높은 웃음소리가 공중에 퍼진다.

「사정이야 어떻든 가만히 계셔선 안 돼요. 뤼시는 남작님께 최고의 환생 제안을 할 수 있는 영매라는 사실을 기억하세요.」

가브리엘이 설득에 나선다.

「나는 그런 말에 현혹될 사람이 아니오. 어차피 환생에도 관심이 없고, 그저 내 혈통을 상징하는 방패 문장을 간직한 내 성의 주인으로 살고 싶을 뿐이오. 이방인들이 들어와 멋대로 가구를 옮기고, 버섯을 재배하던 지하실에 수영장을 파고, 프랑스식 정원을 갈아엎어 골프장을 만들고, 벽난로 위에 있던 문장을 깨버리고, 지하 포도주 저장고를 위스키 바로 바꾸는 짓을 도저히 두고 볼 수 없소. 영국인의 짓일 때는 더더욱!」

이승에서 뤼시의 말이 자꾸 마음에 걸리는 갈색 머리 형사가 걱정스러운 표정으로 묻는다.

「아까 발라디에 장관이 당신 고객이라고 했나요?」

「고객 이상이죠. 친구니까.」

「그걸 어떻게 증명하죠?」

「그분 휴대폰 번호가 있으니까 전화를 걸어 볼게요.」

「장관님의 개인 휴대폰 번호를 알고 있단 말이에요?」

그녀가 휴대폰을 꺼내 들고 연락처 목록을 넘기더니 통화 버튼을 누른다. 벨이 한 번 울리고 나자 휴대폰 스피커에서 중후한 음색의 목소리가 흘러나온다. 뤼시가 프라이버시를 위해 얼른 스피커폰 기능을 끈다.

「여보세요…… 장관님? 네, 저예요, 뤼시. 부탁이 있어 전화 드렸어요. 네…… 네…… 네…… 아니요, 그것 때문이 아니라…… 네…… 그렇죠…… 아니요, 부하 직원 두 분이 저를 찾아오셨는데, 서로 좀 이견이 있네요. 해결을 해주실 수 있나 해서요.」

「우린 업무 수행 중이라니까요!」 갈색 머리 형사가 버럭 화를 낸다.

뤼시가 전화기를 들고 고개를 끄덕이더니 갈색 머리를 향해 몸을 튼다.

「장관님이 바꿔 달라고 하시네요.」

형사는 전화기에 불이라도 붙은 것처럼 어쩔 줄 몰라

한다. 그러자 곁에 있던 동료가 대신 뤼시에게 휴대폰을 건네받아 조심스럽게 귀에 갖다 댄다. 수화기 너머에서 말소리가 들린다. 조용히 듣기만 하던 형사가 더듬더듬 말한다.

「네, 장관님…… 물론입니다, 장관님. 맞습니다, 장관님.」

그가 당황한 표정으로 전화를 끊는다.

「실례했습니다, 마드무아젤.」

형사는 벌써 의자에서 일어나 있다. 갈색 머리 짝패도 그를 따라 벌떡 몸을 일으킨다. 두 형사는 정중한 인사를 건넨 뒤 문밖으로 나간다.

고양이들이 의기양양하게 야옹거린다.

메리냐크 남작이 한마디 던진다.

「보시오. 뤼시 혼자서도 잘 해결하지 않았소. 개입하지 않길 잘했지. 뤼시가 워낙 뒷배가 든든하고 인적 네트워크도 좋아 걱정할 필요가 없는 일이었소.」

「어쨌든 남작님이 윌리엄 클라크를 죽인 건 사실이에요.」

「경찰이나 감옥, 사법 제도 같은 게 없는 것도 저승의 장점이오. 당연히…… 죄책감도 있을 수 없지. 이보게 신참, 똑똑히 알아 두시게. 여기서는 양심의 가책이나 도덕적 거리낌 없이 무슨 짓이든 할 수 있소. 진정 자유롭지. 살인자와 희생자, 인간 말종과 성인이 조우하는 데가 여

322

기요. 이 세계에서는 조금의 긴장도 없이 공존하고 있소. 클라크를 만나 그의 생각이 틀린 이유를 차분히 설명해 줘야겠소.」

남작은 허리를 살짝 굽히는 시늉을 하고는 공중으로 날아오른다.

가브리엘의 시선이 다시 뤼시에게 향한다. 그녀의 오라가 서서히 따뜻한 색조를 되찾고 있다. 그녀의 오라에 색감을 더 불어넣을 방법을 잘 아는 가브리엘이 귀에 대고 속삭인다.

「내일이면 사미 다우디의 정확한 주소를 알 수 있을 거예요.」

뤼시의 오라가 황금빛으로 울긋불긋하게 물들며 환한 빛을 발산한다. 단 한마디에 그녀가 이토록 행복해하는 걸 보면서 가브리엘은 자신이 생각보다 많은 능력을 지녔는지도 모른다는 생각을 한다.

뤼시는 배고픔조차 잊은 채 내일을 위해 일찍 잠자리에 든다. 그녀는 드디어 애인의 흔적을 찾을 수 있다는 기대감에 부풀어 있다.

가브리엘은 그녀의 집을 나와 할아버지를 찾아간다. 그 역시 얼른 자신의 죽음에 대한 진실을 알고 싶은 마음에 속도를 높인다.

제2권에 계속

옮긴이 **전미연** 서울대학교 불어불문학과와 한국외국어대학교 통번역대학원 한불과를 졸업했다. 파리 제3대학 통번역대학원(ESIT) 번역 과정과 오타와 통번역대학원(STI) 번역학 박사 과정을 마쳤다. 현재 전문 번역가로 활동하며 한국외국어대학교 통번역대학원 겸임 교수로 재직 중이다. 옮긴 책으로는 베르나르 베르베르의 『고양이』, 『잠』, 『파피용』, 『제3인류』(공역), 『만화 타나토노트』, 엠마뉘엘 카레르의 『리모노프』, 『나 아닌 다른 삶』, 『콧수염』, 『겨울 아이』, 카롤 마르티네즈의 『꿰맨 심장』, 아멜리 노통브의 『두려움과 떨림』, 『배고픔의 자서전』, 『이토록 아름다운 세살』, 기욤 뮈소의 『당신, 거기 있어 줄래요?』, 『사랑하기 때문에』, 『그 후에』, 『천사의 부름』, 『종이 여자』, 발랭탕 뮈소의 『완벽한 계획』, 다비드 카라의 『새벽의 흔적』, 로맹 사르두의 『최후의 알리바이』, 『크리스마스 1초 전』, 『크리스마스를 구해 줘』, 알렉시 제니 외의 『22세기 세계』(공역) 등이 있다. 〈작은 철학자 시리즈〉를 비롯한 어린이책도 여러 권 번역했다.

죽음 1

발행일   2019년 5월 30일 초판 1쇄
         2023년 4월 20일 초판 41쇄

지은이   베르나르 베르베르
옮긴이   전미연
발행인   홍예빈 · 홍유진
발행처   주식회사 열린책들

경기도 파주시 문발로 253 파주출판도시
전화 031-955-4000 팩스 031-955-4004
www.openbooks.co.kr

Copyright (C) 주식회사 열린책들, 2019, *Printed in Korea.*
ISBN 978-89-329-1967-6 04860
ISBN 978-89-329-1966-9 (세트)

이 도서의 국립중앙도서관 출판예정도서목록(CIP)은 서지정보유통지원시스템 홈페이지(http://seoji.nl.go.kr)와 국가자료공동목록시스템(http://www.nl.go.kr/kolisnet)에서 이용하실 수 있습니다.(CIP제어번호:CIP2019012765)